家精选
读的精品散文
划

放飞心灵的风筝

柳萌◎著

放飞心灵的风筝吧，以恬静的蓝天白云为伴，那压力不过是线绳一根，即使不可能彻底剪断，总会在悠悠荡荡中松弛。

知識出版社

图书在版编目(CIP)数据

放飞心灵的风筝/柳萌著. —北京:知识出版社,
2011.9

ISBN 978-7-5015-6279-4

Ⅰ.①放… Ⅱ.①柳… Ⅲ.①散文集—中国—当代
Ⅳ.①I267

中国版本图书馆CIP数据核字(2011)第179090号

策　　划　刘　嘉
策划编辑　马　强
责任编辑　张　磐
责任印制　李宝丰
封面设计　晴晨工作室

知识出版社出版发行
地　　址　北京市西城区阜成门北大街17号
邮政编码　100037
电　　话　010-88390732
网　　址　http://www.ecph.com.cn
印 刷 厂　三河市兴达印务有限公司
开　　本　1/16
印　　张　14
字　　数　180千字
印　　次　2011年10月第1版　2024年6月第3次印刷

ISBN 978-7-5015-6279-4　定价:58.00元

目　录

第一辑　心苑芳草

第二辑　韶光背影

第三辑　青春书简

第四辑　远景近情

第五辑　迟悟人生

第六辑　人间世景

第一辑
心苑芳草

这就是我的中国

自打开始懂事的时候起，中国这个称谓在我的心目中就无比神圣，然而她在我的意识里，似乎又是这般地概念。直到有一天，为某件小事让我感动得热泪盈眶，我才自言自语地说："哦，这就是我的中国。"其后随着年龄增长、阅历加深，在我的思想感情上，中国这两个字就越来越亲，我的命运跟她是那么密不可分。她有喜事我高兴，她有难处我担忧。走在异国他乡的土地上，我为自己是一个中国人而感到无比的自豪和骄傲。

小时候常听长辈们说，中国人被洋人讥笑为"东亚病夫"，那时我以为这只是指在体魄上，长大后才知道这更是在国力上，尤其是在我们作为人的尊严上。直到今天我还清楚地记得，在第 26 届世界乒乓球锦标赛上容国团拿到男子单打冠军时，五星红旗在世人面前冉冉升起，激动得我一夜都未睡好觉。一遍又一遍地听广播，眼泪也就一遍一遍地流，我为我们的中国而高兴，我为我们的运动员而欢呼。这时候的感情，你也许说不清、道不明，然而，冷静下来就会明白，这正是为了亲爱的中国。从那以后，只要看体育比赛，如果是中国一路领先，我就会高高兴兴地看下去，反之我立刻就会关掉电视机。不为别的，就是为了这口气——中国人应该胜利。所以，至今我都不愿意看足球比赛，没兴趣的主要原因，就是中国的足球队太让我扫兴了。实在吞不下这颗失败的酸果子。

那年去奥地利访问，乘坐出租汽车，司机对我们爱答不理，气得我们质问他，直到他说："对不起，我以为你们是日本人哪。"然后他又饶有兴趣地说，他和他的家人如何向往中国，听说北京的烤鸭多么好吃，我们才高兴地跟他攀谈。为此我写了《柔情似水维也纳》的散文。同样，在那年路过莫斯科时，只因当时苏联大兵的不友好，我一气之下入境又立刻出关，使得同行的老作家康濯先生，以及中国民航的工作人员一再为我惋惜。我仍然宁要这口舒心的气，也不想在年轻时心仪过的莫斯科停留，我的散文《拒绝莫斯科》，就是写我对这件事的感情经历。这些事情我之所以看得如此之重，是我觉得他们在羞辱中国人，倘若是欧美人他们就会客气。中国，这时在我的潜意识里，就是这么具体，就是这么威严，就是这么不可侵犯。

现在，我们古老而又年轻的中国，堂堂正正地屹立在世界上了，尽管她还有这样那样的困难，她还有许多事情也并非都尽如人意，我们甚至于不客气地议论她，目的只是希望她更强大、更富裕。这就是我作为一个普通公民的思想感情。同样也是中国在我思想感情上的地位。

那年南北三江洪水大作，其后的四川汶川大地震，分分秒秒牵动着我们的心，为生活困难的灾民担忧，为奋战士兵的英勇流泪。只是想随时知道灾区的情况，我们宁可放过喜欢的节目，也要及时打开电视机看新闻。当得知灾民的需要之后，许多人满含热泪送上钱物，表示一下情同手足的心意，就连没有经济来源的学生，都要用义务劳动送上爱心，仿佛这样才会心安地读书。当洪水被战胜之后，当地震停息之后，人们并未完全沉醉在喜悦中，更多的人都在发问："这是怎么搞的，难道都是老天的不是？我们自己就没有责任吗？"那种责任感引发出的不安和关切，简直让你感动得无法表达，只能连连地唏嘘感叹。

这一切在说明什么呢？仅仅是个同情和牵挂吗？不，这正是对中国山河的眷恋，不然对破坏自然生态的人，就不会有诅咒式的詈骂，恨不得立刻把他们绳之以法。在我们的思想感情上，中国这时就是这么凝重。

在中国的怀抱里，我们日复一日地生活着，也许说不出准确的感觉，但是在某些具体的事情上，你就会意识到中国是那么神圣而亲切。我没有诗人的词句赞美她，我没有歌者的歌喉歌颂她。我只能说：呵，中国，你存在于我的思想感情上。我常常地为你或喜或忧的事流泪，而且总是自言自语地说："这就是我的中国哟。"

土地礼赞

（一）

土地，蓝天白云覆盖的土地，我们身躯亲近的土地，在平常情况下，有谁会更多地关注呢？即使关注又有谁会倾其全心呢？一般的人大概很少有。然而有些人，如农民、军人、地质学者、远航水手……他们总是用整个的生命，拥抱生养自己的土地。其实，我们都应该像他们一样，时时关注自己脚下的这块土地，土地犹如母亲的温暖怀抱，相拥得越紧越好，哪怕透不过气来都是一种甜蜜幸福的享受。

（二）

不管走到哪里，都有鲜花相迎。鲜花是土地的微笑，鲜花是土地的梦想，鲜花更是土地对未来的憧憬。可是，时光倒退 20 年，我们生存的这片土地有这么多的鲜花吗？鲜花只在公园里生长，鲜花只在节日里开放。今天，城市有花，乡村有花，街道有花，房间有花，整个中国成了鲜花的世界。就连探亲访友、祝贺乔迁都离不开鲜花。鲜花绽放在人们脸上，鲜花点缀着人们心情。鲜花伴岁月，四季有春光。

（三）

海水浸泡的岛屿本来寸草不生，现在鲜花处处，植花护花的是海军战士。他们像鸟儿衔食似的，从岛屿之外的远方带来一袋一袋净土，买来一包一包花籽；然后，挖出一个一个的坑儿，播下一粒一粒花种，浇下一杯

一杯淡水，经过一天一天的祈盼，终于漫出一片一片绿色，又开出一丛一丛鲜花。鲜花是大海往日的梦想，鲜花是岛屿今天的笑靥。鲜花更是守岛战士们献给祖国的比花还美的祝福。

（四）

沙尘暴袭来时，不要埋怨土地。土地曾经有过美丽的衣裳，土地曾经有过宁静的生活。是我们撕毁了土地的衣裳，是我们搅扰了土地的宁静，难道还让土地继续忍耐吗？土地从来都是宽厚的，任凭你怎样折腾，它总是默默地承受。土地从来都是无私的，任凭你怎样索取，它总是殷殷地奉献。土地是有情感有灵性的，我们如此无情无义无知无悔，土地凭什么要永远忍辱负重呢？要学会善待土地。

（五）

土地是一本谈人生的书。我们蹒跚学步时，是土地告诉我们，跌倒了站起来再走。我们学会走路时，是土地教育我们，迈稳每一步才会走远。我们因天灾饥饿时，是土地启发我们，世上没有不耕耘的收获。我们赞赏风景时，是土地提醒我们，良辰美景如人生，珍惜最重要。

（六）

战士从土地那里认识了生命的价值，所以彭德怀说死后骨灰运回家乡“报答土地”；诗人从土地那里懂得了人生的意义，所以艾青深情地说“我爱这土地”。我们是普通人，得到过土地的恩赐，所以说“永远不离开土地”。

（七）

那年从南方带来一盆鲜花。我极尽殷勤与心力，花开始也能艳丽如初，我自然更要加倍呵护。过了一段时间，花不再鲜了；又过了一段时间，花完全枯了。面对着死去的花，我悲伤而自责地探问，我并没有戕害花呵，可是花怎么如此绝情呢？后来问一位园艺家才知道，什么土地生养什么花，再美丽的花离开自己的土地，都很难长久地蓬勃成活。这时我仿佛明白了一点什么道理，好像是关于人生的，或者是关于追求的，反正从此我更愿意依恋属于我的土地。

花潮漫地

素有花城之称的广州，如今的花事不知如何。早些年的广州花事，总是当做新闻报道，因此在人们的印象中，好像养花、赏花、购花是南国人独享的福祉。我们这些北方人只有羡慕向往的份儿，压根儿就跟花无缘。所以，那时一去广州，无论时间多么匆忙，都要跑花市看看，或者徜徉于街巷，感受些许花的盛景。有时凭灵感式的冲动购一两种南方的花带回家来，可惜十有八九养不活，眼见花从新鲜到枯萎，反而给自己增加了惆怅。这时就格外怀念花的广州。

广州的花城美誉从何而得名，我始终没有弄清，读作家秦牧的散文《花城》，在我的记忆里似乎也未提及。凭我对广州的一知半解猜想，大概不外乎得利于天地之盛气，天者即气候温暖，地者即土地潮润，适合于更多的花生长，花事比起别处来自然要兴旺。有人说广州人爱花，各地的花在此集散，久而久之成了花市，就被人称为花城了。这种说法倒也不无道理。可是请问哪里的人又不爱花呢？北方的女人过春节，购几朵绢花插在发间，跟广州女人头戴鲜花，应该说没有什么不同吧。还不都是喜欢花儿。

喜欢花儿是人的天性，更是人的美好心境，有时因为受经济条件限制，这爱花的欲望也就难以满足，花就成了生活中的稀罕物。

记得20年前的秋天从内蒙古回到北京，心情就像出笼的鸟儿，真想表达一下欢乐的感受，就想到了买几朵鲜花。那时北京的花店还不多，我接连跑了附近的几家，花倒是都很可心如意，只是那价钱无法承受，这想美的愿望就落了空。回来路上恰好有个公园，想到园中花团锦簇的景色，就顺便进去转了一圈儿，总算让当时的心情有了着落。谁知老天有意怜惜我，公园花房此时正在售花，我就用两元钱买了两盆花。一盆红色的月季一盆黄色的菊花，红的似火艳丽灼人，黄的如金闪烁夺目，非常准确地表达了我的心境。

第一次买花送人，是在20世纪80年代末，一位老作家生病住院，那时物质已经丰富，俩罐头二斤水果送人，有点儿不怎么合时宜了，就想到了送花探望。结果甚得那位老作家欢喜，他立刻叫护士拿来个空瓶子，放上清水供养起这束鲜花。后来又有朋友迁入新居，我不是送花束就是送盆花，同样深得朋友们赞赏。至于逢年过节或高兴时，从花店购几束花带回家，今天更不是什么奢望。一来是花价不算太贵，二来是囊中不再羞赧，完全有条件让花相伴，干吗不让生活多几分姿色呢？鲜花不正是为人间美好而开放吗。

连我这样懒散人的家，如今都有几盆鲜花了，那些格外爱花的人家，恐怕就更是鲜花处处。出门走在城市的大街上，这几年更是花草触目，跟那些新的建筑比美，给普通人营造出一个靓丽的环境。住户人家有了鲜花，是从心底淌着的美；街头巷尾有了鲜花，是从心里溢出的美。至于花店、花市、花圃更是随处可见。有了这么多的爱花人，有了这么多的买花人，鲜花的身价也就显得高贵，无论是国产的还是国外的花，坐着飞机来来往往地运输，然后散落在城市、乡村、宾馆、家庭，整个中国都成了花的世界。

如今四季有花、无处无花，那座以花名世的花城，理所当然也就不再显赫。我相信现在的广州花事，比之过去一定更旺更火，只是被更多的花淹没了，惟见花绽放难见城安在，这就是当今的中国花事，既然如此，我想干脆就叫花国如何？学习当年的花城广州，用鲜花表达亿万人心情，岂不更有时代特征？

岁月年轮

每到年终岁尾就会接到友人贺卡，像一捧秋天落叶飘撒在我的桌案上，仿佛在告诉我：岁月之树又增加一圈年轮。审视片片落叶，每一片的叶脉都是那么粗壮、红润，显然，经受过风霜磨砺，吸纳过阳光浸染，给人一种苍老、沉稳的感觉。我的心也会随之颤栗：唉，这时光过得多快啊，又是一年。

面对岁月的流逝，我发现，感叹的不光是我。就是比我年轻许多的人都会时不时地诉说，易失的年华，艰辛的生活，当然，还有那对未来的希冀。这时就会自然而然地想起读过的那句诗“百年那得更百年，今日还须爱今日”，我想这才是真正的人生。日子不管过得是好是坏，未来不论等来得是喜是忧，不饶人的岁月总要往前走。人活着就应该更实际些为好。既然无法挽留住消逝的过去，更难以预测出如何的未来，那就千万不可再错失当下。让每一天都活得快乐些，在条件允许的情况下，尽量把日子安排得舒适些，让自己的心境纯净安详，每一天都像在度假村休息，岂不是更好？

我不敢夸口说自己是个完全的乐观主义者，但是起码对未来我有信心，相信国家和人民生活，乃至我们生存的这个星球，明天会比今天更美好、更幸福。我这样说并非主观臆想，而是现实生活这样告诉我。在即将过去的一年，我有时间和机会去过几个地方，所到之处都有很大变化，就连过去的穷乡僻壤之地，现在都正在修路搭桥，设法改善贫穷落后面貌，这就是愿望的体现，这就是行动的表现。只要有这样美好的愿望，只要有这样切实的行动，何愁幸福之鸟不栖息寻常百姓家。

日复日，年复年。跟随着时序季节更替，花草树木荣荣枯枯，在风霜

雨雪洗礼中，无言地坚守着恒久忠诚。只为不负上苍的恩赐，花草们留下丰满的种子，孕育着更鲜活的绿色生命。只为增添清新的美丽，树木们留下粗壮的年轮，绵延着更纯净的人类环境。我们应该感谢这花草树木，在一年年岁月的更替中，因有它们的付出天地才会变新。倘若这世界没有这草木，我们的家园会怎样呢？想一想就会懂得，生命——哪怕是柔弱如草木的生命，当潜能火花得到充分迸发，都会留下无愧时光的迹痕。

我们也是在这时序变更中，一年年渐渐地长大和成熟，那我们应该留下什么呢？给赖以生存的这片热土。每到这时光交接时节，我都会认真拷问自己。如同小时候临近期末，面对热切期望的父母，不知交出怎样的学习答卷。这时困惑和忧虑的情绪，就会悄然攀上心头，总想设法挽住时光，让拥有的轻松快乐，在身边多留会儿。后来长大成人了，再后来越发老了，蛮以为这心绪会随年龄变老，会随身体变弱，岂知依然像少年时活跃，依然像中年时健壮，如此算来，背负着沉重的拷问，整整地走了一生啊！实在够累。

我常看人家写："岁月有痕"的字句，可是我不赞成这样说，以我的体会："人生有迹，岁月无痕。"这岁月就如同微风，我们就如同落叶，轻轻地，悄悄地，把你我吹到什么地方，在大地上滑动时，我们各自留下不同痕迹。你的痕迹也许是种子，他的痕迹也许是年轮，我的也许什么也不是，所以我才会在此惆怅，感叹岁月是如此的无情，转瞬之间就让我变老。没有了年轻人的幻想，没有了壮年人的志气，老了就越发更为实际、更为畅达，每天睁开眼睛就寻找哪里有我的欢乐，哪里有我的温馨，然后，毫不犹豫地奔过去拥抱。

噢，新的一年又来了。但愿你这棵花草，带给大地丰满的种子；但愿你这株树木，刻下时光清晰的年轮，免得像我现在这样，想起来，多少会有些感叹、遗憾和懊悔。人生可以复制的东西很多，惟有时光和生活无法复制。可要当心哪。

迎接春天

在所有的节日里，再没有比古老的春节更能撩拨人的心啦。只要说到“春节”这两个字，春天气息便扑面而来，胸膛里立刻便激情鼓荡，关于春节的许多美好记忆都一股脑儿地涌出来。这时，恨不得找个最高处扯着嗓子高喊：“春天，我—们—欢—迎—你……”借此来表达内心的喜悦。

说到美好的春天，就会想起写春天的诗词，比如“春风得意马蹄疾”、“春风十里柔情”、“春到人间草木知”、“春城无处不飞花”、“春风更比路人忙”，等等，等等，随便吟诵一两遍，那诗的意境就会呈现，让你有种陶醉之感。虽说这是古人对春天的感怀，至今已越千年百代的时光，但是依然能够引起我们共鸣，从这些诗词中得到启示。

譬如“春风更比路人忙”这句诗，别看它是如此直白浅显，甚至于缺少浓郁的诗意。但只要你仔细地揣摩揣摩，就会有超出诗意的感觉——春风都如此繁忙，我们哪有理由懈怠？这时诗中的“春风”就是社会环境，这时诗中的“路人”就是我们自己，这样对比起来就有种紧迫感。于是也就有了追赶春风的愿望。这固然是诗词的感染力，但同时也是人在春天里的心境。正如老话说的“一年之计在于春”，哪能不在春天谋划未来。

我知道我不是个善记数字的人，因此难以诉说经济发展形势，可是我却有着对形象的感应。每天观看电视新闻节目，这里新建一条高速公路，那里新架一座雄伟大桥，这里农村荒滩变成树林，那里城镇马路开始拓宽，都像一幅幅美丽油画，展现在我们的眼前。更不要说城乡人的生活，正在渐渐地步步提高，带给人们的欣喜与信心，就越发让人对未来充满希望。

有这样一件小事，这几天令我好不兴奋：内蒙古的乌兰察布市，我工作居住过许多年，说句实话，除了名称上的城市，在我的记忆里，乌兰察布的市容市貌和市政建设，连内地发达的小县城恐怕都很难说赶得上。人们常常调侃地说：一个公园一只猴，一个岗哨（交通警）一栋楼，一辆汽车（公交车）满街走。当然，这未免有点儿过于夸张，但是也还算真实写照。相信像这样的地方，那时候并不是很少，谁让那个年代咱们贫呢。

可是就在这几天里，我连接那里友人们电话，都告诉我搬进新楼居住了，说话时的语调透着欢喜，这说明那里已经发生变化。放下电话我就静静地想，这可真是“春到人间草木知”啊，这才几年的工夫呀，一个那么偏僻的小城，就有了如此美丽的景象，让朋友不惜花钱打电话告诉我。相信比那里情况要好些的地方，肯定会有着更大更快的变化。确实是“春风得意马蹄疾”。

顺着这样的思路，依照我曾经见过的南方北国小城模样，想象现在的乌兰察布，我想那同样是一幅美丽的画。而绘制这幅画的人，既是当地各族人民，更是这个开放的时代。记得当年刚改革开放，召开全国科学大会时，有一首诗叫《迎接科学的春天》，抒发科学家们美好心愿。今天在这个 2005 年春节，不期然地我想到了它，觉得正是因为春天永驻，我们的国家才有如此美景，当然就有诗情画意在心中。只是我不会作诗，只能说句“春天多美好”。

是的，春天实在太美好了。现在人们欢度春节，绝不是往日的“过年”，而是迎接春天的节日。这年年春节也就有了真正的春天意味。因此在这美好的春天里，祝愿大家都有春天般的好心情，像春风那样愉快地忙碌，像春雨那样辛勤地劳作，让我们的祖国永远青春常在。

感受美好

听说是躁动的西伯利亚寒流，送来了早春的第一场大雪，人们怀着喜悦和激情，正想享受这雪天的无尽乐趣时，雪，却悄没声地渐渐溶化了，变成了湿漉漉的水，流淌在城市的大街小巷。

雪在飘落时多姿的形体，雪在飘落时洁白的颜色，此刻都通通地变了样子，人们曾经有过的那种神圣的情感，这时也就默默地消退而去。钟情于雪天的人们，望着那残败的雪，难免会觉得失落，却又没有办法挽住，只好眼睁睁地看着。生命都是这样的无常，生息都是这样的无定。人世间最沉实厚重的书，大概要属这一本谈论存亡的书了，在这本书面前没有文盲。

我是个喜欢雪的人，雪天的宁静，雪天的纯洁，总是让我产生遐想。

记得小时候在故乡，冬天一到就盼下雪，即使不能出去玩耍，也愿意有雪陪伴。在家里守着一盆炉火，暖烘烘的像锁着个阳春，听大人们讲故事，看那些有趣的闲书，竟会忘记冬天的寒冷。不听故事或不看书时，就依在窗前观赏雪景，这时，脑海里就幻化出一幅幅自己想象的图画。这图画有颜色、有形象，像故乡的皮影戏，像书中的彩色画，全都印在洁白的雪地上。那时也曾想当个画家，把心中的这幅画画出来，给更多的人自由自在地看，让他们知道我故乡的美丽。然而，终因没有这样的天分，我心中的图画，如同消融的雪，从想象里逐渐地逝去了。

不过，雪天留给我的感悟却并没有完全地遁走，它有时还会显现出来。

那年冬天，在北大荒，我们几个同命运的人谈论前途感到无望时，情绪上不免有些神伤，真想痛痛快快地大哭一场。这时，我无意识地望了望窗外，那覆盖着满山满野的皑皑白雪，忽然使我的眼睛一亮，接着心灵也随之一震，呵，我竟然想起了我的故乡。还有什么比她更让人留恋呢？在艰难的生活环境里，可以丢掉美好的幻想，可以放弃早年的愿望，唯独不能没有对故乡的情怀。正是因为有了这份情怀，在北大荒零下40多摄氏度的严寒里，我依然没有畏惧的感觉。这时，我是那么感激眼前这片茫茫雪野，是它唤回了我童年的纯洁和天真，开始不再为艰难的处境忧伤。

尽管时光不会倒流，生活不会停滞，我的情绪也没有当初鲜明，但是，只要想到那有过的情景，心情依然不会平平静静。

无论是故乡的安宁，还是北大荒的艰难，都无例外地潜入了我的心中，成为我生命不可分解的部分。想到这些我就越发地感念雪，没有了这洁净的雪、单纯的雪，真不知人世间会变得多么可厌。有时我也问我的朋友们，在雪天里会想到什么，他们的回答也许多种多样，只是有一点是共同的，这就是在雪天里常常地、总是情不自禁地想起两个字：美好。

我想，何必想得更多呢？人在生活中，常想着这两个字就足够了。怕只怕有的人想不到这两个字。想不到这两个字的人，会是怎样呢？我不知道，最清楚的，莫过于他们自己。

读书使人高尚

小时候读书走神儿。长辈常说的劝世格言，就是“两耳不闻窗外事，一心只读圣贤书”，可是毕竟年幼贪玩，经不住热闹的诱惑，有条件时并未好好读书。长大以后懂得读书道理，却没有了读书的条件，依然白白荒废了好时光。所以去年我写了篇文章，题目就是《终生遗憾未读书》，表达自己对幼时的失悔。

正是因为没有读多少书，对那些读书多的人，就有种羡慕和景仰之情。羡慕他们的学问，景仰他们的品德。真正的读书人，在优秀图书中，除了吸纳知识，还要滋养性情。有学问的人必有教养，有教养的人多数德高，这几乎成了读书的规律。古今中外名人中，凡是德才兼备者，大都是饱学之士。

现在年轻人的岁数，恰似我懒读书的当年。有的以上网浏览，代替认真读书，我不敢说不对，起码觉得欠妥。网络上的东西，如来自书本，还算有根据；有的则不然，完全胡编乱造，欺骗误导网民。即使得来点零碎信息，对于养心育德，又能有多少帮助呢？想成就一番事业的人，想成为一个德高的人，还是要踏踏实实读点书。

书育才，书养德。

花花草草故乡情

（一）

活到这把年纪，走过不少地方，原以为心也老了，谁知一想到故乡，记忆还是少年时候。这时我才终于明白，人跟花草树木一样，也有着生命的根脉，不然哪能活得如此蓬勃。这根脉就是生养自己的故乡。离开故乡远走异地许多年，你也许不会说家乡话了，甚至于连生活习惯都已改变，但是我相信，你身上散放的那股气息，还一定属于你的故乡。就是凭着这股气息，无论你走到哪里，都会找到自己的乡亲。因为你们的根脉相通着。

（二）

这是南方的一条河流，两岸生着密密的芦苇，苇枝在微风中自在摇曳，水鸟在苇丛中自由歌唱，好一派清新的水乡风光。看到这情景，忽然想起故乡。我的故乡也有一条这样的河，同样有苇枝轻轻摇曳，同样有水鸟啾啾歌唱，此刻哪能不唤起乡情？故乡啊，是你伴随着我四方游走，抑或是我还在你的怀抱中？幼年读书学会一个成语“形影不离”，经历了许多人生磨难以后，此刻才真正理解它的含义。我认定这个成语就是说的你我。哪怕别人不同意。

（三）

走南闯北的汉子，即使再粗心大意，遇到鲜花绿草，总还会看上两眼。如若问我什么花儿最美，我真的不好爽快说出来。我只知道，无论走到哪里，都忘不掉故乡的花儿。其实故乡的花儿，也许并不名贵显赫，甚至于平常得没有名字，然而它在我的心目中，永远都是最美丽最高贵的，只因为它是生长在我故乡的花儿。故乡的花儿，跟故乡的人一样，看见它我就格外亲切，不由自主地想同它说说话。这实在没有办法呀。别的花草再珍贵，又如何呢，只好请原谅了。

（四）

有一种叫晚香玉的花儿，不知是不是我家乡独有，反正自从离开家乡以后，在南方北方再未见过它。这种花花瓣儿长而宽大，形状有点儿像郁金香，只是颜色洁白如玉更显高贵。我家长辈们都非常喜欢它，老家庭院里养了好多盆，夏天坐在院里纳凉时，微风轻轻送来它的芬芳，让人顿时格外心清气爽。老家院里还有几盆夹竹桃。除此别的花儿就很少了，所以在我童年对花的记忆，最忘不掉的就是晚香玉——普通、高雅而又芬芳。这是多么好的花儿，故乡的花儿。

（五）

故乡秋天，最美的地方，就是河流两岸。清爽碧绿的芦苇，一棵棵挺拔而立，有微风吹来时，发出刷刷的声音，河岸越发显得清幽。倘若这时恰好有苇鸟啼唱，轻灵灵的声音带着水韵，连那洁白如雪的苇花，都高兴得伸开紧缩身躯，随风自由地飘飞起来。淘气的孩子们，这时更不会安静，有的学苇鸟啼唱，有的做苇哨吹，有的捕捉苇花，有的在苇丛中乱跑，尽情享受这天籁情趣。而我最愿意玩的则是，做只小小的苇叶船，放上一朵芦苇花，让它轻轻地漂向远方……

(六)

故乡的女孩，实在可爱。可能是生长在河边的缘故，个个都是那么水灵、清秀，年节时头戴一两朵花儿，无论是绢花还是鲜花，就越发显得高贵、文静。这时的故乡呵，如同一个美丽花园，花的芬芳，花的笑靥，醉得乡亲们抿不上嘴。

绿染青春

我的整个青年时代，其实生活得并不平顺，20 几岁的年轻人，不应该经历的事情，我几乎都经历了。如果说有什么值得欣慰的事情，这就是穿了几年绿色军装，曾经是一个正儿八经的军人。可以这样说，要是没有这一抹绿色，我短暂的青春岁月都是暗淡无光的。尽管我没有上战场参加战斗，甚至于连枪都未摸过，但是这并不影响我的军人情结，今天想起部队仍有家的感觉。

回想我参军的时候，那是个极不平凡的年代，国家新政权刚刚建立，百废待兴，人思奋斗，充满理想和追求的年轻人，很想在未来有一番作为。谁知一夜之间炮声又响，中朝边境开始紧张起来，“抗美援朝，保家卫国”的口号，顿时响彻整个神州大地。这口号如同一股强劲的风，吹进学校、工厂、农村、家庭，鼓动起渴望战斗的心帆。参加解放军、参加军干校，参加志愿军去邻国朝鲜，就成了那个时代青年人自觉而又执着的行动。许多人为了投身这股潮流，不顾家人亲友的劝阻，偷偷地报名参军参干。看一个青年要不要革命，是不是真正要求进步，参军几乎成了唯一的标志。我就是在这种情况下，背着父母穿上军装的，只是没有经过战斗的洗礼。

诚然，正像对于所有事物的认识一样，总是有个渐渐演变的过程，我对于人民军队的认识亦是如此。虽然穿上绿色军装成了战士，生活方式已经不同于老百姓，但是思想作风还远没有改变，真正有点儿战士模样是在一年以后。在部队的时候经常听首长说，“解放军是一所大学校”“解放军是个大熔炉”，听了也就听了，并未真正认识。转业以后到了地方机关工作，有些好的作风习惯显现出来，同事们说：“当过兵的人到底不一样”，这时才豁然意识到，这些作风是在部队养成的。对于首长说的话开始真正理解。

人的成长离不开学校教育，不管是书读到小学中学，还是读到大学乃至更高，不过那也只是书本知识，最多也就是让人学些生存技能。但是在部队这所大学校里，哪怕只是住上半年一载，对于人品德意志的锻炼，都可能是一生受用不尽的。我在离开部队转业地方机关不久，在两次政治运动中连遭厄运，后来又是长达22年的流放，倘若没有部队的那段生活潜移默化地对我品德毅力的影响，很难想象我会坚强地挺过来。同样，我在部队当兵的时候，诚实、坚定、正直、正派，好像没有谁刻意要求，就都自然而然地形成了。所以在后来政治生活正常时，有的朋友对我说：“你受了那么多挫折磨难，好像一点儿也未变得圆通世故”，听后我只是用淡淡一笑回答。心里想，怎么可能呢，当了几年兵，总得留点兵的痕迹吧。老战士连枪林弹雨都不惧，我哪能被一时困难吓倒？战士自有战士的情怀。

除了对意志的锻炼和磨励，在部队几年的当兵生活，还让我开始有了集体观念，渐渐地懂得如何关心他人。记得未当兵时在家里，母亲最爱说的一句话，就是说我“油瓶倒了不扶”，当兵两年后回到家里，主动学着做点家务，这下可乐坏了父母亲，他们简直是赞不绝口，一个劲儿地夸部队教育好。的确，这绝不光是我一个人，任何一个当过兵的人，只要经过部队这个大熔炉冶炼，就会成为一块好钢材。这是为什么呢？我想这跟严格的集体生活有关，倘若是经过生死攸关战争的老战士，那种集体观念和对他人的关心，就更像是“与生俱来”的一样。直到今天，当年的战友见面，或者远隔千里通信通电话，说起在部队一起生活的情况，谈得最多的还是互相帮助的事。可见，部队对于我们的成长多么重要。正像人们说的那样，只要你当过兵，穿过神圣的军装，这一生都会以此为荣耀，当然，更会以战士的标准约束自己。

跟今天服役的年轻战士比，我自然是个真正的老兵。尽管离开部队已经几十年，对于今天军营生活非常陌生，但是有一点我相信是相通的，这就是对于部队的情缘。别看我的年岁比他们要长许多，只要谈论起部队的生活来，相信我们之间绝不会有隔膜，因为我们的青春都染着鲜嫩绿色。绿色是青春的标记，绿色是军人的象征。我永远赞美绿色世界。

今夕故乡何在

无论是客居异乡的游子，抑或是终日厮守在家的人，大概很少有谁会想，故乡对于我们意味着什么？

我曾经有过两地分居的经历，时间近20年。那时，最大、也是唯一的愿望，就是盼着什么时候与家人团聚。当这种愿望几近落空时，平时的日子还算能过，最难忍受的是在节日里，精神都是恍恍惚惚、坐立不宁。可以毫不夸张地说，小时候读的一点儿唐诗，几乎全都跟饭食一起吃掉了，唯有“独在异乡为异客，每逢佳节倍思亲”这两句，借用“文革”中的说法，真的是“溶入到血液里”了，原因就是这诗句跟我的感情合拍。它恰似一股柔柔的春风，抚慰着我思念而不可得的心，让我在外乡多少得到些许慰藉。可是亲人和故乡，在漂泊的游子心中到底是什么呢？我并未认真地想过。

有年中秋节刚过不几天，一位远在大洋彼岸的朋友来电话讲述他们过节的情况，好像跟在国内也差不多，我也就未太在意他的讲述。稍后他突然动情地说："你知道吗，逢年过节，我都想些什么？"还未容我猜测和回答，他就急忙说："告诉你吧，最常想的事情，就是小时候在家乡，母亲做的那些吃食。"接着他就历数了这个那个，许多在他看来好吃的东西，令我惊奇的是数着数着，他的声音竟然有些哽咽，一个年逾半百的大男人，伤心得犹如受委屈的孩子。我相信，在一般人看来，就这么一点儿小的思念，真至于如此伤心动感情吗？绝对不会引起怎样的共鸣，甚至于会觉得好玩、好笑。我听后却在心灵深处为之一震，立刻勾起我那消失的远年乡愁。心想，尽管我那时对于故乡的想念好像并不是怎么具体明确，只是在心情上有种飘忽感，但是现在追思起当时的情景，同样也常常想起母亲做的饭食，以及童年家乡那些有趣的习俗。真是情通此心呵！于是不禁也想起那段往事。

20 世纪 60 年代初期，我被下放到内蒙古劳动。谁都知道，内蒙古盛产牛羊，我自幼就怕膻不吃羊肉，却偏偏把我送到这个地方，饭食上自然也就不习惯。那时正是全民度荒时，平常很难闻到羊肉味儿，逢年过节单位总要想办法，从牧区弄些牛羊肉来，在食堂搞个集体会餐。餐桌上几乎摆满羊肉菜，别人都在大口大口地吃，看着都觉得很香很爽，我却只能望肉感叹："这要是在家乡，母亲准会为我做点别的吃。"于是就自然而然地想起母亲，想起生养自己的家乡。因为吃食思念家乡的事，在我好像还不只是这一桩。那年随作家团出访奥地利，连续几天都是吃的西餐，有天实在觉得吃烦了，守着餐盘痴痴发愣，同伴问我怎么了，是不是身体不舒服？我说："想家了，主要是吃不惯西餐。"原来同伴也有这样的想法，几个人一商量，建议东道主能不能让我们吃顿中餐，主人很能体谅我们，真的让吃了两三顿中餐，结果人人有了精神不再想家。你看故乡在游子身上就是这么具体。

说到这里，我不禁想问：对于远离故乡土地的人，那么故乡到底是什么呢？是青山绿水纵横阡陌？是红砖灰瓦鸽哨飞音？是祖母的抚摸母亲的呼唤？是春节的鞭炮童年的新衣？是唱过的歌？是玩过的铁环？还是长串冰糖葫芦小笼蒸包？是诗人闻一多的“红烛”，还是歌手费翔的“回来吧”，抑或是宇航员杨利伟的高空展旗，国家足球队让人揪心的比赛？如此等等。是的，任何牵动感情的东西，都有可能成为故乡化身，深埋在我们的心底，不知在什么时候被触动，成为当时的心痛和泪水。总之，对于我们这些普通人来说，故乡就是这么具体，只要想起来就会心动神移。在更多的时候、更多的场合，故乡绝对不是思想概念，而是撩拨你的那段情感，还有那总是放不下的思念。这就是为什么到了春节，那些远离故乡的人们总要千里迢迢地往家奔，而且历尽艰辛，痴心不改，渐渐地成了一种民族的节日情缘。

远离故乡的人，此刻，你在想些什么呢？想起故乡的山水老屋？还是在唱那首歌：“我思恋故乡的小河，还有河边吱吱唱歌的水磨，噢，妈妈，如果有一朵浪花向你微笑，那就是我……”这时所有的故乡景象，相信都会呈现在你的眼前，而你的心更会沉醉于喜悦中。谁又能说你不是身居故乡呢？

悠悠往事

往事如同清冽冽的河水，常常地缓缓流过心头，这时你纵有天大烦恼，想起那些悠悠往事，都会或多或少得到欣慰。当然，并非所有的往事都美好，留下的记忆也许是很痛苦的，只是由于岁月的淘洗，酸涩的滋味渐渐地冲淡了，今天回想起来方解沉重。但是，我们经历过的往事，又并非都记得那么清晰，有的还需要借物回忆，这其中最好的物什，恐怕当属私人相册。这大概正是照相业发达的原因。

我的私人照片收藏不多，一是过去没有条件拍照，二是有些在政治运动中丢失，留下来的就尤其觉得珍贵。在丢失的一些照片中，最让我感到惋惜的是，那些记录情感历程的，以及私人重大事件的，譬如，我的结婚纪念照片，就是在“文革”中遭劫丢失，这件私人大事就没有了记录。那年《艺术家》杂志向我约稿，内容就是讲结婚纪念照故事，我翻遍相册都没有找到，问妻子才知道“文革”中被抄了。其实，我很想写一写我和妻子的婚事，尽管我们的结合并没有什么浪漫，更没有什么传奇，但是它很实在地反映出那个年代对爱情的扭曲，让今天的青年听听，不是会更珍爱生活吗？

在人生的经历中，往事的记忆非常重要。对于人类发展史，它也许微不足道，却能真实地反映出时代；对于个人的历程史，它也许过于琐碎，却能给后人许多启示。因此，自觉自愿建立的“私人档案”，是任何政治家、历史家的研究都没有办法代替的个人感受。我丢失的那些照片，从我个人生活来说，丢失的就不止是影相，应该说是丢失了往事——一段悲喜交加的难忘岁月。假如那些照片仍在身边，从简单的画面上，说不定会勾起许多回忆，今天用文字记录下来的，就是我的一段真实生活。无论是欢乐、是痛苦，都会让我在重温中欣慰。

人是不能没有往事的。往事这段情感的水流，轻轻地淌过记忆河床，它细柔的片片涟漪，使你有种忧怨的温馨。在孤独的时日，在无望的境遇，只要回忆往事，我就觉得美好。

我的前半生，活得很苦很累，有时感到惆怅。只要一想到童年的欢乐，少年的平顺，就仿佛置身清新花圃，精神立刻就会爽朗。这时哪怕正在遭难，都不会感到生活阴暗，心中依然充满阳光。我一直坚定地觉得，假如在我的生活里，根本就不曾有过真诚，后来在现实中遇到的虚假，就会轻易地让我相信，生活就是由虚假来统治的。这正是往事给我的影响。

随着年龄的增长，生活阅历的增加，对于往事的回忆似乎也就越来越多。有人说，老年人喜欢回忆，这话有一定道理，但是并不完全对。比较正确的说法，我认为应该是，老年人愿意在回忆中寻找美好的往事。因为，现实中有些事情，社会上有些人物，说实在的，真没有办法让人接受，可是又不想同流合污，只好用美好的往事宽解自己心头的疑惑。不然，就难以感受愉快，生活着过于扫兴，岂不是跟自己过不去，何苦呢？就是为了这点愉快，我愿意永远在回忆中，寻找悠悠往事。

享受读书的快乐

悠闲的时候，泡上一杯茶，懒散地坐在窗前，捧着一本书阅读。茶气袅袅，书香漫漫。不时地呷上一口茶，随意地翻上几页书，心神都会清爽如风。所有的声音都哑默沉寂，听到的只是自己的声息，还有那书页的翻动声，整个人仿佛都溶入书中。这时难道不是一种享受吗？反正我一直固执地认为，如果人生有种种快乐，读书恐怕是最大的快乐。这正是图书这条长河，在进入高科技时代依然翻波起澜的所在。

每次一本新书出版，看到读者排队购买，就会自然想起年轻时，自己购书找书的情景。那时，北京的书店没有现在这么多，书店最集中的地方，当属王府井大街了，只要听说有新书出版，下班后连饭都不吃，赶紧乘车往书店跑。倘若顺利地买到了，立马就会在店内翻阅，然后再去找地方吃饭，“先睹为快”此时深有体会。要是书籍已经售完，得先登记预购手续，心里踏实了才会离开，可是情绪上会有些沮丧。记得有次发行新版《鲁迅全集》，因为发行数量有一定限额，我在书店办了预购手续，心里总还是有些不放心，乘车走到半路又折回去，找一位购书认识的营业员，请她一定为我盯着这件事。直到有一天这套书拿到手，就像小时候过年拿到新衣，别提心里有多么高兴啦。

当然，比这更高兴的还是阅读，拿着一本新书或喜欢的书，慢慢地品咂书中的内容，细细地咀嚼精彩的语句，感觉真的像吃一顿美餐，许久想起都是余味无穷。把书籍称为“精神食粮”，我想就是来自这种感觉。记得小时候读《水浒传》，读到那些除害兴义的章节，不仅会为梁山好汉们喝彩，而且自己仿佛就在其中，一股侠气飘飘然然地加身，哪里还记得此时正是何时，直到母亲走过来叫吃饭，猛然从书中的情境走出，这才知道原来是种神往。大概就是从这时候起，渐渐培养了读书的兴趣，除去不能读书的岁月，这一生总是以书为伴。读书成了我的爱好，图书成了我的朋友，所以，友人让我为书房写句话，我总是毫不犹豫地写下：“书是宝”或“读书求趣”。

在今天，拥有一部电脑如同拥有整个世界，有的人对于纸质图书，开始有些厌倦了、嫌弃了，更愿意从网上快速阅读，这样做也不是不可以，只是从感官的享受上，绝对没有读书的快乐。这两种阅读方式我都有体会，如果让我打个比喻的话，网上阅读好像是乘飞机出差，直来直去毫无任何悬念；阅读图书好像坐牛车去姥姥家，慢悠悠地观景赏花心含喜悦。所以不管怎样担忧图书命运，我都始终抱有热情和希望，因为只要你想借阅读享受快乐，这种方式就永远不会消亡。而且，随着更多人浮躁情感的减退，传统阅读方式仍然会受钟爱，有关媒体报道一些古典著作图书，高印数问世后招来读者抢购，就是对此最好的印证和说明。

我曾经写过一篇文章《终生遗憾未读书》，追悔在那些不能读书的日子里，生命中的美好时光被白白地浪费。既有对于知识缺失的惋惜，又有对于丧失快乐的感叹。那时我常常会想起年轻时，只是在一次会上偶尔说起，自己向往“一本书一杯茶”的生活，就被政治“进步人士”批判，说这是典型的“小资生活”，如何与无产阶级格格不入。好像只有打麻将玩扑克，或者一天无所事事，这才是真正的革命者。现在看起来未免有点儿好笑，但确实是那个年代的事实。不过，正是因为我有这样的经历，对于现在能够享受读书的快乐，当然也就分外地珍惜和满足。

作为今天的读者，真的很幸福、很幸运。每年都有新的图书出版，任你自由自在地选购，然后回家悠闲地阅读品咂。尤其是书的品种比较齐全，连国外新出版的图书都能及时地翻译出来，这在过去简直不可想象。我至今还清楚地记得，早年按级别、凭证购书的情景，那简直是对读书人的亵渎。现在，有这么好的读书环境，有这么多的图书供应，我们没有理由不读点书。图书如同活水浩荡的海洋，读书人畅快地游来游去，充分享受这赏心悦目的快乐，这人生岂不是更为美好吗？老作家吴祖光先生健在时给年轻人题字，最爱写的一句话，就是“生正逢时”。我想套在读书上，可谓“读正逢时”。

感悟秋天

夹带丝丝凉意的风雨过后，难躲难藏的暑热总算消退，又一个秋天就这样来了。秋天自有秋天的韵致，秋天自有秋天的声息。它不像春天那么娇媚，它不似夏天那么喧闹，它也不学冬天的沉静。如同一位饱经沧桑的人，秋天用它多彩的性格，跟我们悄悄地交谈。

也许有人会问，你听到了什么？我说，我听到了一个成功者的自语。只有用心倾听你才会听到，不信你到市场去看看，那些琳琅满目的农产品，无不向你诉说这件事。金黄的老玉米，紫红的葡萄，毛茸茸的青豆，白嫩的大萝卜，等等，像一个个天真的孩子，欢蹦乱跳地出现在你的面前。难道这不正是成功者的骄傲吗？

每逢秋天到来，我最愿意去的地方，就是附近的农贸市场。即使什么东西也不买，只是悠悠闲闲地转转，随随便便地问问，就足够你享受不尽了。倘若你有兴趣，想买点什么带走，那就更好，带走的不仅是口福，而且也是秋色秋韵，让你在精神上感到满足。或抱或提的带着这些东西，边走边想，这时就有种莫名的情绪，在你的心头缠缠绕绕。

我说的这些情景、这些情绪，别的季节无论如何都不会有，只有秋天才会如此慷慨提供。因此，在这收获的秋天里，人人都会感到充实，人人都会有着喜悦，生活也就更富有色彩。当在秋天里浸润了这色彩，生命的价值自然也就高了，连时光都会显得厚重了许多。

当然，并不是说经历了秋天，你就应该有所收获，生命就有了价值，不是的，只有那些在春天播种过的人，只有那些在夏天浇灌过的人，在秋天里他才会收获希望。“悲”“愁”这类字眼儿，常常被人跟秋天连在一起，就是因为在应该收获的季节，有的人两手空空一无所获。这时你就不能不感叹生命的虚度。秋天对于你也就有了凄楚的滋味儿。

这会儿又是一年秋天的到来，我楼间的蛐蛐儿等虫儿，歌唱得再也不那么欢实了，它们似乎也在叹息自己的失落。听到这秋虫阵阵的叫声，我就会越发感到冬天的临近，大诗人雪莱说的“春天还会远吗”的名句，此时真不知该做何等解释。人对于季节的真实感应，并不是完全一样的，就是同一个人也有差别，这要看你当时的心境。

我在秋天里的心境，每一年都不尽相同。就以今年来说吧，似乎就不那么踏实，很有点儿像空荡的打谷场，这秋天又有什么意义呢？想到这些也就会有种无奈的情绪，悄没声地攀上失落的心头，这时秋天的韵味再浓，我都不会平静地品尝。只能暗下决心期待下一个秋天的到来。但愿下一个秋天不至于有这样的感觉。

短暂的春天

春天的衣裳还没有完全着身，就热得汗流浃背了，只好找出夏天的衣裳来穿。真没想到，这春天竟这么短暂。好在我不是个看重衣着的人，无论春装怎样色彩绚丽，都不会对我有什么诱惑。倒是那些爱打扮的女人们，对于春天的匆匆来去，似乎有点儿莫名的惆怅，因为，少去了一次展示美丽的机会。

这北方的春天，气温再高，景色再美，总不如南方。要说春天的色彩还算迷人，那有一半就来自女人的衣裳，难怪走在大街上的女人们，个个都显得那么高贵傲慢，好像这春天完全为她们所独有，男人们是没有资格享受的。要是谁有时间逛商场，那就别想消停地走动了，随时随处都会听到女人谈论衣服的式样怎样，衣服的做工如何，至于衣服价钱的高低，她们也不是完全不讲，总之只要是看中，在她们也就算是小事一桩了，女人不就是花钱买高兴吗？再说要是有个挣大钱的老公，这点钱就更是无所谓，说不定越花越快活哩。聪明的商人摸准了这根脉，他们把双手伸进女人的衣袋，不停地大把大把搂钱，还真没听说过哪个女人叫苦。可见女人们是多么珍爱自己的羽毛。

女人喜欢穿，跟男人爱吃一样，好像是与生俱来的，谁也不好说什么，谁也不能说什么，只好随它去了。我想说的是，有的女人别看爱穿，却穿不出风度来，更不要说穿出气质，这不能不说跟她的修养有关。我是长期在知识阶层工作的人，接触这个阶层的女性比较多，她们中有的人长得并不漂亮，穿衣打扮更为随随便便，走在大街上绝对不会惹人注意；但是，只要坐下来跟她们聊会儿天，她们的言谈话语就会吸引住你，这时你就会发觉，在她们身上有种内在的东西，悄悄地感染着你的情绪，让你情不自禁地想去听他说话。然而，这种情形，在有的女人身上你却无论如何也找不到，她们直接给你的好感，也许是悦目的脸颊，也许是讲究的衣裳，让你像观赏一幅风景小画似的，获取一时的愉快，过一会儿也就没有什么印象了，更不要说留下长久不散的记忆。

在我们的生活里，在社会交往中，穿衣打扮显然很重要，有时穿得过于寒酸，会被人看不起，弄不好碰到麻烦也是有的。我自己曾经两次被饭店人员纠缠，都是因为穿衣过于邋遢所致，从这以后虽然开始注意了，但是总还是难以上档次，这说明，多年形成的习惯要想彻底改变并不容易。由此看来，穿衣打扮这类事情，还是要像做其他事情一样，有条件的话尽

量早点儿考虑，以免形成习惯不好改变。当然，我这里说的注意穿衣，绝不是提倡过于讲究，更不是鼓励追逐时髦，那样就显得有点儿矫情了。

总之还是那句话，穿衣是要注意形式好，但更要考虑内在美，体现不出自我气质的衣着，不管多么漂亮，多么抢眼，都只能是一件人体包装。从一个男人的角度来看，不管有没有这个资格，对于穿衣过俗的年轻女人，我都有点儿为她们感到惋惜。春天就是这样的短暂，有时不容你仔细思索，它就悄悄地过去了。热爱生活的人们，特别是那些会生活的女人，确实应该趁青春年少，享受一番人间的造物，谁让生活是这么美好呢！然而在这短暂的春天里，我们只注意穿着打扮吗，是不是也应该想想别的什么呢？

总算有了梦想

在新世纪到来之前，《燕赵晚报》的副刊版以《梦想中国》为题，组织一些作家撰文，畅谈自己的梦想。他们希望我也写篇小文章，谈谈我在新世纪的梦想。提起笔来立刻就犯难了，不禁对自己发问：我还有梦想吗？

在应该梦想缤纷的年龄，我却一直不敢有自己的梦想，那时候的我就像一头驴，捂着眼睛拉一盘生活的碾子，日复日年复年地在一条道上，难分昼夜地一圈圈地走着。重复着动作也重复着思想。人间许多美好事物都难以享受，哪里还会有属于自己的梦想。

当20世纪即将结束的前20年，中国进入一个开放的时代，人们衣着的色彩多了，心灵之湖的涟漪多了，梦想也就自然而然地恢复。依我此时的年龄，按说不应该再有梦想，然而我却梦想接连不断，为此，我特意写了篇短文《开始有梦》，用以表达自己真诚的喜悦。这时我才蓦然懂得，梦想跟花儿一样，只有在风和日丽时，它才会自由地绽放。

现在，时光之水在静静流淌着，已经悄悄流入新世纪河床，人类又走进一个新的天地。在这样的时刻谁能没有梦想呢？我做为一个普通中国人，当然也会有自己的梦想。然而我的梦想又是跟我的经历相连的。在我生长的20世纪里，给予我的苦难和痛苦，实在多得令我胆战心惊。童年的梦想被日寇的铁蹄踏碎，青年的梦想在政治运动中破灭，中年的梦想消失在下放的劳役中，到了可以梦想时已经进入老年，这时再有梦想都无法实现。所以让我谈对未来的梦想，只有一个不是梦想的梦想，这就是：让中国人永远在梦想中生活。

一个人乃至一个民族，倘若没有了梦想，就会失去创造性，即使生存着也缺少活力。就如同河里没有了水，叫河流却没有水的灵气；就如同山上没有了树，叫山却没有山的秀色，这样的生命是多么可悲可怜。纵观我国改革开放这二十几年里，国家处处充满生机，人民个个胸怀有志，就是因为赶上了梦想的时代。有了梦想就不愁创造，有了梦想就会有进取。而这一切又是需要安定环境做保障。因此，我真诚地希望未来的中国，不要再有战争，不要再有伤害，让每个人的人格都受到尊重，让每个人的梦想都能实现，那时的中国肯定是美好的。

我的这个不是梦想的梦想，对今天年轻一代中国人来说，它实在有点儿过于卑微浅显，甚至于是对梦想的牵强附会。然而，对于经历过苦难的我这辈人来说，正是因为没有尝过梦想的滋味，对于梦想的渴望、祈盼和珍惜，就越发显得比别的梦想更重要。梦想早已经不属于我了，只能把梦想寄托年轻人。在这新世纪到来之际，我真诚地祝愿年轻人，为了这有梦想的年代，为了实现自己的梦想，勇敢地去梦想、去创造，这就是我对“梦想中国”的期望。

第二辑

韶光背影

童年的游戏

捏泥人儿

故乡多水。故乡孩子们玩耍也就离不开水，洗河澡，钻苇塘，掏螃蟹，放苇船，吹苇哨，捕水鸟，钓河鱼，打水漂……如此等等，这是再平常不过的了。我小时候母亲管的严，几次偷着下河洗澡，被母亲察觉后都没有轻饶过，因此也就未学会游泳。对于水边长大的我，几乎成了终身遗憾。所以，小时候的玩耍，除了下河洗澡，别的都不在话下。

说到小时候的玩儿，有一样儿，总是让我念念不忘。这就是捏泥人儿。

从河滩上挖一块泥，视其软硬情况，或掺土或加水，把泥和得适度后，就开始捏小人儿。有艺术天赋的孩子，捏出的泥人就很像，脸面有鼻子有眼，四肢形体比例相称，甚至于男女都分得出。更多的人没有天赋，只能捏个大模样，细部就分不出来了。泥人儿捏成放在一起，这个说这个像谁，那个说那个像谁，然后一起哈哈一笑，别提多么开心啦。

捏泥人儿只是个统称，凡是用泥做的东西，在故乡的孩子中，都是叫玩泥人儿。用泥做房子、做桌椅、做小船、做花瓶、做锅碗……也包括其中。最有意思、最开心的玩法，我认为还是摔泥罐儿。做一个罐子形状的泥胎，罐体厚，底部却薄薄的，然后底部紧挨手心，用劲儿往地下一摔，立刻发出“嘭”的声音，就跟春节扔甩炮似的，只是没有烟火的香味儿。

这会儿城市孩子们玩泥土，总得花钱到专门的商店，还美其名曰什么“陶艺”。尽管比我们那时显得文静，而且有人手把手指导制作，做出来的东西也蛮像，但是我总觉得比我们那会儿，好像少了点什么更让人动心的东西。那么，到底少了什么呢？我想应该是对故乡的亲近和自己的创造。

布缠足球

这会儿的孩子，都喜欢足球，有的还能踢两脚。可是我要问，你们踢过布足球吗？大概连听说都未听说过，肯定的。这并不奇怪，因为这种足球商店里根本没卖的，只能自己做。可是现在的孩子，家庭再不富裕，总还能买得起足球，有谁家还自己做呢？即使自己不买，学校也有足球。可是，我小时候却不同。足球很贵，喜欢足球只能自己做。

先用诸如铁丝棉花套子等物，缠绕个圆的球胎雏形，然后就一道一道地缠布条，越缠越大，越缠越大。很快，一个小足球就做成了。只要不是下雨天，这种布缠的足球踢起来依然很轻快，唯一的缺欠就是，万一布条缠得不紧，在踢的时候容易散开。为避免踢时散开，小伙伴们比赛时，就多准备几个球。布条颜色、宽窄不一，刚缠出的球花花绿绿，有时颇令人爱不释手，踢谁的新球都舍不得，争执好久才不得不拿出。

那时我读书的学校有足球场，不过球门太宽太高，我们身量小够不着，就用绳子横一道竖一道栏住，变成适合我们玩的尺寸。每天下午放了学，几个要好的伙伴儿相约来到学校操场，把书包往地下一放，就开始踢起来。那时也不懂规则，更没有位置概念，反正把人分成两拨儿，争着抢着往球门里踢，哪拨儿进的球多就算胜利。在场上喊叫着、推搡着，真的很开心、很得意，课堂上一天的沉闷，就在这时一扫而光。

有时玩上瘾来，踢到天昏地暗，实在看不到球了这时才想起回家。母亲询问迟回家的原因，怕母亲惦记和责备，开始难免要说慌话，接二连三几次下来，慌话再也说不圆了，母亲就说："说实话，到底干什么去了？不能说慌。"从此如实告诉母亲，母亲反而高兴，我也玩得踏实。只是得劳累母亲每天给我留饭。

抖空竹

空竹是这种玩具的正名，在我的家乡叫"嗡嗡"，大概是由空竹抖起时，发出嗡嗡的声音而得名。我小的时候一到春节，家乡小镇的街道里，处处都响着嗡嗡的空竹声，合着此起彼伏的鞭炮声，给春节增添了浓浓的年味儿。如果寻着嗡嗡声走过去，到跟前就会看到，抖空竹的孩子们个个穿着新衣服，兴高采烈地抖空竹，技艺好的还会抖出花样，如猴爬杆儿、鸡上架等等，有声有景就更有意思。

父亲那时在天津做事，每年春节回家过年，他都要给我带些玩具，其中必有一两只空竹，或者是单轴或者是双轴。为了让空竹更结实，抖起来声音更响，父亲还要重新地灌胶，封住空竹透气的缝隙。为了让空竹有色彩，抖起来形状更美，父亲还要粘上彩纸，空竹旋转时格外惹眼。一个小小的空竹，经父亲精心调理，比原来越发显得神气。因此，比之别的小伙伴，我就更加喜欢抖空竹，技艺似乎也要好一些。

最有意思的当属空竹比赛。空竹比赛的项目，通常是赛扔空的高度，或者是看谁抖的花样多，如果是比赛单轴空竹，就看在地上旋转的时间。比赛裁判一般都找长辈人，同辈人怕搞“猫儿腻”不公平，万一输了的一方不服输，大过年弄得怪不痛快的，岂不是显得很扫兴吗？别看当时年纪都很小，这点儿道理大家还懂，干脆就在比赛前立规矩，最后输的赢的都没话说。因为是自发的比赛，即使是赢了也没奖品，只是输家把自己的空竹让赢家随便玩上几次，摔坏了也不用赔偿。

就是这么一个小小空竹，在春节期间给予的欢乐，让许多孩子久久难忘。春节过去以后谈论时，那种快乐还会在心中荡漾，耳畔依然有嗡嗡声萦绕，仿佛春节的余味儿还在散放。

捉迷藏

在童年所有的游戏中，玩得最多、最让我开心的，应该要属捉迷藏了。

这种游戏既不需要器具又不需要场地，只要有些能够遮挡身体的物件，就可以无拘无束地随时玩起来。人不管是多是少，分成为两拨儿，一拨儿藏，一拨儿找，找到了就算胜，找不到就算输，胜了的一拨儿便成为藏家，输了的一拨儿便成为找家，这样来来回回地因胜负而调换，胜负两家都很兴奋。

玩捉迷藏的游戏，身材矮小的孩子比身材高大的孩子要多少占点便宜，因为遮挡起来比较容易。但是也不是绝对的，更要看是否机智灵活。有的孩子身材很高大，动作却很灵敏，又肯动脑子，他能准确地观察判断情况，视寻找方动向随时变更藏身地，往往比别人更难捉到。这也正是捉迷藏游戏好玩的地方。

当年一起玩捉迷藏的小伙伴，有两个人我至今记忆犹新。一个叫锁柱，个头较大，虎头虎脑，表面看好像很笨重，其实很会动脑子，行动也很灵敏，做藏方他会不时更换地方，做捉方他会观察动静，伙伴们都称他“虎仔”。一个叫三宝，个头很小，身体单薄，做藏方转眼工夫就不见了，做捉方不声不响就来到跟前，因此小伙伴就给他起了个外号“耗子（老鼠）”，用以说明他的超人之处。“虎仔”和“耗子”这两个人都是捉迷藏的好手，把他俩放在一拨儿，一般情况下无人愿意，通常是让他俩当“拨头儿”，一人带领一拨儿较量。

捉迷藏的游戏看似简便单调，只是捉捉藏藏。其实，玩起来非常开心，捉住的喜悦，被捉的尴尬，都在变化的瞬息中得到充分的享受。更何况捉迷藏还能启机智、练筋骨，实在是种好游戏。至今想起来都觉得好玩，恨不得找人再玩一把，重享那有过的童年欢乐。

故乡记忆

河 边

总是忘不了故乡的河。

那条名为蓟运河的水流，童年时给了我不少的欢乐，这会儿只要回忆童年生活，就会情不自禁地想起她。她的长长流水，如同母亲的乳汁，滋养了我的身体和灵慧。长大以后无论走到哪里，面对怎样的名川大流，或许会有一时的激动，而当沉静下来，还是心倾故乡的河。

故乡的蓟运河弯弯曲曲，两岸丛生密密匝匝的芦苇，夏天暑热难当，这凉爽的芦苇塘就成了孩子们的乐园。在碧绿的苇丛中追逐，百顷河滩翻起瑟瑟波浪；用苇叶编成轻巧的小舟，放在河里随水流漂向远方；轻手轻脚地掏出巢穴中的小鸟，把玩一会儿再送它回家。这些只有乡间孩子才有的欢乐，充满无限甜蜜的圣洁天趣，孩子们善良纯朴的性情就在这时形成。

然而，更让我喜欢的玩耍，还不完全是这些，而是吹奏芦苇哨。好像是老天有灵，知道乡间孩子不善言辞，示意用苇哨做嘴巴，倾诉对故乡的深情。每当夏天来临，芦苇茂盛时候，在故乡蓟运河的河边，总会听到美妙的苇哨声。这哨音委婉、清丽、悠长，透着水灵灵的潮润气息，飘散在故乡的土地上。这只只轻巧的苇哨，大都含在孩子们的嘴里，越发显得单纯而深情，谁听了都会动心。

我记忆中的孩子，如今都已经老了。再无心思掏鸟，追逐，吹苇哨，但是我相信，他们对故乡的眷恋，永远都不会衰老。因为，在他们血脉里流淌的血液，早就溶入故乡河流的长长的水流中……

冬 夜

乡村冬天的夜晚是漫长的。袅袅炊烟刚刚熄灭，村街处处就响起呼唤声，于是，玩耍的孩子们就会循声而归，吃过饭再不会出来。那一盏如豆的油灯，陪伴一家老小度过长夜，欢声笑语随着灯花跳跃，至今想起来依然很温馨。

孩子们总是向往自在。在这漫长的冬天夜晚，大人们或许会感到惬意，尽情地享受这难得的宁静，对于跑疯了的孩子们，却难以忍受这寂寞。他们在坑上地下打闹，大人们连说话都不可能，更不要说做什么针线活。要想栓住孩子们的心，只有讲那些好听的故事，他们才会安静下来。

其实，乡下人又哪里有什么故事好讲呢？无非是《封神榜》、《小八义》之类的评书。就是这些老掉牙的故事，总是让孩子们着迷不已，他们想象的翅膀就从这时开始张开。

那时候，冬天雪多，有时一场大雪来临，把房舍封得严严实实，人们只好在屋里闲坐。这漫长冬夜的话题，许多都是关于雪的。大人们自然会想到庄稼，这场雪乐得他们心花怒放；孩子们自然想到雪地玩耍，这场雪让他们早起许多时辰。我的关于雪的记忆，最美好的，同样大都来自童年。因此，在后来的生活中，遇到那么多暴风雪，我依然保持着一份纯净。

乡村的冬夜，总是那么平静。这会儿想起来，我浮躁的心便会沉实。

窗户的景致

离开祖居的老宅多年，每每想起儿时的时光，就会想起老家的景象，以及那给过我欢乐的窗户。

我家的老宅，是北方县城里一座典型的四合院。正房的台阶高高的，厢房的门户对开着，进院还有一栋门房，遮住喧闹的市声，小院显得格外清幽。祖辈们居住的正房，门前有个方方的天井，全家人经常在这里歇息。炎热夏天夜晚纳凉的时候，孩子们依偎在大人身边，数着天上的星星听讲故事，就是在这个小天井上。这时，花草的芬芳随着微风轻轻飘来，院子里立刻显出温馨，就没有了暑热的感觉。听故事听得入迷时，常常会忘记时辰，直到两只眼睛打架，实在熬不住才去睡觉，可是，刚一爬上炕又来了精神，就悄没声地独自看窗户。

走出祖居老家多少年以后，许多事情都已经渐渐忘却，唯有那老宅里的窗户，至今想起来还清晰如初。在这所故乡的老宅里，我度过了无忧的童年，这里的各种人情景物，自然都很熟悉、都有感情，那么，又为什么唯独对这窗户会有如此难弃的缱绻之情呢？我想这同我扒窗户观景致不无关系。

说起老家的窗户来，不知是玻璃太贵，还是出于旧习惯，反正那时的窗户都是用棉纸糊贴，就是家境殷实的人家，在我的记忆里，好像也很少装大块玻璃，顶多装一小块做点缀。我们的老家虽说也在北方，却又不同于东北的人家，东北的窗户纸糊在外边，我们的窗户纸糊在里边，大概是风没有东北的强劲。这纸糊的木棂窗户，就如同一个人的脸面，家家都尽量往漂亮打扮，通常是贴红色窗花，样子大都是喜庆的，如“喜鹊登枝”“梅开四季”“鸡鸣报晓”“鲤鱼跳龙门”等等。还有的人家把棉纸刷层桐油，晾干后再糊在窗户上，既增加了窗户明亮度，又结实得能抗风雨侵蚀。故乡人的灵慧，毫无遮拦地呈现在这窗户上。

夜晚躺在坑上睡不着觉，常常是两眼紧盯在窗户上，不是看月影，就是数窗棂，消磨这难耐的寂寞时光。别看我家窗户上什么也没有，它只是一格格的空白，可是只要两眼盯着窗户，在我想象的天幕上总会幻化出各种图案，有的似花，有的像树，有的成鸟，有的变鱼，总之，凡是我能认识的东西，此时都会出现在眼前。就像家乡的皮影戏，培养了我的想象力，使我幼小的心灵，开始学会憧憬美好的事物。所以，长大以后有人问我，你读过“小人书”吗，我总是肯定地回答：“读过，比你们读的还精彩，一本是皮影，一本是窗花。”这两样东西，是我的故乡最好的美学教材——尤其是那窗花，装点着艰辛生活，让人们从中得到些许宽慰。

记得有年夏天晚上格外闷热，在院里纳凉到深夜，困得实在挺不住了，就跑到屋里去睡觉。迷迷糊糊地听到沙沙的声音，睁开眼睛一看，窗上黑影斑驳，还不时地在左右晃动，我马上跑到窗户前巴望，把眼睛睁得又圆又大，可是怎么也看不到窗外。噢，原来是一时心急，竟然忘记了是纸窗户，清醒后不禁自己暗笑，就用手指捅开个小洞，这才看见外边的情景。原来是“爬山虎”在捕捉小虫子。由此我得到了启发，只要听到外边的动静，我就捅开窗纸巴望，结果这个洞越来越大，直到秋凉时节有风吹进，母亲才注意到这个洞。可是母亲并未责备我，甚至于连问都未问，她用刀割掉这格的窗纸，然后在周围钉几个小钉子，在钉子上拴几条细绳，再用细绳拦住一个卷帘。这样，想看外边就方便了。

自从有了母亲做的这个卷帘，我的视野一下子开阔许多，秋夜看繁星，冬晨观飞雪，夏日听雨声，春天望雁归，即使在不能外出的天气里，我都不会感到寂寞难当。尤其是在观赏这景色时，我想象的翅膀就会张开，在无际的趣味天空里遨游。喜欢上文学以后，我学着写诗作文，都离不开想象力，说不定正是这个小窗户给了我最初的培养哩。因此，只要想起老家，就会想起这个小窗户，想起这个小窗户，就想起聪明贤慧的母亲。

放风筝

朗日晴空，微风托起片片风筝。在孩子的眼里，这便是春天了。别的什么，譬如河解冻、树发芽都算不上春天。我的童年也是一片风筝。

那时，乡间的生活贫困，单调，几乎没有什么好玩的，给孩子欢乐最多的，当属父母给糊制的风筝。风筝在蓝天上悠悠地飘忽，没有烦恼，没有忧愁，多像孩子童年的心境啊。倘若不是有根绳子拉扯着，风筝任着性子荡向远方，那该多好，趁寻找风筝的时候，不就可以逛逛世界吗？孩子们常常这样想。那时，想象的世界就跟风筝一样飘忽无定。

每逢放风筝的孩子凑到一起，空旷的原野上便会响起说笑声，尖细短促的声浪使原野越发显得空旷。一场隆重的风筝赛，马上就要开始了。风筝的式样并不重要，飞得高才是好样的，风筝手自然也成了英雄。孩子们的竞争意识，在放风筝的时候渐渐地在心中蕴育，今生今世就再不会忘记。

我童年的风筝，早从岁月的天空消逝，留下的只是记忆。这记忆如同一条长线，拴着童年生活的风筝，在寂寞的回忆中飘荡。有时想到生活中的种种烦恼，常常地想，心境永远像只风筝该多好，哪怕依然被长线拉扯着。

果汁儿刨冰

城市里的人真有口福。光正经的中西餐食，就有各大菜系中餐，法式俄式西餐大菜，等等，我们就不去多说了。单说这夏天冷饮冷食，就多的几乎难以尽数，这个汁那个液，这个果那个料，这个奶那个浆，让人眼花缭乱、目不暇接。听听看看都会心生“凉”意，再热的天气也会清爽许多。

北京街头冷饮小店比比皆是，家家的生意好像都非常火爆。据我家附近的冷饮店老板讲，冷饮冷食早已跨越季节界线，有好吃这口的人冬天也吃。大概正是因为有吃客的缘故，“麦当劳”“肯德基”洋快餐店早就顺便经营冰淇淋了，最近去一家江西餐馆吃饭，我发现这家餐馆也卖冰淇淋，看来这“冷”买卖还真“热”。有天去亚运村溜弯儿，无意间碰到个冷饮亭，专卖美国冰淇淋，据门前广告介绍，品种竟达60多种，好家伙，这得掏走孩子多少钱啊。我不禁摇了摇头悄悄走开。

回想我小的时候，夏天也有冷饮冷食，只是非常地简单。母亲做的有绿豆汤、酸梅汤，街上买的有冰淇淋、冰棍儿，品种质量当然没办法跟今天比，不过它们依然给我解了暑热，并带给了我许多童年快乐。我前边已经说了，这会儿城市夏天冷品，光冰淇淋就有上百种，大饱了人们口福。可是有一种冷食品，北京市场上很难见，不光是现在的夏天，就是过去几十年里我好像都没有吃过，这就是果汁刨冰。可是在家乡天津，这种浇果汁刨冰却极为普遍寻常，大街小巷都有卖的，价钱也不算太贵。这是一种物美价廉的大众化食品。

年少在天津读中学时，学校门口和街道道口有好几个刨冰摊儿。一部刨冰机，一张木长桌，两把长条凳，几十个放冰盘，四五个果汁盆，外加老板热情微笑的脸，就是一个很不错的刨冰摊儿。盛夏时节母亲给的零用钱，十有八九都用来买刨冰吃。刨冰这种夏天节令食品，既有冰棍儿的凉度，又有冰淇淋的口感，还有果汁儿的滋润，所以深得孩子们的喜欢。课间休息的铃声一响，同学们就往校门外跑，争着抢着买刨冰吃。卖刨冰老板很是精明，怕买主多了一时刨不出，刨多了放那里又会融化，他们就踩着钟点儿刨，提前个三五分钟开始刨，只等同学们出来加果汁，既不让同学们久等，自己又及时挣了大钱。

吃刨冰的同学跑到摊前，这个要这种汁儿，那个要那种汁儿，老板边收钱边递货，忙坏了老板也快乐了老板。讲究的刨冰果汁儿，最少也得有个六七种，如小豆的、红果的、橘子的、柠檬的、葡萄的，等等，摆在一起如同个调色板，未吃就先大饱了眼福。我最爱吃的果汁，就是红果和小豆。这两种果汁，一个酸甜，一个谷香，都很有味儿。不过再爱吃也不多吃，每天只吃一盘，最多吃两盘，有时为了解馋多吃几样果汁，就跟一两个同学交换几勺，这几勺刨冰显得越发好吃，比自己独吃的都回味无穷。同学之间也因换吃增强了友爱。

参加工作以后来到北京，这一住就是几十年，夏天吃过的冷食不算少，惟独没有吃过喜欢的刨冰。这时我隐隐地发现，我是那么想吃刨冰。想吃的时候就怀念家乡，就回忆童年，一种莫名情感竟悄悄攀上心头。到底是想吃刨冰呢，还是怀念家乡，抑或眷恋童年时光？不知道，也不想知道。反正非常想吃刨冰——在家乡吃过的那种红果浇汁刨冰。

少年起步正当时

如果按现在要求学生的标准，衡量我在中学读书的状况，我可算不上是个好学生，除了自己喜欢的课程以外，诸如数学、理化、外语等课程，几乎从来未得过高分儿。中学时代是怎么过来的，连我自个儿也说不清。幸亏那会儿家长管束不严，学校也没有拧得像现在这样紧，不然那会儿我一准得逃学，恐怕连后来的一点儿知识都会跟我无缘，岂不是白白地混过那段黄金时光。不过，也有值得骄傲的事情。我读书的学校是天津一中，在当时是全市数一数二的中学，就是现在，在全国也排得上号，可以说跟赫赫有名的南开中学齐名。这就使得我的中学时代总还有点儿光彩。

别看这所学校这样有名气，读书环境在当时却很宽松，打个不很恰当的比喻，有点儿像个百树丛生的林子，什么鸟儿都有可心的枝头栖息。照现在一般人的想法，这样著名的重点学校，应该更看重数（学）、（物）理、化（学）课程吧，其实并非完全如此，就是所谓的小三门儿音（乐）、体（育）、美（术），我在这里上学时也是颇受重视的课程。别的学校的体育课每周只上一堂，这所学校每周上两次，体育不及格照样留级。音乐和美术课也不能马虎。在这所中学读过书的科技人才不少，在一本天津一中同学录中我曾经看到，有许多校友都是国家建设部门的业务骨干。就是文艺体育方面也出了不少的名人，像我知道的游泳健将穆祥豪、穆祥雄兄弟，男子篮球国手白金申，乒乓球国手王志良等等，都在这所学校读过书。文艺方面的人才，像著名歌唱家李光羲，已故的话剧表演艺术家金乃千，在《四世同堂》中饰演大少爷的郑邦玉，以及作家林希、赵玫（这所学校招收女学生，是在我离开以后的事情，有次跟赵玫聊天儿，才知道她在一中读过书）等人，他们的事业都是从这里起步的。

我在天津一中读书那会儿，学校里有不少的文体组织，像新闻通讯社、话剧社、歌咏队、篮球队、排球队、田径队等等，都给学生提供了活动的机会，更使学生的爱好得到了满足。当时的天津一中，没有女学生，从初一到高三，都是男学生，演话剧的女角色，就由男生扮演。那会儿我不认识金乃千，但是他在天津一中很出名，就是因为在话剧队里他常常扮演女角儿。爱上话剧演出以后，金乃千报考了中戏，毕了业成为名演员。后来他和我都到了北京，彼此交往也就多了起来，每每回忆在一中的时光，说到他演戏男扮女角的事，我们两人总要哈哈大笑。著名的篮球国手白金申，在一中的时候比我高几个年级，我经常站在操场看他打球，所以那会儿就知道他的大名，以及全校师生通称的“大白”。现在人们一说起名人来，好像非得全国皆知才算，其实无论大小地方或单位，都有自己心目中的名人。当时在我的心目中，穆家兄弟、白金申、金乃千等人，就是一中的名人。他们给学校争得的荣誉，更是让我羡慕不已，暗地里希望有朝一日，自己也像他们那样，给学校做些有光彩的事。

当时，我比较喜欢文学，尤其喜欢诗歌，只要有时间就跑书店，找一两本诗集，抱着在柜台边上看。不需要花钱买，却能长知识，这叫看“蹭书”。艾青、鲁藜、田间、闻一多、戴望舒等新诗人的诗，莱蒙托夫、普希金、雪莱、海涅等外国诗人的诗，徐志摩、朱自清、冰心、巴金这些作家的散文，还有一些翻译的外国小说，我都是这么看蹭书蹭来的。看蹭书起码有两个好处，一是不花钱老看新书，二是不像借书那么麻烦，除此而外还有个更大的好处，促使你必须专心致志地读书。当然，那会儿中学里的功课，也不像现在的学校安排得紧紧死死的，不让学生有个松动的余地。

说起看“蹭书”来，我想起一件事。那会儿天津有位作家叫刘云若，他写的小说大都是城市里的故事，跟我们的生活很贴近，大家自然很喜欢读。有次和几位同学读他一本小说，小说里讲的故事发生在天津马场道一带，我们几个孩子信以为真，几个人一合计，放了学就急匆匆地跑到马场道，寻找书中说的那个红门大宅院。见到一个红门大院就向里扒望，还边看边议论是不是这家，如果觉得不像好继续往别处找。正当我们几个人趴在地下，从一家大院的红门缝向里瞧时，忽然被人从背后踢了一脚，回头一看是位中年男人瞪着我们。他以为我们是小偷，要送我们到公安局去，我们一边央求一边说明情况，直到我们把一中校徽亮出来，他这才放心地让我们走开。可见那时候我们是多么迷恋自己的爱好。

孩子们都是善于模仿的，一旦有了自己认定的理想，总要悄悄地幻想着实现。我喜欢上诗歌以后，开始并不敢写诗，就先从写小稿学起，心中却暗暗地打算，争取将来当个作家。我把想法说给一位高年级的同学，他就介绍我参加学校新闻社，我想这样也不错，即使成不了作家，当个记者也很好，跟自己的理想不也蛮接近吗？从此，我成了一中新闻社的成员，跟着高年级的同学一起，在学校出黑板报、编油印报，同时向报社、广播电台投稿，课余的时间显得特别充实。

那会儿，天津市的中学生每几年就开一次运动会，一中有开展体育运动的传统，一中的运动员总要拿些好成绩，全校师生都会大受鼓舞。我们学校新闻社的成员，在这时候也格外地来劲儿，学着新闻单位叔叔阿姨的样子，分成记者、编辑、出版几拨儿人，大家分头开展各项活动。我那会儿的语文比较好，尤其是作文在年级中数得上，这时通讯社就让我当小记者，采访运动员，写大会花絮，然后发表在学校黑板报、油印报上，有的还在报纸或电台转发。这样一来就对写作的兴趣更浓了，促使自己向更高的水平攀登，一来二去地有了努力的方向。

真正想从事文学写作，是在我写了一篇文章由《天津青年报》发表之后。老师告诉我，这样的文章叫散文，只要经常地写下去，慢慢就会熟悉了。经老师这么一点拨，我心里开了窍儿，觉得自己还能写，从此，就更加用心了，有意识地朝着这方面发展。只是自己的天分差，而且只想着写作，忽视了认真读书，终成不了大气候。说起来这些年在编辑工作之余，也经常发表些散文随笔，算是实现了早年的理想，但是跟我同时期学习写作的人比，我这些东西又算得了什么呢？我之所以跟同辈人拉开了距离，天分不及人家当然是主要的，但是还有个不可忽略的情况，这就是我没有好好地读书。也就是说，先天的基本素质欠缺，加之后天的勤奋不够，再美的理想，再好的向往，都很难达到自己欲求的程度。

从中学校门走出来进入社会开始工作，转眼几十年过去了。我由一个风华正茂的少年，成为现在日渐衰老的长者，这其间经历多少事情呵，无论是喜的、是忧的，无论是大的、是小的，有许多事情让我激动过，但是最让我感激不尽的，莫过于中学时代的生活。这一段生活的时间，其实并不是很长，然而对于人的一生，却有着极为重要的意义，就如同一座房屋的根基，夯实了才会盖起高楼大厦。回想成年以后能够做点事，学会用笔倾诉心中的话语，就不能不想到中学时的日子，因为后来从事的职业，正是从那时起步的。没有最初的爱好，没有学校的培养，就很难成为人才。

哦，中学时代——霞光一样美好，黄金一样珍贵。它是那么重要，然而，又是那么短暂。谁在这时候有个坚定的起步，一生都会拥有享用不尽的财富。谁在这时候虚掷时光，谁就会在今后懊悔莫及。这就是中学时代给我的唯一启示。

爱好的延伸

少年时代是人生的梦季，即使家境再贫穷艰难，孩子都会有自己的梦。只是由于生活的环境不同，每个人的梦才不尽一样，因此才有五彩缤纷的梦境。这梦不管在将来能否成真，回忆起来都会有着温馨。所以，少年人一定要珍惜你有过的这样那样的梦想；因为未来的生活和事业，说不定就要从梦想开始呢。

我在美梦缠绕的年龄，同样有着自己的梦想，那就是想当一名医生。可是还未容我向梦想靠近，爱好带来的一个偶然机会，使我的梦想突然有了改变，以至于影响了我的一生。这个促成事业机遇的爱好，就是在读初中的时候，我喜欢上了文学写作，我的习作《可敬的人》，在《天津青年报》上发表，我心中隐约地有了文学梦。

当时，我正在天津第一中学读书。刚刚建立起来的新中国，像一轮红日照在海河之滨，尽管解放前我的年龄小，不曾体会旧社会的艰难，但是新社会带给长辈的欢欣，却深深地感染着我这辈人，我们用与前辈完全不同的方式，享受这美好的中学时光。为了满足学生多方面的爱好，学校成立了各种文艺社团，我当时既没有好嗓子，更没有演戏的天赋，属于那种基本无特长的学生，在同学撺掇下参加了文学社。有次班里组织同学到钢厂参观，工人师傅们顶着高温烘烤，站在钢花飞溅的炼钢炉前，为支援抗美援朝战争，日以继夜地辛勤劳动着。这种劳动情景和热情，实在让我们感动不已，回到学校班主任就找我，说："你参加了文学社，练着写点文章吧。把今天参观钢厂的事，先写一写，写好了给我看看。"我利用课余时间写了一篇千字文，然后郑重地交给班主任。文章连个题目都没有。

几天以后的一个下午，我正在操场上跟同学玩球，负责文学社活动的老师从老远的地方喊我的名字。我急匆匆地跑到这位老师面前，他打开手里拿着的报纸，问我："这篇文章是你写的吧？"我凑到跟前一看，是张《天津青年报》，一篇题为《可敬的人》的文章，署着学校名称和我的名字。因为我没有向外投稿，也还未看文章内容，一时不好回答是不是，我就拿过来仔细地看了看，嗬，还真是我那篇钢厂参观记，只是不知谁加了题目。后来听班主任讲，他觉得这篇文章内容充实，文笔流畅，便推荐给了报社，结果还真的发表了。语文老师见过这篇文章后，告诉我说："你写的这篇文章，从文体上来说，应该是篇散文。写得不错，以后多练习写。"

这篇第一次印成铅字的文章，如果还算散文的话，就是我的处女作啦。

文章发表以后，得到了第一笔稿费，在吵吵闹闹中，请同学们吃了糖，自然我比别人更高兴。大概就是从这时开始，一个朦朦胧胧的作家梦，在我幼小的心中形成，它像一团强力酵母菌，在我身上渐渐起了作用，一种想接近文学的欲望，就这样挥之不去地伴着我。所以后来应报刊编辑之约，给中学生朋友们讲述有关理想爱好一类的问题，我总是希望少年人一定要珍惜最初的爱好。这爱好就是事业的起点，有时还是人生的机遇，沿着这条路顽强地走，说不定会成就一番事业。即使像我这样没有大的作为，当做一种终身业余爱好，不是也可以给自己带来乐趣吗？

我真正喜欢上文学以后，跟许多文学青年一样，是从痴迷诗歌开始的，先是朗读诗歌，后来偷着写诗，还真的发表过一些诗，直到意识到自己无诗才，这才下决心停笔。谁知这诗神并不完全美丽，当“反胡风运动”风暴掀起时，我这喜欢诗歌的青年人，由于听过诗人阿垅、鲁藜的课，以及我的两位诗人朋友林希和山青是阿垅、吕荧先生的学生，我也就不可避免地遭殃，成了运动批判和审查对象。

这时我的心中真不是滋味儿，不禁埋怨起那篇处女作，倘若没有那次偶然“成功”，读书时学好数理化各科，进入社会做些技术工作，很有可能避开这为文的劫难。但是想象终归是想象，事实是我吃上了文字这碗饭，除去划成“右派”被迫离开，这前前后后的几十年里，都是在报刊、出版社编辑岗位上。这就是由一篇《可敬的人》引发的，我跟文学说不尽的恩恩怨怨。

经历过长达22年痛苦的流放，再次进入报刊出版界工作，本想从此不再提笔写作，只安心地为他人做好嫁衣。岂知这从小培植起来的爱好，就如同一个穿上冰鞋的孩子，只要走进冰场就会习惯地抬脚，不知不觉地又溜了起来。20多年前，《中国青年报》的朋友约我给他们的《青春寄语》写几篇专栏文章时，我心又动了，手也又痒了，这一写就又成了瘾。这些年的生活比较安定，我又没有别的什么爱好，就把业余时间都用来爬格子。这些文章后来结集成书，由中国青年出版社出版，这就是我的第一本书《生活，这样告诉我》。

我第一篇散文《可敬的人》，发表至今已50多年了，我的第一本书《生活，这样告诉我》，出版至今已经20多年了，如果把它们看成一条线的话，那篇《可敬的人》不过是个爱好的起点，而这本《生活，这样告诉我》则是爱好的延伸，跟此后这些年出版的书一起，构成了我风雨人生的画图。许多读过我近年文章的人说，你的文章都比较有真情实感，听到这话比给我个大奖还高兴，原因是我写作的唯一目的，就是想倾诉积在心中多年不得说的话。只要一想到我能够用笔说话时，我就会感激那篇处女作《可敬的人》，对于由它引出的种种不幸和苦难，我也就当做一种人生经历欣然接受啦。

现在，当顺着这条写作线往回捋时，让我唯一感到不悦和遗憾的是，这条线是那么弯曲、那么软弱——弯曲是苦难造成的，软弱是懒散造成的。要是时间和精力允许，我真想把这篇《爱好的延伸》当做处女作，争取今后写得好一些，以便不枉对文学爱好一场。只是希望它不要再给我人为的苦难。

北京老头儿

中学我在两所学校读过，最后就读的一所学校是天津市立第一中学。当时，天津一中跟南开、耀华中学在天津乃至华北地区都是很有名气的学校。天津一中的学生，不仅数理化功课好，有不少学生考上北大、清华，而且文娱体育活动也不错，出了不少著名演员、运动健将。在这所学校读书的学生，真正地得到了全面发展。

天津一中属于公立学校，认分不认钱，学生很难考入。这所中学的校舍，我读书那会儿并不好，远不如一些私立学校。校址是原来英军营盘，过去的兵舍成了教室。砖砌墙壁，铁皮屋顶。遇到下雨天气，雨滴敲打屋顶，嘀嘀嗒嗒雨声，犹如打击军鼓。在这所学校读书的学生，最感到高兴和满意的是营盘里的体育馆和游泳池，还有一个很大的操场。大概正是得利于这些条件吧，一中比别的中学更重视体育课，别的中学每周一节体育课，一中则是每周两节体育课，而且授课教师出身体育科班，这还不说，学生体育不及格还得补考，补考再不及格就要留级。我那时的体育并不好，有次考试不及格，补考时考篮球投篮，幸亏投进要求的数量，不然那次肯定会留级。头次观看精彩篮球比赛，就是在学校大操场，由华胜队和原子能队对阵，这两个篮球队都有一中同学。我可以毫不夸张地说，天津一中这所学校，是块肥沃的体育土壤。在这块肥沃的体育土壤上，生长出无数朵体育之花，有的后来成了著名的体育健将，仅我知道的就有，比我高几班的篮球国手白金申，跟我同年级的游泳健将穆祥豪、穆祥雄，以及后来的乒乓球健将王志良，等等，都是从天津一中起步走向世界。在他们伴随着庄严国歌，高兴地领取优秀体育大奖的幸福时刻，我相信他们一定会想起自己的母校，想起给他们启蒙的体育教师。只是不知道他们会不会想到，另一位值得尊敬的人——保管体育器材的“北京老头儿”。

这位体育器材保管员，姓什么已经记不得了，只知道他是地道北京人，说一口纯正的京腔京调儿。听说祖上还是一位清朝大官儿。此人说话膛音清亮，不带一点儿杂音沌调，他的腰板儿总是直挺挺地，一看便知是个喜欢体育的人。我们找他借体育器材时，就一口一个老师的叫，背地里却叫他“秃老亮”“电灯泡”，原因是他谢了顶的脑门儿，在阳光照耀下显得非常亮。但是，在更多的时候，有更多的同学，还是叫他“北京老头儿”。我们偶尔不慎叫出他的绰号，他听到了也不气恼，老人总是温厚地笑笑说：“孩子们，别这样。我都这样的年龄了，跟你们爷爷差不多，都上中学了，要懂事讲礼貌。”听他这么一说，我们这帮淘气鬼谁也不敢言声了，脸上也挂起羞愧的红云。可是我们这帮淘气包儿，就像一群没记性的老鼠，放下爪子就会忘记猫，以后又会照样戏弄老人。

记得有次跟老人借来足球在学校大操场上踢着玩，我们争着、抢着正起劲儿，突然天上下起了瓢泼大雨，躲也躲不开，避也无处避，索性不理会这一套，冒着暴雨继续踢个不停。不一会儿工夫，人成了“落汤鸡”，球成了“泥蛋蛋”，搞得一塌糊涂。我们这群淘气的孩子，好像谁也不想示弱，雨越是下得大，越是拼命地抢，还时不时地怪声喊叫，唯恐别人忘记这群“好汉”。

就在这时，我们发现操场边上站着个人，撑着一把油纸雨伞，不停地向场内招手呼唤：“快回来吧，别再踢了。”起初我们没有理睬，后来听他不住地喊，这才停下来走过去，原来是“北京老头儿”。他怀抱着几件雨衣雨伞，还有几条洁白的毛巾，正关切地等待着我们。待我们走到他跟前，他面带愠色和疼爱地说：“真不像话，这么大雨天还踢球，也不怕雨激着。以后再不要这样啦。”说着，他就一件一件地将雨衣、雨伞和毛巾递给我们每个人。后来见雨具不够用了，他就将手中那把雨伞，顺手递给一位同学，他自己却被雨淋着。

这初秋淅淅沥沥的雨，越下越紧，越下越密，像条条扯不断的线，从天上顺势飘下来，在地上激起汪汪水窝。这时，我看见“北京老头儿”浑身上下全被雨水淋湿，特别是他那光秃的脑袋，被雨水冲刷得异常光亮，像是一颗泡过水的葫芦。尽管那时年幼不懂疼爱人，更不会说什么感激话，但是一种说不出的滋味儿，立刻在我幼小的心中翻腾。这时我真想扑到他的怀里，亲切地喊他一声“老师”，不，大声地喊他几声“爷爷”。

难忘老电车

我一直怀念天津的有轨电车。

有天读《今晚报》，看到有轨电车即将重开的报道，说地点是在天津滨海新区。稍后几天，又见《今晚报》上刊出一幅有轨电车老照片。这条很不起眼的小消息，以及有轨老电车的照片，立刻让我的心为之一震。许多关于老电车的往事，如同电影一幕幕闪在眼前。心境和时光仿佛也回到从前。

我还是个少年时，在天津一中读书，家住在城西北角。每天上学、放

学父母不让骑自行车，就只能跟同学结伴乘坐有轨电车。那时，有轨电车按颜色分线路。白牌、蓝牌、绿牌电车，成了我每天必坐的车，日复日年复年下来，连开车师傅有的都熟悉了。即使叫不出师傅的姓名，从他们长相也会记住，哪位的脾气秉性好坏。遇到不讨厌孩子的师傅，这趟车就甭想消停了，如同在家里和学校一样，我们在车厢里疯窜瞎闹，有时被看不惯的乘客喝斥，互相递个鬼脸安静一会儿，只要那个乘客下了车，我们的疯劲儿就又上来。这有轨电车太让我们开心啦……

天津有轨电车最后一辆拆除那年，我正在内蒙古。得知这个消息，心里好像长了草，许多天都是乱糟糟，脑子里想的事情都是关于老电车的。其实，自己非常清楚，重返故乡根本无望，电车拆除与不拆除，应该说，对于我已毫无关系。那么，我到底留恋老电车的什么呢？冷静下来仔细想想，无非是这有轨电车装载过我的少年时光，见证过我的无忧生活。而这正是美好人生，自然不会轻易忘掉。

后来，我写过好几篇文章，记述车上往事前情，目的就是想在记忆里留住这有轨老电车，这才算稍稍舒解了思念之情。可是，有机会去大连和维也纳，看见街道上行驶的有轨电车，听着那当当的清脆铃声，立刻勾起我的未泯心思，又想起家乡消失的老电车。出于满足尚存的好奇心，更是想找回遗忘的感觉，在这两个陌生的城市里，我特意乘坐着有轨电车，无目的地来回闲逛游。尽管这不是天津的电车，车外的街景也不一样，但是那种惬意依然如初，着实让我过了把坐老电车的瘾，感觉上仿佛正在少年时。

总有许多年未回天津了。听朋友们说，过去的许多老建筑，如海河两岸的、五大道的都露出了昔日容貌。这些熟悉的地方，同样有我的足迹，很想再去走走，寻找远去的少年时光。然而最最想做的事情，还是乘坐有轨电车在家乡的土地上闲逛。即使电车式样变了，行驶的路线更改了，这都没有什么关系，只要我的心依旧，往日的感觉就会重现。

我现在就预想着，新的有轨电车建成，有朝一日我去乘坐，听到那叮叮当当的车铃声，我的心会怎样呢？相信一定会跟那铃声一样——清脆、轻松、欢快，如同我未泯的年少之心，跳跃在故乡的土地上。这时谁会说我的少年时光远去了呢？少年时代的生活，犹如水流的源头，只要生命河渠存在，永远荡着源头的涟漪。

中学生书包

至今，距我读初中的时间已经几十年。原以为，那段时光早就不属于我了，忽然有一天发现，我的想法错了。时光带走的只是年龄，而我的心境并未变老，依然透着纯真和好奇。让我有如此发现的，是一个中学生的书包。

那天早晨，我照例去菜市场，附近的这条小路，车少人稀，清洁宁静，喜欢热闹的人，一般都不愿意走这里。此时只有一个中学生和我在这里走。他走在前边，我走在后边。我们相隔不过两三米。他背着一个蓝色书包，步履艰难地往前走着。这个长方形的粗布书包，跟他身体的比例，起码有三分之一，从外形上看鼓鼓胀胀，包里好像装有许多的东西。这么大、这么沉的书包，里边到底装些什么呢？我边走边猜想着……

回想我读初中那会儿，甭说，书包绝对没有这么漂亮，当然也没有他的这么大。在我的印象中，好像就是一个小背包，里边是两层布分隔，外边是一扇布包起，用扣绳或纽扣系牢。有点儿像过去的军人包，不过颜色并非全是绿色，还有蓝色的、灰色的、黑色的。有时斜背在肩上，有时提在手上，丝毫不觉得沉重。下午放学有时不回家，跟同学去旧书店看书，或者在路上玩游戏，就把它平放在地上，当坐垫儿坐在上边。对于书包的这种做法，尽管显得有点儿不敬，但是却很随意自然，就如同当时的人，想问题、做事情都比较实际。

书包这样小、这样轻，那么，包里边都放些什么呢？就我现在的记忆，课本书是必不可少的了，还有笔记本也不能没有，文具盒有没有，这就要看个人情况了，有的人买不起就没有，有的人图轻便就不带，这就是书包里的东西。除此而外还带些什么，这就要因个人情况而异了。比方就说我个人吧，书包里还有两样东西常带着，一是借来的一两本文学书，二是一副买来的玻璃弹球，有了这两样一静一动的东西，我的课余时间也就过得有意思了。特别是这副玻璃弹球，什么时候想玩儿，找块平整的地方，把书包往旁边一扔，几个小伙伴就玩起来了，既方便又惬意。

十几岁的初中学生，大都比较贪玩好动，放学时同学一起回家，路上免不了打打闹闹，互相抢夺书包是常有的事。抢走了别人的书包，就要给人家拿着，或者跑出老远扔下，总之怎么有意思就怎么闹。倘若那时候的书包也像现在这么大、这么沉，我想就不会有人抢了，谁愿意走路压沉呢？有的更淘气的同学，想戏弄某个小伙伴儿，抢走人家的书包以后，就把书包里的东西，一样一样地拿出来，边走边往地上摆，隔一两米摆一样儿，让那个小伙伴在后边捡，别的同学还跟着起哄。这抢书包玩的恶作戏，让我们每个人都很开心。

在我的记忆里，那时候普通人家的家长，大都为全家生计奔波，很少有空儿指点孩子学习，最多偶尔问问读书情况，或者检查是不是贪玩儿。最简便的检查方法就是看书包。放学回来刚走进家门，父亲或母亲有时突然说，把你的书包拿过来看看，如果书包里只是课本，他们会很高兴地说，好好读书，别光贪玩儿，将来才有好的前途。如果发现书包里有玩物，他们就不是很快乐，但是也不会斥责你，这要看是什么玩物。若是弹弓子或者是小足球，就会嘱咐不要伤人不要打坏玻璃；若是他们认为不好的东西，就会马上绷起脸让立刻扔掉。有次我书包里有几张烟号（香烟盒里放的画片），母亲可能怀疑我学抽烟，就立刻抢过去扔在灶膛里。从此只要有这类玩物，我就悄悄地藏起来，生怕母亲再发现，当然更怕伤母亲的心。其实，只是玩玩这种烟号，根本没有学抽烟，不过有了母亲的提醒，我至今都不曾亲近香烟……

走在我前边的那位中学生，还在背着书包艰难地走着，可能学校离家比较远。他的书包在我眼前晃来晃去，让我想起有关书包的往事，即使现在也觉得蛮有意思。他的书包这么大、这么沉，里边装着课堂必备的书本，这无疑会给他许多知识，对于一个学生来说当然必要。可是，作为一个正在花季的少年，这又沉又大的书包背在身上，说不定又让他有可能失去些什么。究竟会失去些什么呢？我不知道，这得问他自己。反正我更喜欢我读中学时的小书包。

放学路上

我在家乡天津读中学时，学校没有重点非重点之说，只有公立和私立的区别。公立学校录取学生看重的是分数，私立学校录取学生主要是看学费，因此相对而言，公立学校也就比较难考上。我那时还算幸运，考上了天津市立中学（后改为一中）。市立中学是当时四所公立中学之一，另外还有省中（铃铛阁中学）、女一中、女二中。

熟悉我国近代史的人都知道，天津曾经被划割过好多租界地，租界地上大都驻扎着外国军队。我读书的天津市一中校址，1949 年前属于英国租界，学校校园原来是英国营盘（军营），校舍和设备自然比较一般，根本没办法跟南开、耀华这些老牌的私立中学比。天津市一中十分注重学生全面发展，尽管那时没有明确地提出什么要求，例如德智体美全面发展，但是在教学的实施和管理上却对学生有这样的安排，连体育不及格都要留级。从这所学校走出的学生，既有科技人才又有文艺家，就是偏爱数理化的学生也都略通文艺。

现在回忆，读中学的时光几乎没有当今孩子的压力，我可以毫不夸张地说，在欢乐中读书，在游戏中成长，好像是我这辈人的特点。我常跟朋友们说，我是在玩中长大的，从来没有什么压力。小时候，如果像现在孩

子似的由家长逼着读书，说不定我早跑了。所以，记忆中的童年都是欢乐。

我家距离学校比较远，那时又喜欢上了文艺，有时参加学校社团活动，有时跟同学去逛书店，经常回到家里已经很晚。母亲唠叨管教是经常的，却不记得有什么约束，更多的还是亲切叮咛，如路上注意车辆啦，放学早点儿回家啦，好好读书上进啦，如同春天的雨滴滋润在心田，总会照母亲说的去做。但是有时也不完全听，因为这一路上的景致，对于少年人实在充满诱惑。

从我家到学校距离相当远，乘坐老式的有轨电车中途还要换乘两三次。坐车坐的时间太久了，叮当叮当单调的车铃声难免让人心烦意乱，有时就中途突然下车，走进电影院看场电影，钻进书店看会儿蹭书，在我几乎成了家常便饭。回到家里母亲自然要询问，我从来不说谎编瞎话儿，总是一五一十地照实说，这样一来母亲反而信任和放心，再怎么回来晚她也不惦记，只是做好饭留在热锅里，等着我回来，看着我吃。眼神里透出的爱抚，总是让我很不安，有时在玩的时候想起就赶快早早回家，免得再让母亲操心。

有一次跟同学一起在书店，读到刘云若写的一本小说，书名好像是《街头巷尾》。故事是说一个富家小姐骑自行车不慎撞了人，被撞的人是个穷学生，富家小姐把他送到医院，在治疗过程中小姐常去探视，一来二去两个人产生爱情。刘云若是天津的作家，写的是马场道一带的事。马场道是富人居住区，距我们读书的学校不远，几个人对故事信以为真，就跑去挨着大宅院门，争着从门缝往里边扒看，想找到故事里的主人公。我们几个人在那里扒看，被巡逻的警察发现，差点儿误认为小偷，看了胸前校徽才让我们走。

还有一次是个大风天，傍晚放学回家乘坐电车，换车等候时间过于久，站旁恰好是家电影院，几个同学一商量就去看电影，放映的影片是《三毛流浪记》。因为影片的主人公三毛跟我们的年龄差不多，他的故事自然更吸引我们。电影散场以后出来乘车，这时车上乘客已经不多了，我们就在车上议论三毛。这是一条白牌电车的线路，围着天津旧城区来回转，购一张车票从起点到起点，在通常情况下都被允许。我们坐在车上瞎议论，既忘记了时间，又忘记了下车，不知不觉电车已经转了两圈儿，直到开电车的师傅提醒，这才停止议论下车。

距学校不远处有一所教堂，我不信教家里也没有信教的，只是这教堂的唱诗太好听了。有的时候放学回家从教堂的门口经过，听到传出音乐声，我就进去找个座位听唱。尽管唱词一点儿也记不住，意思更是似懂非懂，但是那音调和伴奏的琴声听后却很让我心旷神怡，觉得这异国音乐情调比当时的流行歌曲好听。大概就是从这时候起，我开始喜欢听外国歌曲，像《可爱的家庭》《夏天最后一朵玫瑰》这些洋歌，都是在少年时代学会的。这些歌唱起来觉得特别温馨，几十年后的今天回忆少年生活，一想起这些歌曲仍然暖意在心。

中学时代早已经离我远去，无忧的少年生活再美好，都只是我记忆相册的一页。撷取当年放学路上的小事，在这里随便地讲一讲，并不完全因为这些事记忆深刻，更因为这些小事后来启发了我。它使我懂得了这样一个道理：少年时代多接触一些事物，只要自己真正把握好了，对于个人的成长和未来都会有一定的帮助。倘若我没有读一些闲书，就不会喜欢上文学；倘若我没有那颗好奇心，就不会历尽艰辛坚持写作。我有篇文章叫《少年起步正当时》，就是讲述少年学习作文的事。

当然这得感谢老师和父母，在我处于成长的少年时期，他们没有像“防贼”似的对待我，而是给了我一个宽松宽容的环境。这一点对于少年人非常非常重要。少年人无拘无束的天性，如同山上流淌下来的泉水，想截堵无论如何不行，怎么着他也得择路而行。因此在写这篇短文时，我觉得那放学的路，正是我成长的路——随意、自在、快乐。

我的一位明星同学

中央戏剧学院教授金乃千先生在赴南极体验生活途中逝世，距今已经有十几个年头了，在纪念中国话剧诞生百年的时刻，我格外怀念这位话剧表演艺术家。这不仅因为乃千是我的中学同学，还因为他是我最早接触的演员。在表演艺术如此繁荣的今天，每次看到那些台上的老演员，就会自然想起英年早逝的乃千，如果他还健在，不是同样很活跃吗？可惜这颗话剧星辰却陨落了。

在我还是个少年的时候，根本没有机会观看正规演出，所观话剧《雷雨》《日出》等等，都是由教育界人士业余演出的，现在已经记不得他们名字了。不过，他们给予我的享受，我至今都难以忘怀，成了我话剧艺术的启蒙。记得第一次观看曹禺先生这两部戏，知道先生写作的场景都在天津，出于少年人的好奇和求知，看完演出就跟几位小伙伴兴冲冲地跑到马场道和劝业场，寻找传说中故事发生的地方。这些传说中的故事发生地，究竟是不是真如戏中写的，当时对于我们这些孩子好像并不重要，更无意义，看完话剧能够获得相关快乐，这才是我们真正想追求的。大概正是因为有了这种戏外寻找，从此对于话剧有了更大的兴趣，希望有机会再看到一些话剧。

非常幸运的是我就读的天津一中，有位教音乐的女老师梁琛先生，她竟是个热衷于话剧的年轻人。她当时年纪比学生大不了多少，从师范学校毕业分配到一中任教，天津一中是一所男生学校，见到这位教音乐的女老师，我们这帮都很淘气的男孩子，自然不会老老实实地上课，何况音乐又属于小学科，及不及格对于升级都无影响。梁老师对于我们的淘气，好像并不生气和反感，反而很赞赏学生的活泼，她利用课余时间组织活动，按学生不同兴趣和爱好，动员参加合唱团、朗诵队、话剧社。有次话剧社要演陈白尘的《群猴》，可是男生学校找不到女演员，只好找男同学扮女装饰演，找的这位男同学就是金乃千。这出戏在学校正式上演后，看到乃千饰演女主角非常像，同学们非常兴奋和赞赏，从此也就记住了金乃千大名。所以我说金乃千是我接触的第一位演员。

若干年以后，梁琛老师考取北京电影学院，毕业后在北影剧团做了演员，这时我也来到北京参加工作，由于喜欢文艺跟她常有来往，说起在一中的文艺活动，常常会说起《群猴》的演出，自然而然也就会提起乃千。谁知就是这么一次课余演出，竟然决定了乃千人生道路，高中毕业后蛮可以读理工科，他却毅然报考中央戏剧学院，最后还留校当起表演课老师。乃千在中戏读书和工作时，恰好我被下放；梁琛老师也调到长春电影厂，后来也在政治上倒了霉。直到国家政治生活正常，梁老师、乃千和我才得以相聚，当谈起别后各自的情况，我们才知道此时的金乃千，在表演艺术上已经颇有成就，他在《屈原》中饰演过屈原，在《杨开慧》中饰演过毛泽东，而且在朗诵艺术方面也是名家。

在乃千逝世周年时，北京举行纪念活动，我以老同学身份出席，见到许多著名影视演员，原来都是他的中戏学生，这说明乃千在培养人才上，同样做出了卓越的贡献。这时我就想，乃千是走了，可是他热爱的戏剧，他从事的表演事业，会在他的学生中延续。有次他的夫人唐爱梅女士从家乡成都来电话告诉我，她在家乡办了所戏剧学校，学校的名字就叫“乃千艺舟”，因为唐爱梅女士是乃千同学，退休前也在中戏教授表演课，同一艘话剧艺术之船的伴侣，在乃千逝世后依然驾驶这只船前行，相信九泉之下的金乃千，一定会感到欣慰和高兴。

我有许多年未走进剧场了，对于现在话剧的演出情况，只能从电视节目中得知。知道一些年轻的话剧人，在演出形式上做各种尝试，常常会让我想起年轻时的乃千，他从业余演员成为艺术家，同样不也是从尝试饰演女角，开始他的话剧表演事业吗？可惜的是乃千毕竟不在了，如果他还健在，相信他一定会跟这些年轻同行一起，探索中国话剧新的发展道路。我

为这位早逝的话剧教育家、表演艺术家惋惜。在纪念话剧百年的此时，仅以此文纪念我的老同学、从天津走出来的话剧演员金乃千教授。

一份迟交的作文卷

按自然界的时序，现在正是冬天。昨天夜里静静地下了一场雪，把整个城市都盖得洁白如玉，让人一时忘记了人间的龌龊。这是新的一年、也是新的世纪，天公馈赠给我们的最好礼物。由于这场雪的降临，公园里街道上都有人赏雪，处处洋溢着朗朗的说笑声。我想人们的心情都会格外地好。

不想隐瞒地说，在这一年四季中，我最喜欢冬季了，有时面对一派大好春光，好像也没有多少兴奋，思绪常常地滞留在冬天里。只要一想起漫天飞舞的雪——这个自然界的美丽精灵，我的心胸就如同被雪浸润着，顿时就会感到无比的舒畅，眼前总会呈现出清新的景色。童年时它是我玩耍的伙伴，成年后它是我解惑的老师，随着时光渐渐地推移，我越来越想亲近这洁净的雪。

我出生在冀东一座县城，那里有平坦的原野，那里有开阔的河流，每当冬季来临的时候，原野就会被大雪覆盖，河流就会被坚冰封锁，这时我的故乡是一片纯白。我读书的学校在郊外，放学回来要走过一段乡路，同学们就仨一群俩一伙地，在这雪路上打逗戏闹，把无尽的欢乐洒在这冬天里。所以一说起少年时的冬天，我几乎没有寒冷的记忆，更多的却是充满雪趣的印象。那是个不懂忧愁的年龄，那是个不谙人世的岁月，那是个不知畏惧的时候，就跟现在的少年一模一样。

有次语文老师上语文写作课，他出了一道作文题《雪天》，我们班上的许多同学都无一例外地写雪景，写在雪天里愉快玩耍，如实地记录雪天生活。平日语文比较好的同学，满以为这次的作文卷准会受到老师的赞扬，个个都在高高兴兴地等待。评点作文的时候到了。老师一开口就说："你们这次的作文，扣题、文字都不错，应该受到表扬，但是我却不想表扬，你们知道为什么吗？"大家都不解地愣住了，一腔期待的热诚，顿时变成了冰凉。

老师这时一本正经地说："同学们，写文章说是作文，其实也含有做人的意思，你们把生活场景，写得再有趣再真实，那顶多算是照相。还应该学会思索，学会在文章中，融入自己的发现。"这是我在读初中一年级时，一次作文课给我留下的记忆，从此，每逢冬天落雪的时候，看着纷纷扬扬的雪花，就会想起这堂课老师说的话。只是仍然没有领悟老师说的"发现"，当然也就再无机会写新的作文，就这样又度过了许多年的时间。

当时，光的手无情地把我拖进青年，很快就让我经历了一场苦难，这时的我一下子仿佛成熟了许多。

那年在北大荒的军垦农场劳动，这里冬天的雪比我的家乡还多，只要下起来总是没个完没个了，好像非把这大地盖得喘不过气来，那才算是寒冷的北大荒真正的雪天。我们刚到北大荒的时候，居住在自己搭建的土屋里，为了防御零下45摄氏度的严寒，总是把屋子捂得密不透风。就连窗户都是用双层棉纸糊着。屋里通常都砌着热炕，还要生起旺旺炉火，这在我的家乡很少见。然而，就是防寒到这种地步，有人还要合衣而眠，可见北大荒是多么冷呵。

有天早晨醒来想推屋门，两三个人一起推都推不开，有的劳动伙伴说："别是熊瞎子抵住了，不然怎么这么大劲儿。"大家一听吓得浑身冒冷汗，如果真的被熊挡住出路，在北大荒这一片峦荒旷野里，每间房都封得很严实，喊破嗓子都无人会听到，有谁能来解救我们呢？那会儿又没有手机寻呼机，就连电话都不是很普及，何况我们是被劳动改造的人，更不会有这种先进装备。

正在我们这些沾事者迷，感到一筹莫展的时候，我们当中一位年长人果断地用手指捅开纸窗户，然后扒在洞口朝外一望，他不住地哈哈大笑起来，弄得我们这些惊恐人更是丈二和尚摸不住头脑，都着急地询问他看见

没有。他卖了个关子，而后不紧不慢地说：“告诉你们吧，你们听了可别害怕——是一群白色的野熊。”这时有的人神情更紧张了。他说完又是一阵放肆地笑。笑完才告诉我们说：“哪儿来的那么多熊啊，是大雪把门封住了。”听后大家不禁“啊”了一声，对于这雪可以封门的说法，我们都有些半信半疑，别说是南方长大的人了，就是我这北方的孩子都不相信，雪怎么会把房屋门堵住呢？

不过，事实总归是事实。我们轮流趴在窗户洞前，真切地看过那一片白雪，确实有半人高时，十几个人都不想说话了，好像都在思索什么事情。最后还是那位年长者，带领着我们大家，连推带撬地把门打开，又一点点地清除积雪，我们才从厚雪的包围中解脱。走出屋门放眼远望，茫茫雪原连着蓝天，一缕杏红色的阳光，正透过薄薄云层，照射在皑皑白雪上，简直是一幅绝美的油画。大地上一切污浊肮脏，人间的许多忧愁苦闷，这时完全被雪覆盖住了，雪给予的愉快和联想，雪给予的清新和宁静，实在让人觉得雪是那么神圣。

过后许多人说起这场大雪，说起这次雪天的自我惊吓，都觉得雪是种美的精灵。它把美好献给我们的时候，总是悄悄地不吭不响，绝不像风似的呼叫不停，也不像雨似的哼唱不止，而是默默地完成它的使命。想到雪的这些美好品质，这会儿真像当年老师说的，在这雪天仿佛有了发现，只是比老师说的晚了几十年，这就怪我这个学生过于愚钝了。不过，不管怎么说，我还是有了自己的发现，这也算是我迟交的作文卷吧。

第三辑

青春书简

假如我现在还年轻

岁月是不饶人的。尽管不断吹刮的艰难的风还未扑灭我心中的旺火，我仍然睁着年轻人一样的眼睛，追寻生活里最美好的事物。但一天早晨从镜子里忽然发现，我额头和眼角悄悄积下那么多皱纹，情不自禁地轻轻地感叹了片刻。这时，只是在这时，我才清醒地知道，嬉戏的青年时代，黄金的青年时代，竟然连个招呼都不打便从我的生命中猝然离去了，而且永远也不会再回来。

悲哀吗？惋惜吗？说实在的，有一点儿。此刻有种说不清的情绪，就像秋天早晨的薄雾，隐隐约约地笼罩在心头，想挥却又怎么也挥之不去。难道这就是老之将至的感觉？我这样叩问自己。

是的，我想没有谁不眷恋自己的青春，如同孩子们总是盼望度过节日，无论何时想起来都会是令人神往的。尽管我的青春时光没有多少欢愉，留在记忆里的大都是些苦涩，但是想起来也还是会激动不已。青春就是这样一个富有魅力的怪物。

那么，青春啊，你给我留下的是什么呢？

我和我的同辈人一样，在暗夜里告别童年，在黎明中迎来青年，生活对于我简直就是一幅画。当五星红旗升起在明净的蓝天，我曾视为映照大地的明媚朝霞，我深信沐浴着朝霞的年轻人是幸福的，只要我踏实地劳动，真诚地做人，我的前程就一定会无比美好。正是因为有这样的思想做基础，所以在那些政治运动当中，我才会坦诚地表达自己的意见。自认为这样正是对新生活的热爱，岂料再好的心意如果不被理解，或者自己表达的方式欠妥，都可能在客观上产生另一种结果。我的青春时光，就是在一次政治运动中被无情地毁灭了。这猛然地一击，让我整整失去宝贵的22年时光。

对于今天的年轻人来说，这都是非常遥远的事情了，现在重提还有什么意思呢？我是想告诉年轻的朋友们，你们现在遇到的麻烦，总不至于比我年轻时多，你们现在拥有的机会，总不至于比我年轻时少，还有什么理由不思谋进取呢？我现在可以毫不客气地说，即使在极其艰难的逆境中，我也未放弃对美好生活的向往。因为我清醒地知道，生活就像季节一样，总会有个冷暖交替，只是个时间的早晚，耐心等待春天就会来。我苦苦地等待了22年，这时间够漫长了吧，您看最后还是等待来改革开放，国家的情况开始好转了，我们个人的命运也有了生机。只是这时我已经是人到中年。

人到中年，用一位作家的话说，就像喝下午茶，总是有些不太提神了。不过我并不这么认为，我常常这样问自己：假如我还年轻，我会怎样做？

我想，假如我还年轻，我首先给自己定个目标，项目不太大也不太小，时间不太长也不太短，但是一定要符合自己的心意和情况。不符合自己的心意没意思，不符合自己的情况白费力，既符合心意又符合情况，这样做起来也就得心应手了，那该多好。其次就是为了这个目标的实现，我要从头一点一滴地做事情，而且绝不中途刹车跳槽，随便地模仿成功者的样子，因为我知道每个人的条件不同，别人的成功之路不见得适合我，反不如在自己的路上走到头，失败了也是一种人生体验。再次就是踏实地学点技能，对于今天的年轻人特别重要，书本知识不等于技能，光熟悉书本里的东西，在重视实际操作的今天，势必会在竞争中被淘汰。严酷的现实越来越无情。

当然，假如我还年轻，我就要学会交际，这同样不是可有可无的事。想想看嘛，如今还有“我的单位”概念吗？还有永远不丢的“铁饭碗”吗？还有我如何这样我如何那样吗？好像这带我字的东西越来越少了。如今的社会就像一个汪洋大海，每个人都只是大海的一滴水。你想释放力量而不被太阳晒干，你就得跟千万水滴一起汇合，形成浪涛勇敢地去向前推进。现在的年轻人好说，我要实现自己的价值，这种想法不能算错，可是你必须得真正明白，个人价值倘若没有别人支持，在这个涌动的人海之中，很可能被滚滚浪涛吞没。所以一定要学会善于同人打交道，目的还是为了增长自己的才干。

唉，别看我想得这么好，假设得这么美，我毕竟还是不年轻了。这样想想只能算做自我宽慰。不过，年轻的朋友，我的这个想法，却包含着我的阅历，说给你听听，说不定会可借鉴呢。因为你真的正在年轻呵。

心中自有一座青山

曾经属于我的那个青年时代，犹如生命之树的一片叶子，早被岁月的风吹落得散了。然而，它又好像自然博物馆的植物标本，尽管没有了娇嫩鲜活的水分，但是看到它依然会勾起我对生命春天的怀念。这时在我身上那点儿尚未完全泯灭的朝气，又会似晶莹的水滴润开我生命之树的枝条，让我的身心重新充满激情和力量。

那么，是哪座青山流泉给我注入活水呢？这座青山就是我深情眷恋着的祖国。

我比今天的年轻人早生几十年，童年经历过国家的忧患，青年自己遭受过政治磨难，中年过着动荡无定的生活，直到老年日子才算真正安定。但是，始终没有改变的就是，我对我们祖国的热爱，当身处艰难的逆境时，我经常默念艾青的诗：“我的眼里为什么常含泪水，因为我对这土地爱得深沉。”这句诗道出了我当时的情感，它像从山涧潺潺流出的清溪，立刻就会洗净许多烦恼和忧伤。这时再没有什么比祖国更让我动心动情。

正是在这种感情的驱使下，20 世纪 50 年代初期，当战火在中朝边境熊熊燃烧时，我毅然决然地离家投笔从戎，毫不犹豫地穿起绿色军装，走进保卫祖国的神圣行列。清幽的校园，安逸的生活，温暖的家庭，繁华的城市，美好的理想——这些五颜六色的丝线，尽管编织过我甜美的梦境，让我是那么陶醉、着迷和浮想联翩，但是为了保卫我们祖国的安宁，我还是努力把它们一一挣脱掉了。学习前辈人大敌当前无畏的精神，做一个祖国儿女应该做的事情，若干年后回忆起来感到无比欣慰。

可是，我的一片赤诚心意和行动，在生活中却未被真正理解，在人生最宝贵的青年时期，竟然让我一次次经受磨难，年轻人本该有的一切美好事情，都在我身边像水流云散，悄然而过。我有过因不幸酿成的痛苦，我有过因挫折产生的绝望。只有在想起祖国的时候，我的情绪才会平静下来，生命之火欲灭时重新复燃。我常常悄悄对自己说："不管生活多么严酷，毕竟委身于祖国怀抱，再难的日子总有过去的时候。"想到这里也就宽慰了许多。

我如此不厌其烦地倾诉我的经历和感受，目的就是想说明，当一个人把至高无上的祖国放在心上，他的生命即使嫩弱得如同一棵小草，有时也会有着不可征服的力量，因为他依附着养育生命的厚土热壤。我知道有许多远走他乡的老华侨，在外边发了大财有了一份豪产，离家时带来的有些东西慢慢地扔掉了，唯一舍不得扔掉的就是那袋家乡土，当然，还有那永远无法割断的悠悠思乡情。可见，祖国的位置在他们心中是多么重要、多么高大。

青年朋友，你们是否也有这份情怀呢？我能想象得出，你们中有的人眼下生活并不平顺，说不定正为什么事情烦恼，像我年轻时候那样，面临着艰难的困境。但是，我要说的是，无论遇到怎样的情况，都要让祖国这座青山稳稳地屹立在自己心中。心中有了这座青山，在她泉水的滋润下，生命之树就会绿意长存，一时的烦恼和忧伤，就如同一阵的季风，过去后仍然是绿叶鲜花。我听许多海外游子说过，他们在异国他乡失意后，首先想到的并不是自己，而是生养过自己的祖国，为了不给祖国丢人就会重新振作起来。

有位久居海外的作家朋友有次回来看望我，我问他："出去这么多年，最大的感触是什么？”他说：“想这片土地。我可以这样告诉你，有好多人在国内时，这也看不惯那也看不惯，一出去看法全变了。只要有人说中国不好，他恨不得跟人家拼命。”这是为什么呢？我想只有一种解释：乡根未移。加之出去以后，看到的、跟听到的想象的并不完全那么一样，祖国的心结就会打得更紧，自然也就会在困难时想念祖国。

是的，祖国这座巍峨青山，永远是我们的依靠。没有祖国的人，就如同没有根的青藤，不管你爬得多么高、多么远，总有一天会活活枯死。只有依附在水土丰厚的大地上，才会枝繁叶茂，郁郁葱葱地生长。

风浪雕成的彩贝

我知道，有许多年轻朋友都比较喜欢读诗，有的还悄悄地写诗哩。不知道你们读过写贝壳的诗没有？那简直迷人极了。我在年轻的时候也喜欢诗。那些写大海和贝壳的诗，曾经轻轻地撩拨过我的心弦。有的把贝壳比做闪光的星星，有的把贝壳比做璀璨的珍珠，还有的把贝壳比做会说话的眼睛。总之，贝壳在这些诗人的笔下是那么美丽、那么神奇，充满迷人的幻想和天真的浪漫。不过，在我读过的写贝壳的诗中，尤其喜欢把贝壳比做大海耳朵的诗，说大海留下无数只耳朵般的贝壳，只是为了谛听人间壮美的声音。你看这诗多么浪漫呵。

我生长在临近大海的一个小城，对于浩渺无边的大海，自幼就疯狂地、执著地热爱着。只要有机会去海边，几乎每天黄昏都到海滩，跟朋友们一起捡拾贝壳，常常是把衣袋装得满满的才回家。有的人的天性本来是好动的，可是一来到这洒满贝壳的海滩，你看吧，迈着缓慢的步子低首寻觅，一瞬间忽然变得沉稳了许多。要是有谁偶尔拾得一两颗别致的贝壳，一声惊喜地吆喝，寂静的海滩立刻就沸腾起来，那种高兴劲儿如同奔腾的浪潮。在归来的途中，捡拾到别致贝壳的那个人，就别想再消停地走路了，一会儿这个说拿出来让我看看，一会儿那个说拿出来让我摸摸，这捡拾贝壳的情景有时还会带人到梦中。五光十色的美丽贝壳呵，占据过多少热爱大海的心。

的确，贝壳着实可爱。走在铺满彩色贝壳的沙滩上，就像置身涂满神奇色彩的童话世界，吸引着无数颗单纯求索的心；看着美丽贝壳就像观赏云霞，再烦忧的心也会得到些许消释。我平生没有别的爱好，可以让我动心的事情，就是面对茫茫大海。当然，还有捡拾那美丽的贝壳。别看如今已经进入老年，只要有谁跟我说起大海，说起美丽的贝壳，依然抑止不住激动，心情立刻就会变得清纯，仿佛又回到了孩提时代。

可是，贝壳为什么这样美丽，我始终没有真正弄懂。小时候问过大人，有的说是太阳晒的，有的说是下雨淋的，还有的说是沙粒磨的，总之，每个人都按自己的想象解释，却没有一个人真正说得准确。因此这个大自然美丽的谜，一直留在我好奇的心中，成了对我一生的诱惑。

有一年，在海边碰到一位打渔的老伯，他那布满皱纹的紫铜色脸庞，以及那被海水洗刷得晶亮的眼睛，非常清楚地告诉我，这是个把生命跟大海融汇在一起的人，说不定他会解开关于贝壳的谜。我问他贝壳为什么会这样美丽？他几乎未加任何思索，脱口就说：“那还用问呵，风浪雕的呗。”风浪是怎么雕的，他没有具体地说，我当然也未好意思问。但是从此以后，我相信了这个道理，并且暗暗赞叹风浪的神奇，竟然会雕出如此美丽的贝壳。

当然，今天从科学的观点来看，这渔家老伯的解释不见得对，美丽贝壳的形成自有它的规律。但渔家老伯极富哲理的话，却一直深印在我的记忆里，随着年龄的不断增长，越来越觉得非常耐人寻味。我知道，有许多人愿意把生活比喻为大海，意思无非是说，生活是不平静的，随时都会掀起风浪，考验着我们的意志，锻炼着我们的性格，只有勇敢的人才会博浪前行。这是经历过磨难以后形成的认识，里边蕴含着人们的辛酸与烦恼。试想在幼年时不识生活滋味儿，凭着一颗单纯的孩子心，把未来想象得非常美好，从不考虑人生还有艰辛，如同只是看到贝壳的美丽，却不知道美丽是风浪雕成，这个道理不是完完全全的一样吗？

渔家老伯的话，听似随意说出，没有科学道理，然而我相信却是他的人生体验。几十年来，在莫测的海上跟大风大浪搏斗，跟海里鱼虾较量，最后总算有了满意收获。在他的心目中、意识里必然认为，美好事物都是风浪雕成的，因此他才脱口说："那还用问"。渔家老伯的这番话，做为生活的道理，我们万万不可轻视。

我在年轻的时候，曾经把生活想象得非常简单，就像郭小川在诗中说的那样："仿佛只要报晓的钟声一响，神话般的奇迹就像彩霞似的出现在天边，一切都会是不可思议的美满。"其实，生活哪能如此轻巧畅快，真正的生活如同大海一样，有潮有汐，有风有浪，若想在生活大海里不被淹没，就要学习那勇敢的贝类，在风浪中经得住猛烈的雕琢，这才有可能最后变得美丽光润。这就是经历过生活艰难，再次看见大海和贝壳以后，我对渔家老伯的话的理解。

青年朋友们，相信渔家老伯的话吧！美丽的东西，美好的生活，绝不是从天而降的，都得经过艰辛的奋斗，经过岁月风浪的冲刷雕琢，它才会发出熠熠的光辉。你想生活美好吗？你想成为有作为的人吗？没有，真的没有更好的办法，唯一的办法就是，像贝壳那样去经受雕琢。

采撷鲜嫩的生活花朵

去过内蒙古草原的人，大概总不会忘记那藏匿在绿草间的花朵，朴实中含着清新，娇柔中透着庄重，微风轻轻地吹来时，散发着阵阵浓郁的芳香。姑娘们常常掐下一朵插在发间，抒发她们美好的生活情致；小伙们常常集成一束插在马鞍上，表达他们热爱家乡的情怀，就连被岁月刀斧雕刻

得满脸皱褶的老人，有时也要俯身掐下一朵放在鼻间闻闻。草原的花朵太醉人了，醉得让人合不拢嘴。

我说的上边那些情景是什么意思呢？就是想说明：热爱美好的事物，追求高尚的生活，这是人与生俱来的本性。除非是在万不得已的情况下，只要客观条件允许，谁都不会轻易地放弃权利。但是，在生活花圃里摇曳的鲜嫩花朵，我敢说，却并不是每个人都能采撷得到的，它永远属于那些赤诚地热爱生活的人。

我有过一段特殊的经历。40 多年前，我和我一样的一批年轻人，由于在一次政治运动里说了实话，被无情地从北京发配到北大荒，从事笨重的长时间的劳动，干一天活儿下来又饿又累，有时连走路都是摇摇晃晃的。可是，就是在这样艰难的境遇，我们中有的人依然强打精神，顺手采下一束路边的野花，小心翼翼地带回到驻地来，然后找个空瓶、放上清水供养。你可以说他非常喜欢花儿，你也可以说他太天真浪漫。但是说到归齐也是最本质的，我认为还是他太热爱生活了，以至于即使在逆境之中，都愿意日子过得有滋有味儿。

其实，生活本来就不可能一帆风顺，没有任何磨难和波澜的生活，那只是善良人的希冀和美好向往。我非常尊敬的诗人艾青先生健在时，几乎每年都要赠送我一幅字条，内容大都包含着艾老的人生感悟。在他赠送我的字幅中，我最为喜欢的一幅，就是这句话："时光顺流而下，生活逆水行舟。"有好长时间我一直挂在房间，闲时静坐一旁边观赏边揣摸含义，这句看似浅显直白的话，却道出了这位饱经沧桑老人，对于人生对于生活的隽智总结。在我有机会出版第一本书时，还郑重地把它印在扉页上，目的就是想让更多人得到启迪。许多认识艾青的人都说他乐观、豁达、宽厚，在生活里总是充满幽默和情趣，我想这正是因为艾青对于生活的热爱。

前不久，我出版了一本新书《春天的雨秋天晴》，讲述我前半生的艰难经历，提笔之前回忆那往昔的生活，忽然想起一位去世多年的友人，他临终时说的最后一句话，就是"活着该多好啊"，而且说这话时两眼含着泪光。可是熟悉他的人都知道，他这一生一点儿也不平顺，出生不久父亲就病逝，跟着年轻的寡母做家佣，可以说是吃百家饭长大的。母亲含辛茹苦、好不容易把他养大，国家又供养他读完大学，他正想全力回报祖国和母亲时，先是政治上的灾难，后来是疾病，夺走了他宝贵的年轻生命。可是他并不痛骂有过的苦难，而是仍然深深地眷恋着生活。可见生活是多么富有魅力。

“活着多么好啊”只是一句极普通的话。

跟家人漫步走在公园时，跟朋友畅饮在餐桌时，独自欣赏《维也纳森林》时，观赏九寨沟美丽风光时……即景生情，我们都有可能意识到这点，都有可能情不自禁地说出这句话。然而，从即将告别人世的人嘴中说出来，这句话的意义和分量，我想就不再那么随意了，只有真正热爱生活的人，只有懂得人生可贵的人，只有经历过苦难的人，他才会发出如此的感叹。

写到这里忽然想起，不久前看到一篇报道，有相当数量的年轻人，只是因为一点儿不如意，就非常轻率地结束了生命。当时我就认真地想了想，他们的生活再艰难、再不顺心，相信绝不会像前辈人那样，受到那么多不公平和磨难，那么，是什么让他们对生活失去信心了呢？我想，答案只有一个，那就是，他们把生活看得过于理想化了，有的把生活当做油画欣赏，有的把生活当做沙发仰坐，有的把生活当做美食享受，唯独没有想到生活还有另一面，这就是随时可能出现的艰辛。由于没有应付困难的思想准备，一旦不顺心的事情不期而至，就觉得天塌地陷不得了啦，在绝望中走向不归路。

我们生活着就应该真正地懂得，生活花圃里永远有鲜花盛开，对你对我对任何人都在微笑。然而，只有那些热爱生活的人，他才会采撷得到鲜嫩的花朵。你想让自己的生活像花朵一样美好吗？那好，像草原的姑娘小伙一样，热爱生养自己的土地，用这土地上鲜嫩的花朵，装扮自己平常而迷人的生活。

不要熄灭心中的灯火

生活里离不开灯火。生活在城市里的人，回家有彩灯相伴，外出有路灯照明，因为没有过无灯火的经历，绝对不会知道黑暗意味着什么。只有那些在茫茫旷野走过夜路的人，他才会懂得灯火是多么重要。我不敢说自己是多么珍惜灯火，但是生平有过的一次不寻常经历，让我至今都铭记无灯火的夜晚，那是怎样的担惊受怕和寸步难行。

说起来这已经是几十年前的事情了。那时我正在北大荒农场劳动，严冬的一个夜晚，我跟几位政治命运相同的人，从很远的劳动工地收工回驻地。天气无常的北大荒，突然刮起“大烟儿炮（暴风雪）”，把刚才还算清朗的天空，刹那间遮盖得漆黑一片，百尺之内难见前路和树木。倘若没有这场“大烟儿炮”，天气再怎么黑、路再怎么难走，循着驻地隐隐约约的灯火，我们总还可以慢慢地找回去。现在可好，“大烟儿炮”犹如千头野兽，伸着凶猛利爪，吼叫着撕扯着，搅得雪花漫天漫地旋飞，一个原来辽阔、宁静的原野，完全变成了恐怖的世界。环顾四周难觅东西，哪里有路的标志呢？我们怀着惶惑和侥幸心理，凭着推测判断方向乱窜好久，依然无法突出黑暗的包围，更不要说顺利地找到驻地了。累了，乏了，饿了，怕了……在万般无奈的情况下，最后几个人委身豆秸堆里，警惕地互相安慰着度过漫长的一夜。

次日拂晓暴风雪停歇，睁开疲惫的眼睛一看，大家不禁哈哈大笑起来，原来我们就在距农场不过 50 米的地方，只是天气太黑、太冷、太恐怖，又无灯光，这才有惊无险地让老天捉弄了我们一番。

不过，有了这次暴风骤雪迷路的经历，从此对灯火有了一种特殊的亲近的感情，每当我在流光溢彩的城市大街徜徉，或者在远处眺望星星点点的乡村灯火，常常会让我想起北大荒的这次迷路。这时我就会想：在生活中这灯火是多么重要啊！假如没有灯火，在黑暗中生活，即使眼睛再明亮，那也无异于盲人。同样，在人生道路上，心中没有灯火——理想和追求，生命的价值恐怕也难体现。所以，无论在什么时候、何种境遇，千万不要熄灭心中的灯火。

有过一番艰难经历的人都知道，生活是件非常不容易的事情。生活既不像钟表平稳而均匀地运行，不紧不慢地唱着一首单调的歌；生活更不会像瑰丽的朝霞反复出现，每一次都有迷人色彩照耀人间。生活更像草原夏天无常的气候，它常常会出现一些令人预想不到的情况，严酷地考验着人们的毅力、意志和生活态度。在我认识的年龄相仿的朋友中，青年时期，有的人读书时不顺利，有的人政治上受迫害，有的人爱情上受刺激，有的人工作上受挫折，还有的人在其他方面受磨难，按说这些都足以让人失去生活信心。但是，令人十分欣慰和佩服的是，这些朋友们没有一个人像一叶扁舟沉沦在岁月的波涛里，像一只掉队的孤雁在失望地哀鸣，而是个个都像清澈的山泉水依然从容流淌。生活对于他们还是充满诱人的魅力，岁月对于他们还是散放着醉人芳香。这是为什么？我想关键的因素就是，这些人心中那盏明亮灯火——对生活的热爱，对事业的追求——没有熄灭。

可是，有的年轻朋友心灵却显得异常衰老，不仅没有什么理想、追求，而且连生活都是无精打采，抱着得过且过的思想混过每一天，还不时地抱怨和怪罪客观环境，青春的光彩过早地从他身上消失。当然，客观环境的确有不尽人意之处，这是任何人都无法否认的事实，更是做为普通百姓的我们，难以改变和改进的生活无奈。但是也还必须得承认，从个人品性的角度看，我们自己也有着不足，比如意志脆弱，比如缺少勇气，比如没有闯劲，比如知识匮乏，比如适应力弱，如此等等，都会使得我们在当今社会有种疏离感。

不过有一点必须得想通，激变的生活，竞争的环境，绝不会因为你自己的怠懈而减弱。反不如证实这艰难和勇敢面对，把心中的理想灯火烧得旺旺的，让它照亮自己前进的道路，日复日年复年地往前走去，说不定就会有片新的天地，成为你人生中的最美好归宿。总之，人生就是这样，只要心中理想灯火不熄灭，生活总会有希望，只要自己不断地努力进取，最后总会有回报。千万不要熄灭心中灯火噢。

天空比大地更迷人

从孩提时代起，我就迷恋天空。

蓝天、白云、星星、月亮、闪电、雷鸣、飞雪、轻风……还有那诸如嫦娥奔月，牛郎织女等神话传说。当时，在我幼稚的眼睛里，在我纯真的想象中，犹如一本美妙的画册，总是让我翻看个没完没了。秋晨夏夜独坐家院，任思想的翅膀张开，在神秘的太空漫游，几乎成了我童年时代的享受。即使现在想起来都会很开心。

长辈们好像也摸准了我的癖好，每逢我执拗地要干什么，他们怎么劝说训斥都无效时，总是会说："再闹，再不听话，就不给你讲天上的故事了。"说来也奇怪，这时我就会立刻乖乖地服贴下来，安静地等待长辈们讲那天上的故事。那会儿的县城小镇，生活非常单调寂寞，听讲故事是最好的娱乐，没有故事听，生活会更没味道，我哪能轻易舍弃呢？

人生易老。于不经意间渐渐地就到了老年。经历了世间的不少磨难以后，重新回首走过来的成长道路，觉得最可留恋的大概就是童年。而童年最可回味的事情，就是晨昏在院里仰望星空；对于未曾见过世面的孩子，天空在当时就是人生读本。星空真的太迷人啦。

回想我年轻的时候，尽管那时已经挣钱了，工资不算高也不算低，但是生活用品并不很多，屈指可数的几件粗布衣，难以换季的几双鞋袜，以及一两套旧的被褥，这就是我的全部家当了。现在想起来自己都觉得寒酸。可是在当时，压根儿就未注意这些，相反却觉得这样简单的生活很好，可以有更多的时间读书和写作，以便补偿未受过正规教育的缺失。

后来，政治上遭受致命打击，自己的命运无法自己掌握，物质生活就更难以改善，连对物质的向往都没有了，从此也就只能安于清贫日子。在毫无自由生活的情况下，精神痛苦是可想而知的，但是我没有灰心地沉沦下去，而是依然顽强地生活着。唯一的原因就是我有几箱子书，以及萦绕在脑际的童年欢乐，在逆境中它们给我精神抚慰，使我感觉生活还是那么美好。

真的，漫游辽阔大地，我很惬意；仰望美丽天空，我更快乐。

如果拿大地和天空做个比喻的话，物质生活就是大地，精神生活就是天空。尽管大地和天空都很迷人，然而在我看来，精神的天空比物质的大地似乎更能够滋养人的生命，因为，在我遭受苦难时真正渴望的，其实并不是物质的满足，而是精神上的折磨何时解脱。没有精神生活的百万富翁，可能因头脑空虚被活活闷死；有着丰富精神生活的穷汉，可能因有活跃思维而终日快乐。

诚然，我这样说，并非是轻视物质生活而拒绝好的生活环境，更不是想让有好条件的人放弃优越刻意去当苦行僧。有知识的人越多，科学技术越发达，我们的物质生活就会越发的好。从这个意义上来讲，我们应该更企盼精神的创造力。物质享受有顶峰，精神追求无界限。物质享受只能满足感官，精神追求却能滋养心灵。我常常怀着崇敬的心情，欣赏我国老一辈科学家，跟他们一接触你会发现，尽管他们是生活物质的创造者，可是他们自己的物质生活却是那么朴实、简单和节省；尽管他们的科研那么繁忙，可是对于古典文学和高雅音乐却是那么痴迷和陶醉。这说明他们更看重精神生活的需求。

那年随中国作家代表团出访奥地利，亲眼目睹维也纳人观赏歌剧，男女老少都身着盛装步入剧院，如果事先不知道他们是看演出的话，准以为是去参加一个什么聚会。由此可见这音乐之都的人们是多么重视精神生活。相反，在维也纳饭店或茶食厅的人，穿衣打扮却很随便随意，仅仅表露出生活的需求。这样两种截然不同的情况，既体现着生活态度，更反映

出文化修养，老实说，我看了以后颇有感触和想法。这使我认识到，如果没有精神做支撑，再丰富的物质生活，那也不会有多少滋味儿，充其量算做酒足饭饱的日子。

青年朋友，如果你有足够的经济条件购置新房并装修得豪华舒适，我认为这并没有什么不好，这证明你有创造财富的实力。如果你想买一部高档轿车，我认为这并没有什么好指责的，这证明你的身价就这么高。我为你赶上比我年轻时好的年月高兴。但是我想说的话是，物质财富的拥有，只是个数字的转换，它绝不能再说明更多的什么；而精神财富的拥有，它却承载着许许多多的东西，而且一旦拥有了就永远属于你。所以我说，精神的天空比物质的大地更迷人。

真诚土地上的友谊树

“读了你写的文章，我发现你从未谈过友谊，难道你没有朋友吗?”20多年前，我给《中国青年报》等报刊《青春寄语》栏目写了近百篇短文，一位青年读者读过以后来信这样问我，并且希望我来谈谈对于友谊的看法。

我很佩服这位年轻人精细的心。

是的，我写了那么多杂七杂八的文章，涉及人生和理想等许多方面，惟独还没有谈过友谊。难道是我不想谈吗?不是的。要是让我谈友谊，比谈别的话会更多。正是因为这样，反而不知应该从何谈起了。这次这位年轻人的来信，如同一只手扭开我的心灵闸门，情感的流水再也抑止不住了，那就让我来谈谈我所理解的友谊。

先说一段往事。

1957 年那场“反右派”运动中，几乎是一夜之间，我就从正常人沦为贱民。原来以为是朋友的人，从此跟我断绝了来往，使我精神上受到很大压力，开始怀疑友谊是否存在。正当我处于极度痛苦时，两位原来很少来往的同事，向我伸出关爱之手，在我即将赴北大荒劳改时，他们分别把我叫到家里，用亲人的方式为我饯行。尽管他们对我什么也没有说，只是这样默默地表示关怀，但是我却从中得到一个启示：只有首先理解而后才有友谊。我原来的那些所谓朋友，其实只是同龄的玩伴儿，彼此并没有真正的理解，当然也就更谈不上信任。因此，当我的生活出现变异时，他们为了自己的政治安全，马上也就没有了往日的情分。我能够理解他们的难处，所以从未责怪过。

我跟这两位原来的同事特殊情况下结成的友谊，延续至今已经半个多世纪。这期间又经过许多风风雨雨，却始终如一地互相信任着，即使在六亲不认的“文革”中，彼此间都不曾有过什么伤害，因为我们知道对方是正直的人。倘若可以算做朋友的人之间，连个起码的理解信任都没有，这种友谊就很难永远牢固。所以我说，友谊的基础，一是真诚，二是信任，别的什么都不太重要。否则，一旦某一方或升迁或倒霉，友谊也就随着不复存在。这样的事情我看得太多了。

巴金先生写过一篇散文《朋友》，这位饱经人生沧桑的老作家深情地写道：“我的生活曾经是悲苦的，黑暗的。然而朋友们把多量的同情，多量的爱，多量的欢乐，多量的眼泪分了给我。这些东西都是生存所必需的。这些不要报答的慷慨的施舍，使我的生活里也有了温暖，有了幸福。我默默地接受了它们。我并不曾说过一句感激的话，我也没有做过一件报答的行为。但是朋友们却不把自私的形容词加到我的身上。对于我，他们太慷慨了。”

在这里引用巴金先生这段话，无非是想再次说明，如果朋友之间不能真诚相信、真诚相助，老是心存回报，那还叫什么朋友呢？

听了我的话也许你会这样问，友情本来就包含着信任、帮助，何必还要单独强调呢？难道世上还有别种朋友吗？我可以坦诚地告诉你，有的。这就是“职务朋友”和“吃喝朋友”。关于“吃喝朋友”，好理解，人们

谈的也不少了，我就不再在这里多说。我想说一说关于“职务朋友”。这是一种最容易迷惑人的朋友。当你的职务体现某种权力时，他可以跟你密切来往，亲如弟兄，在你的感觉上是那么“真诚”，你便会像对待所有真诚朋友一样，为他办这样的事情那样的事情，如此来来往往几年或十几年，你看这多么像似真诚朋友啊。有朝一日你退休了或下台了，眼看着你没有了使用价值，他就不会再像过去那样找你，有的甚至于见面都形同路人。这时你才会忽然彻悟，噢，原来人家交的不是人而是职务。没有真诚和信任的朋友，能算真正意义上的朋友吗？

说到友谊，人们会用许多好字眼形容和祈盼友谊存在，如万古长青、牢不可破、地久天长，等等，等等。这种美好的愿望，当然不能算错。但是，若想真的让友谊像棵大树似的长青，这就要看它植根于怎样的土壤。如果根脉深埋在真诚的土地上，而且经常用情感圣水浇灌，理所当然地会郁郁葱葱、充满生机。否则它就经不住风吹雨打，稍有个气候变化就会枯萎，最后在哀叹中忧郁死掉。友谊就是这样不可预测。

老了方知年轻真好

跟今天的年轻人比，我显得真的老了。只有在回忆年轻生活时，那有过的青春潮水重新在我的心海涌动起来，一时忘记了四肢的酸痛，才恍恍惚惚觉得还在年轻。得意时，备不住会悄声地说一句：“年轻真好”，以此抒发自己隐约的青春感觉。只是未过一会儿就意识到，这只是幻觉和希望，“年轻真好”早已经不属于我。惋惜之中总会有一丝半缕的惆怅。可想而知，对于消逝了的青春岁月，我是多么眷恋。

生活在今天的年轻人，正是二十几岁三十啷当岁，处于人生最好的年龄段，他们才是“年轻真好”的拥有者。身体健康，思想敏锐，记忆力好，理解性强，仅仅这四个方面，就如同坚挺的四柱，只要树立得牢牢靠靠，就足以撑起人生的大厦。如果把客观存在的条件比喻为地基，现在的情况应该说也还算不错，起码没有残酷战争和政治运动，以及大的危及生命的饥饿灾荒，这就可以保障正常生活和平顺发展。今天的年轻人远比前几代长辈们幸运得多。老作家吴祖光先生健在时我有好几次亲见他给人题词，都是写同样的一句话，我想借来送给今天的年轻人："生正逢时"。

如果我没有理解错，吴先生说的"生正逢时"，主要的是指客观情况。然而对于年轻人来说，不管是自身的好条件，抑或是环境的好情况，这都是自然形成的，并不能决定一个人的未来。如果想让自己有个美好前程，最关键的和最根本的，我以为还是要主动地积极地精心打造自己，就是说，在年轻人所共有的东西之外，根据自身条件的可能与需要，按照意愿设计和实施自己的发展。可惜，有人在年轻时往往不明白这个道理，把最好的时机轻易地丧失了、荒废了，"年轻真好"也就成为转瞬即失的霞光，到了老年想起年轻时的不慎和过失，就只能摇着头不断地叹息和悔恨。

当然，我们也不能完全否认，今天的年轻人"生正逢时"的同时，生存条件比之前辈人也有很艰辛的时候，比如要想获得某些东西得通过激烈的竞争，总没有一切由国家包起来的省心轻松。可是话又说回来，你有选择的自由啊，这不也蛮好嘛。只要你有能力、有知识、有智慧，就有可能在竞争中充分展示自己，获得一个更大的自由空间。奋斗和进取是青年人的本能，在竞争中更能调动斗志和进取心，从而成就未来的一番大事业，这也是完全有可能的。所以我说不要惧怕竞争，即使在竞争中真的失败了，那也不要紧，只要不心灰意懒、丧失斗志，战一次就会有一次的收获。年轻就是再战的资本，竞争就是发展的时机。

我们说"年轻真好"，却又不能陶醉于美好之中，要紧的是要学会珍惜。恕我不客气地坦诚地说，现在有的年轻朋友，好像不是太懂得珍惜。这样美好的年轻时光，在他们那里就如同肥皂水，很随便地吹出一串串的皂花，欣赏后哈哈地大笑一阵了事。这时我就想，他们到底还是年轻啊，又没有经历过大的人生磨难，所以对于什么都显得满不在乎。其实，他们还不知道，这种不在乎的举动只能兴奋和愉悦一时，将来势必要面对艰辛。唯有趁大好年华做好准备，生活才会很好地回报于人，所以说一定要学会珍惜。

我们说的“年轻真好”，却并不完全是生活资本，恰如其分地对待，似乎更能得到好的利用。我听说过好几件这样的事：有的自恃天资不错的年轻人寻求职业时，不管自己能不能胜任，只想找最可心的职位，不管自己有没有能力，只想开最高的薪金价码，还美其名曰“体现自身价值”。其实，他们并不真正知道自己的斤两，结果在美好的自我欣赏、自我陶醉中，白白地浪费了时光，耽误了发展。别人的事业已经有模有样了，他还在那里观望徘徊，等待老天爷哪天高兴了降福于他。唉，真的是太天真了。

总之，我们说“年轻真好”，因为年轻是人生的起跑线，只要抓住这个时机起跑，就有可能获得一个满意结果。“年轻真好”这句话，由我这个年长人说出，也许不再那么轻松和动听，然而它有着我对人生的切肤体会。年轻的朋友，你意识过“年轻真好”吗？年轻，真的很好很好啊。

恐惧在经历中消失

充满诗情画意的童年生活，宛如一只轻烟薄雾笼罩的船，在我记忆的河流上时隐时现。经过几十年的坎坷奔波，为了寻求晚年的恬适和安宁，乘着这只船重返生命启锚地，忽然发现，我情感的风帆再也鼓涨不起来。硬邦邦的现实生活，像一块多棱角石头，击碎了我有过的单纯，无论看什么事情什么人，这时都会用经历的目光。这大概就是人们常说的成熟吧？也许是。

闲暇时，我不只一次想起童年的故事，其中那个“狼外婆”故事，现在想起来都会心生恐惧。那时也就是四五岁吧，只要我不好好睡觉，大人们就说："快睡，再不睡'狼外婆'来敲门，我们就不管你了。"说来也真怪，听了这么一吓唬，立刻就乖乖地睡觉，生怕真的被"狼外婆"带走，孤孤零零地扔到荒郊野外。孩提时代的心，就是这样单纯、诚实，容不得一星半点地恐惧。

一年又一年渐渐长大，我始终未见到"狼外婆"。它虚幻的影子带给我的恐惧，自然随着阅历增长也就消失。但是，这些有趣的童年故事，并未从我的记忆里飞走，它还时不时出现在我的脑际。这时我常常是边想边笑：小时候真傻，大人们一说，就真的信。

其实再仔细想想，这真傻的何止幼年？就是长大成人之后，我们也常常被什么事情吓住，只是没有像年幼时候，显得那样惊恐万状罢了。

我的家乡三面环水。我在童年就亲近水，长大又走南闯北，江河湖海未少见，照理说不应该惧怕水吧？谁知蛮不是那么回事。有年夏天结束了大连休假，想乘海轮取道塘沽回北京，有位走过海路的朋友知道后，一再劝说我赶快打消这个念头，以免自己去海上找罪受。他怕我不相信真的是受罪，还把他在海轮上的情况，例如被船颠簸得如何呕吐，如何吃不下饭睡不着觉，绘声绘色地讲述了一番，使我这个从未远航过的人，如同小时候听"狼外婆"故事，不免心里开始忐忑不安。只是毕竟有了几十年坎坷经历，再加之年长后增添的固执，对于别人说的什么事情，都不是像过去那样轻易相信，纵然真的翻腔倒肚地晕船，总还是想自己亲身领受过之后再说。于是我带着疑惑的心情，一天早晨登上"天谭"号轮，开始了第一次海上之旅。

"天谭"号客轮由我国自行设计制造，船上的生活设施非常方便舒适，航行起来平稳、轻快、毫无颠簸的感觉。我们乘坐的二等舱住 4 个人，有的也怀有晕船的恐惧，还有的带来大量防晕船药，当大家一起谈论此事时，都多多少少有点儿紧张，时不时地观望窗外动静，以便风起浪翻时做准备。看来人们对于未经历的事，总是有种天然的恐惧感，不同的是勇敢者会坦然些，而且愿意在实践中去认识。

我们做了晕船的准备，船却一直在平稳前行，不知不觉就到了天津水域。早晨从甜美沉实的梦境醒来，金灿灿阳光铺在波平如镜的大海，我们赶紧走到轮船的甲板上，或伸腰踢腿或来回踱步，驱散这一夜间船上的劳累。置身在这海天共筑的宫殿，这时只感觉全身心都是无比畅快，昨天的恐惧完全没有了踪影。又经过短暂平静而恬适的航程，“天谭”号安稳地停靠在塘沽码头。旅伴们收拾行装互相道别时，脸上挂着安详又略显自嘲的笑容，仿佛是对自己说：“昨天还吓得不知如何是好呢，其实这不是平安归来了吗？幸亏我没有听人劝阻。不然错过这么好的航行会后悔。”

这次海上航行，平稳而安详，没有体味恐惧。那么，这是不是证明朋友的劝阻错了呢？当然不是，在临下船的时候，我向一位船员问过。他说：“你们二位说的都对。晕不晕船，这要看天气，还要看船的情况。您的朋友晕船，可能是赶上了大风浪，船的吨位也不大，颠簸起来肯定吃不消。”接着他又说：“您这次航行则不同，风平浪静，又赶上这条新船，自然是平稳的。每个人的经历不同，感受、说法也就不一样。”

这位海员富于哲理的阐述，完全折服了我。

的确，人在生活中，总是怀有某种恐惧，特别是刚进入纷纭社会的年轻人，听了关于人生世事的种种议论，还未涉足就不敢举步，更没有那种非经历一番不可的勇气，这样也就难以领略生活的真实美景。生活同我们这次的海上航行一样，既有惊涛骇浪的艰难逆境，又有波平天低的绮丽风光，惟有亲身去经历才有可靠的感受。否则，你心里装着的永远是“狼外婆”的故事。

在生活大海之滨徘徊的年轻人，鼓起勇敢的风帆，做一次壮丽的航行吧，你的恐惧就会在经历中消失。当若干年之后，跨上胜利港湾，回首走过的航路，相信你会宽慰地说：“唉，幸亏我没有放弃经历，原来经历过的事情，这么美好。”这时，连有过的恐惧都会变得亲切、温馨。

生命之星应该灿烂

不知别人有过这样的体会没有，反正我有：平日里与人的一次交谈，当时并不是刻意记在心里，可是若干年以后偶然想起，这时才领悟——噢，原来那次交谈还有点儿道理呢！

这是 20 多年前的事情了。

有一次，在一个繁星闪烁的秋夜，我同一位年轻的诗人朋友席地坐在辽阔草原上聊天儿。从个人的生活经历，谈到我被划“右派”的事。我的心情异常沉重。诗人朋友好像有意要给我些许安慰，凝望着遥远高朗的天空，他若有所思地说：“你看，那满天的星星，一闪一闪地，好像是在微笑，又好像是在说话，多么美啊。小时候祖母告诉我，天上一颗星就是地上一个人，要是人真的和星星一样，永远地闪光那该多好。”言语间流露出对生活的热爱，以及对美好人生的憧憬。当时以为是诗人触景生情，我就没有更多地想他说的话。

“右派”下放生活结束，我开始过正常人的生活，诗人朋友特别为我高兴。他写信给我说：“生命，是多么顽强啊；活着，是多么好啊。”读着他长长的来信，忽然想起那次星夜交谈，这时才真正领悟到他的话，原来并非是触景生情，而是他对人生的感悟。

的确，人的生命不应该过于脆弱，像娇美的瓷器随便一碰就碎，人的生命应该像高悬的星星，即使被乌云遮住也要闪亮发光。有的年轻朋友也许会问，这样的人有吗？有的，而且不少。在我认识的一些跟我经历相似的人中，如今都已经是七老八十的人啦，当有机会见到他们的时候发现，别看年轻时候遭受那么多的罪，现在他们依然生活得非常快乐。有的人 60 岁学会了电脑，有的人 70 岁拾起了外语，为的是让晚年生活更丰富、更充

实。他们说，过去的日子再艰难、再痛苦总算过来了，现在有这个条件就要好好地生活，我们不是为过去活着而是为未来活着。从年龄上讲只赶上个好年月的尾巴，那就更要紧紧抓住尾巴不放。看，这是一帮多么可爱的好老头儿，经历过那么大的政治磨难，对于生活依然充满激情。

然而，有些20岁左右的年轻朋友，在精神上却显得很萎靡，甚至于失去生活的勇气。前些时我看到一份资料，说到自杀人群的情况，其中有的人年纪相当轻，只是因为一时工作不顺利，或者是在婚姻爱情上变异，想不通就走上了绝路。读了这份资料，心情异常压抑，我真想大哭一场。在为这些年轻生命惋惜的同时，我的心中也充满无限感慨，我不明白，这些人的生存条件和环境，难道比他们父兄辈还艰难吗？我不相信。绝对不相信。不管怎么说，现在，没有人为制造的政治压力，个人事业有选择的自由，只要你有能力、有知识、有机会，你就可以生活得更符合心意。在年长的几代人中，这是绝对办不到的。今天的年轻人却拥有这么好的环境。

当然，我不想也没有权力责备这些年轻朋友，但是做为一个过来人，有些话却不能不说，说出来说不定会对有的人起点借鉴作用。

生活条件的优越，生长环境的顺利，在我看来是好事情，起码可以少去烦恼。然而对于意志薄弱的人来说，过于优裕的条件和环境，无异于一间温馨安乐窝，在这间窝里呆的时间太久了，走出来稍微遇到点风雨，就会不知道如何是好。我未看到走绝路的人的具体情况介绍，但是我相信，十有八九的人家庭条件比较好，说不定是父母的掌上明珠，以为生活就是这样的温柔，哪会想到也有不如意的时候，一旦碰到困难，自然就无法招架。其实，人生的天空，哪能永远晴朗，没有一点阴霾？生活中的不顺心，倒是经常有的事，快乐反而不会总陪伴。

说到这里也许有人会说，难道让我放弃优裕条件，自找长辈们那样的苦难吗？当然不是。我历来不同意“苦难就是财富”的说法，只有你无奈地经历过苦难之后，要把经历的苦难视为财富你的罪才未白受，既然拥有平顺环境干吗非要去经历苦难？我只是想说：不要光是想象生活美好的一面，还要想象生活艰难的一面，在思想上有个应付艰难的准备，并且学会锤炼自己的意志毅力，这样在生活里就会更主动、更快乐。正像我的诗人朋友说的那样，假如生命是一颗星星，就要永远地熠熠闪光，即使一时被乌云遮住也不怕，相信总会有云开雾散的好时候。让生命之星永远灿烂。

重奏的乐曲也动听

记不得是哪一年了，反正那是第一次听小提琴演奏，一支委婉凄迷的《小夜曲》旋律，立刻就把我征服得神魂颠倒。那如泣如诉的缠绵悱恻琴音，如同凝聚着如云似水的情绪，在我的心中悠悠缭绕飘荡。像每个富于幻想的年轻人一样，我的思绪乘着琴音的翅膀，在无际的遐想中开始自由飞翔。尽管对于这支《小夜曲》觉得动听，但是对于旋律传递出的背后内涵，我却全然不知更没有深刻理解，听过了也就听过了。

经过若干年以后，我又听了一些《小夜曲》。有次跟一位音乐教师说起此事，并且问他："凡是《小夜曲》，无论是古诺的，还是舒曼的，或者是舒勃特、德力格的，怎么每一支都这么优美，听了简直让人落泪。"这位朋友告诉我说："《小夜曲》大都是黄昏或晚上，在户外独唱或独奏的曲调，原为徘徊于恋人窗前的情歌。爱情来不得半点虚伪和做作，这曲调也就必然流露真挚感情。这正是《小夜曲》所以感人的地方。"

就这样，年轻时听过的优美《小夜曲》，连同那位音乐教师讲的故事，从此深深地留在了我的记忆里……

时光把我送出中年门槛，后来渐渐又向人生晚秋靠近，思想和感情也就日显成熟。当回首几十年坎坷艰辛生活时，我不得不重新咀嚼有过的苦涩，谁能想象被揉搓过的心还会激动呢？那是在一次小提琴独奏音乐会上，重新聆听优美的《小夜曲》旋律，我还是被感动得热泪盈眶，不能自抑。在缠绵凄迷的韵律中，回忆起往昔经历，我真的有些伤感；仿佛这琴音就是我心房的震颤。

我在年轻的时候，政治上是个时代的弃子，爱情上理所当然地不会完满，优美圣洁的《小夜曲》刚刚奏出，还未来得及让我欣赏陶醉，那琴弦就被无情之手揪断。这时我才清醒地意识到，悔恨纯真感情的失落，比之痛惜热烈恋情的中止，对于一个诚实的年轻人来说，所要承受的精神折磨会更大。诅咒吗？抱怨吗？丧失生活的信心吗？寻死觅活地折腾自己吗？这一切好像都无济于事。唯一能够做的也是必须要做的，就是打起精神更加快乐地活着。倘若连爱情的挫折都受不住，这样的人还会获得幸福吗？我总是不太相信。

真的，我很为年轻时的自己骄傲，政治上的打击，爱情上的创伤，我都硬邦邦地挺了过来。有朝一日《小夜曲》重新奏起，它那美妙动听的旋律涟漪，在我的心海里一层层地泛起，我的感觉依然还是那么惬意。我跟妻子相伴已经走过40多载，期间又经历过许许多多风雨艰难，最后总算迎来安定的日子；有时闲暇孤坐家中，在回忆中常常追问：假如当年我不善待自己，会有今天的舒心生活吗？想到这里，我很庆幸，我更坦然，因为我毕竟走对了那要紧的一步。

人生在世几十年，哪能都那么顺利。事业上的失败，爱情上的挫折，生活上的艰辛，这都是在所难免的。要紧的是要咬紧牙关。这是我最大的人生体会。有的年轻朋友似乎不太懂得这个道理，事业、生活上的挫折，咱们暂且不说，就说爱情上的失意吧，有的年轻人就处理得不够好，没有能做到平静分手，更不会礼貌地说声“再见”。最近在报纸上看到好几则消息，报道年轻人因失恋自杀或杀人，好端端的生命就这样结束。我真的为他们感到惋惜。他们太年轻啊，这样做值得吗？

爱情上的事有时说不太清楚，不过有一点非常明了，那就是互相需要真挚的感情。如果把美好爱情依然比喻为乐曲，相爱双方都得用真挚纯洁的音符，共同精心谱写才会出现和谐的乐音。如果在谱写过程中出现不谐和音调，说明这首乐曲即使勉强谱写出来，最后也不会美妙动听流传永远，与其如此，何必强求。一旦意识到不能和谐相处，互相平静地、礼貌地道一声珍重，然后各自去另寻新的爱情，对双方来说都不是什么坏事情。这样做多么大方、潇洒，真正不失现代人的气度。

年轻的朋友，请相信我这个过来人说的话，重奏的《小夜曲》真的依旧动听。一旦你陷入失恋的泥沼而难以自拔时，千万不要灰心丧气，更不要做出失当之事。那样就太对不住亲人了。人生的过程就是个寻觅的过程，这其中就包括寻觅真正属于你的爱情。

爱情的心扉为谁开

无忧无虑的青年男女啊，哪个不期待纯真美满的爱情？告诉我，此刻，你是正在寻找，还是正在热恋？唉！何必一提爱情便脸泛红云，心也怦怦跳个不停？青年朋友们，让我们像议论理想、前途、事业一样，这次来议论一番，你正在暗自思忖的爱情。

提起“爱情”这两个字，你也许会习惯地发问：“爱情到底是什么呢？”嘀，这你可就把我给难住了，在这方面我也很无知。当然也就无法准确地回答。我只能坦诚地告诉你，我在你这样的年纪时，爱情对于我是很神秘的东西，只是朦朦胧胧地出现在想象中，那时我也在询问：到底什么是爱情？

后来，不同的人从不同的角度告诉我，我才似懂非懂地多少知道点儿。

有的说：爱情是应时怒放的花朵，如果你不赶快采撷，一旦枯萎了，留下的只是一缕淡淡的幽香，你会后悔一辈子。

有的说：爱情是准时启动的列车，如果你不按时搭乘，一旦开走，留下的只是一眼惋惜的泪水，你只好等待下班车。

可能是基于上述认识吧，于是，在寻求爱情的同龄人中，我看到了这

样的情形：那些过早沉迷花香的人，虚度了青春年华；那些仓促搭乘早班车的人，丢掉了学习机会。那颗刚刚萌生的爱情种子，还未来得及伸枝展叶，便渐渐地在他们的心田腐烂了，以至于连美好青春都有了异味儿。这时他们也在问：到底什么是爱情呢？

时光转眼过去了几十年。跟我当时同龄的人们，如今都已经是老人了。有时看见年轻人谈论爱情，不免也插嘴问上一句："听你们说得那么热闹，我随便问一句：你们说爱情是什么？"于是就有了现代年轻人的说法。

有的说：爱情就是夏天的啤酒，喝了又解渴又凉爽。还可以给人快乐。谁需要谁就去喝，压制自己的欲望，那是十足的现代"傻帽儿"。

有的说：爱情就是一桩生意，有钱的做钱情买卖，有权的做权情买卖，无钱无权的所谓纯洁爱情，只是双方一时解决感情饥渴。

这就是某些人的现代式爱情观。于是在恋爱中的许多美好过程，如今都已经完全消失了，比如吐露爱慕情感的情书，比如享受美好时光的公园幽会，比如加深彼此了解的共赏音乐会……好像都成了不必要的累赘和羁绊。代之而来的是什么呢？所谓的"一夜情"，所谓的"直奔主题"，所谓的"上床是缘，下床是友，无缘无友，说声'拜拜'分开走"。你看说得多么轻松、简单。传统意义上的爱情，在今天有的人眼里，就跟吃"麦当劳"快餐一样随便。

那么，你认为爱情到底是什么呢？不耐烦的年轻人也许会这样问我。我现在已经是个老人了，可以毫不客气地说. 几十年的漫长人生路，看了太多太多的人，经历了太多太多的事，现在让我来谈论爱情问题，我说：爱情是一只能伸能缩、知冷知热的手。不知道你们可否同意？

听了我的这个比喻，有的人会觉得非常失望。因为它一点儿也不浪漫，而且过于实际、生硬，没有想象的空间。好吧，那就先听我讲一个故事：

我认识一位相当勇敢有见地的女士。她和她爱人认识以后，两个人情投意合，很快便决定一起生活下去。她爱人在西北边疆的一个剧团当导演，她在首都北京从事文艺工作，如果他们结婚组成家庭，这就意味着她将离开北京，去到她完全不熟悉的边疆。可是，为了爱情，她走了——没有半点犹豫，没有丝毫留恋。到了边疆没有几年，在一次政治运动中，她爱人受到冲击。她不仅没有任何抱怨，而且还给她爱人以鼓励。两人搀扶着走在人生路上。国家的政治生活正常了，他们却也双双进入老年。但是，说起当年的选择，她并不觉得后悔，她说：爱情本来就是这样吗，经不住诱惑和挫折，那不叫爱情叫搭伙，吃喝不好了就会散伙。

青年朋友，所以我说爱情是一只手，黑暗中可以互相搀扶，光明里可以互相拥抱，摔倒了可以彼此拉起，疼痛时可以彼此揉抚。要知道，生活就是生活，既不是悠扬动听的《小夜曲》，又不是典雅美丽的油画，因此在爱情的结合上，一定要有共走人生路的准备。

倘若我的比喻还有道理的话，那就请你注意，当爱情之手来叩门时，请你先慎重地打开一点儿门缝瞧瞧，然后再决定是不是启开。千万不要像毛手毛脚的孩子，还未看清楚来人是谁，就急急忙忙把心扉启开。

永远铿锵的旋律

见落叶流泪，听春雨动情，这些牵动情绪的感触，早已经不属于我这个年纪的人了。可是，只要一听那首《咱当兵的人》，我立刻就会心头发紧、热血沸腾，怦怦的心声合着那铿锵的旋律在跳动。时光这时仿佛顺着回忆的河床倒流，生命因得到乐音的浸润变得亮丽，年龄这时在我的身上已经构不成障碍，我觉得我的歌唱跟年轻士兵一样动听。

今天的年轻人喜欢通俗歌曲，追星的热情和演唱的投入，个个都近乎于忘我，更旁若无人。若问他们最喜欢谁的歌唱，他们会像背书似的流利，说出一长串当红歌星的名字。那如数家珍般的熟稔，几乎让不少的成

年人吃惊；可是问他们那些纪录历史的歌曲，或者问他们知不知道冼星海、聂耳、马思聪，许多年轻人却只能轻轻地摇头，真正回答准确的没有多少人。这即使不算是什么缺欠，起码也是人生的遗憾，年轻人要多懂些事情，总比光会唱通俗歌曲的生活多彩。

当然，一个时代有一个时代的歌曲，这一点我完全能够理解，没有必要让年轻人唱同样的歌。只要歌声使他们活得开心快乐，只要歌声传达给他们美好的情愫，这歌声就是人间最需要的音乐精灵。在我们年轻那会儿，穿戴是单一的，唱歌是单一的，无论怎么重复，都改变不了单调。今天的年轻人赶上了这个好时代，生活丰富多彩，歌声百调千音，每个人都能按照自己的意愿快活。就连严肃的军营都有了多彩的歌声，战士越发显得朝气蓬勃、似虎如龙。有时让我羡慕得暗暗心生嫉妒，真想年纪再减少几十岁，重新穿上那漂亮的绿军装，跟年轻战士们一起高唱新的军歌。

在这里我想告诉年轻的朋友们，无论年轻人怎样喜欢通俗歌曲，只要你穿上这身威严的军装，在军营里唱过类似《咱当兵的人》这样的歌曲，就永远不会忘记这震撼心灵的歌声。过了若干年以后跟现在的我一样，已经是个儿孙绕膝的老者，当某一天晚辈们让你唱歌，相信你唱出的准是军歌，绝对不会是什么通俗歌曲，因为军歌中有你的生活经历，曾经寄托过你的向往和追求，更重要的是军歌可以超越时空，永远也不会随着时光而衰老。这就是军歌最大的魅力所在。就像军营里的作息号令，即使是用电器代替铜管，那声音依然跟过去一样，绝不会因为现代化而改变应有的庄重。

跟今天的年轻朋友们相比，我年轻时算不得什么追星之人，可是我也喜欢听优美的歌声。中国的、外国的、原创的、民间的歌曲，我现在还能轻轻哼唱，寂寞时借以排遣孤独，就像养花遛鸟愉悦性情。然而，当我听到那首《咱当兵的人》的歌曲，在心中引起的共鸣和震动，却不是别的歌曲所能代替，它有着更深沉而美好的内含，只要一听到这铿锵有力的旋律，就会勾起我军旅生活的回忆。尽管我早已经脱去那绿色军装，现在连个军礼都难行得标准，但是在感觉上我依然还是个老兵。我过去的心情、过去的志向都熔铸在这高昂奋进的军歌里，即使是时间过去将近半个世纪都难解难分。与其说这是老兵的情怀，反不如说是军歌的动听，似乎更为贴切更为实诚，更能够表达我对军歌的钟爱。

好像就是从听了这首《咱当兵的人》以后，每次看完电视新闻联播拿起遥控器，我的手指总是情不自禁地点击《军事报道》节目，出于什么原因连我自己也说不清楚，反正就是想看看那些今天当兵的人们。其实，除了军徽军旗样式依旧，军装颜色没有多少改变，军营里的许多事情都跟过去不尽相同，我熟悉的只是那股团结活泼的气氛。但是，就只这一点已经让我感到心满意足了。一个老兵的心愿不过仅仅而已，更高的要求都属于不实的奢望，想得到更多就轻轻哼唱那首《咱当兵的人》。于是，许多莫名的忧愁都会缓解，许多扰人的烦事都会疏通，虽说早就脱掉了那身庄严的军装，但在自我感觉上仍然有着凛凛威风。

这就是铿锵旋律在我心中的地位，这就是军歌让我百听不厌的原因。

青年人是不能没有歌声的。没有歌声的青春生活，就像无绿色的大漠，想一想都觉得孤寂，更不要说身处无歌声的生活。可是，如果这歌声内容平平淡淡，只有一时悦耳的好听音调，唱过了也就算唱过了，没有什么生活痕迹留在心中，我总觉得还不足以尽人意。随着年龄的不断增长，记忆力开始逐渐减退，许多过去的事情忘记了，偶尔听到一首唱过的歌曲，或者是跟自己生活相关的歌曲，就如同一星火花点在干柴上，立刻就会燃起熊熊的记忆火焰。这样的歌多么好啊。军歌就属于这样的歌。我喜欢这样的歌。

简单数字和复杂人生

凡是有过队列操练经历的人，哪能没有喊过简单的口令呢？“一——

二——三——四”这 4 个数字，连一岁的孩子都会数，长大以后更是须臾难离，只是不再像操练时那样喊。但是，它在我们的生活中依然有着不可小视的作用。别看这只是简单的 4 个数字，却有着深刻的人生理念，你喊对了就有灿烂的前程，你喊错了就难保一生平顺，这又说明这数字的并不简单。做为一名现役军人，每天都得喊这简单的口令，如同“报告”“到”这些词句，属于军营中的常用语，中外军队概莫例外。

在电视节目里看过这样一则报道：一位刚参军的青年在新兵连受训，10 多天下来还不能按口令走队列步，上级考核时致使全班被他拉了后腿，他惭愧得多日食宿不安地自责。这个青年人参军前报考大学未被录取，本想参军后经过奋斗再进军校，不曾想这条路同样异常艰难，刚一起步就走得不很顺利，从此他有些心灰意懒、感叹人生。后来，经过战友们的鼓励帮助，他振奋起精神勤学苦练，最终赶了上来跟大家一起走出整齐步伐。口令简单，步伐简单，这个故事也简单。似乎再没有什么好说的了。然而，我看了这则报道以后，心情许久都无法平静，说实在的，让我联想起好多人生的事情。

就以这位年轻的战士为例吧。倘若他的意志薄弱，或者一时想不通，不再勤学苦练走步，甚至干脆退伍回家，他以后的生活道路会怎样呢？我无法准确的预测，不过我想就是好也不会好到哪里去。人生的成败，往往就在一步的对错上。这位年轻战士追赶上来，乍看只是个队列走步的事，其实这也是人生的真正开始。如果他不珍惜这次难得的机会，遇到困难就轻率地退却或放弃，即使他的理想抱负再美好，都会因一时的疏懒而成为泡影，过若干年后想起来都不会原谅自己。这就是一个简单口令对我的启示。

我们不妨仔细地想想，生活里的事情，有哪一件不是从简单开始的呢？失败往往是由于一时的不慎酿成，成功常常由于忽然的醒悟造就；贪污腐败从一次不检点成为大罪，品德高尚从一次自觉坚守逐渐完善；贫穷由于缺少一两元钱显示出来，富裕由于从一开始积累拥有更多；将军是从一次次建功立业后才被晋级，专家是从攀登知识阶梯最后达到顶峰，如此等等，这就是事物的一般发展规律。所以，我们生活着就要珍惜这简单的数字。谁忽视了最初的简单，将来遇到复杂事情时，谁就没有解决的能力。

士兵在队列里操练时，也许不会想得这么多，动作马虎也是常事，不到需要绝对不会意识重要。我在部队是个“机关兵”，平时很少操练，更没有摸过枪，转业地方进行战备拉练，背包打得松松垮垮很快散包，自然在众人面前没有了面子，尤其糟糕的是缺少坚持的毅力，倘若没有别人帮助就险些掉队。这时我就想起在部队那些年，如果经过正规的队列训练，这些军人必备的基本素质，此时就会在我身上显示出来，即使做得不如别人规范正确，也会以军人不屈不挠的毅力，克服这并不算什么的困难。可是我却不能。

俗话说，千里之行始于足下，这里同样有个简单的数字问题。如果你迈出的第一步就错了脚，或者因为准备不足未走多远就停顿下来，前边的风光再美丽再迷人，对于你来说都只是水中月镜中花。我不是什么真正的足球迷，出于好奇和对国足的企盼，偶尔也跟着乱轰轰几句，想以此来安慰自己这颗近乎于失望的心。这次的世界杯足球赛，中国队出线了，算是冲出亚洲，我跟真正的球迷们一起高兴。可是当国足跟别人比赛时，却不敢把整场比赛看完，因为我的意志承受不住，国足哪怕进一个球的希望破灭，同样也难以接受别人灌我们的球太多。这时的简单数字就不那么简单了，它包含的内容要比球赛本身更复杂。

我在观看别的国家球队比赛时，人家队员的拼搏精神和娴熟技艺，常常让我看得目瞪口呆、不知所措。这时总会有球迷们说，人家球员拿多少多少报酬，仿佛只要多给球员一些钱，这球自然会频频破门了。看这又是个简单的数字问题。可是他们忽略了另一个数字问题，这就是人家球员的训练次数比赛次数，以及几代足球队员踏实奋斗的日夜，才换来的今天的辉煌成绩和荣耀。两种关于数字的计算方法表达着两种不同的认识。数字这时还那么简单吗？我想要比我们想象的复杂得多。所以我要说，今天还在军中服役的年轻人，千万不要轻视简单的数字，喊口令就要从第一声喊好，走步就要从第一步走好，做事情就要从第一件做好，将来你才会有比一更大的前程。

活着就要快活每一天

年轻时被一个空泛的理想驱使，每天都忙忙碌碌地好像充实，其实连自己都不知道真正忙啥。就如同一个不善种地的农夫，每天也是日出而作日落而息，跟别的同辈人并无什么大区别，到头来收获却没有人家丰厚。人到中年始谙人生忧乐冷暖，这时好像懂得了再大的理想，若想实现也得每天都要奋斗，无奈客观条件已不允许，就这样在混沌中过了许多年。到真正开始悟出人生真谛，转眼间又临近生命的黄昏，这时的时光就要用天计算了。那么，每一天应该怎样度过呢？我常常地这样问自己。

应该说，生活对于每一个人都是非常公平合理的，不同的只是穷富有别，地位高低不一。然而，这却不能左右人的生死，从本质上说还是平等的。世界上有许多权贵富翁，都想凭借权钱延长寿命，甚至于让人高呼万岁祝福，却没有哪一个是达到目的的，到该死的时候照样命归九泉。所以我说，人把生死的事情想通了，就算是个真正明白人了，对于那些身外之名之钱之位，十有八九也就会看得轻淡了。

人在生活里的不愉快，别别扭扭，皱皱巴巴，除了是客观造成的，其实更多时候得怨自己。现在人们张口闭口好讲心态，仔细想想是有一定道理的。可是好的心态是哪里来的呢？官位可以由人封，金钱可以由人给，名气可以由人炒，只是从未听说过，谁给谁制造个好心态，看来归根到底得靠自己。按照大多数人的方式生活，心态平衡以后就会愉快，生命的每一天都好似初升太阳，散放出新鲜蓬勃的光芒。

有次在一个会议上，遇到几位老朋友。当问及他们退休后的生活时，都无一例外地回答说“凑合”，语调上显得非常无奈和凄切。我听后确实不以为然，就随口说出：“干嘛凑合，我觉得好日子刚开始，每一天都很可爱，我们要过好每一天。”说后我立刻意识到不妥，多少有些失言，怕伤害这几位老哥们儿，赶快又马上找补说：“当然，每个人的情况不一样，不过只要健康就快乐。”这找补的一句话，乍听好像有点儿言不由衷，然而它却是我的真实想法。这个想法是我从切身体会和从旁观察出来的。

跟这几位朋友的想法所以不同，我事后想了想，主要还是我们的情况不一样。从过去说，这几位朋友没有我的坎坷经历，他们在平静的环境里生活、做官，前几年突然地让出位子退了休，多多少少会有些失落的感觉；从现在说，这几位朋友比我退休早好几年，退休金自然要比正常工资少许多，经济情况也就比我早窘迫几年，他们用“凑合”概括自己的情况，我想也还是比较符合实际的。更何况，这会儿在许多事情上没有按照政策一视同仁的对待，存在着看人下菜碟的现象，以及人情冷暖的急剧变化，难免会让正派人有想法。他们的这种心态我非常理解。

可是，话又说回来了，生老病死毕竟是人生规律，谁又能够违反得了呢？就在我写这篇小文章时，媒体报道了美国传媒大王默多克突然发现患有老年前列腺癌，就像当初报道他娶了华裔小媳妇一样，在全球引起读者的兴趣和关注。我读了这则社会新闻后，想到的则是应该如何生活——这个人人都会思索的问题。我想，在生活如此丰富多彩的今天，除非真正为吃喝终日犯愁者外，更多的人还是有条件考虑如何过好每一天时光的。这也就是一些人说的生活质量。

当我们说过好每一天的时候，当然要包括物质上的享受，把物质享受视为资产阶级方式的说法，随着生活水平的提高已经消失了。我们既然创造了物质财富，为什么就不能理直气壮地享受呢？不过对于衣食有着的人来说，我想这过好每一天的含义，主要还是在精神调适方面。倘若在精神上有障碍，再无衣食温饱之忧，甚至于有万贯家财，都不会有真正的快乐。快乐而健康的生活，不仅是人的本能，更是人的美好追求。每一个人都不会拒绝。

人的寿命总是有限的，即使再长寿也难越几十年，在这有限的生命舒展期里，很少有人可以预想未来。但是每天睁开眼睛之后，想想怎样度过这一天，尽量让自己活得愉快，起码不要自找烦恼，我想这就是最大的享受了。高兴地过好每一天，让每天都有个好心情，这比拥有高官厚禄，我看更有生活质量。

学会找乐一生都幸福

如果对某位朋友突然发问：您会寻找快乐吗？相信很多人会一时茫然，不知如何回答是好。仔细地想一想，自己寻找快乐，好像是容易，其实也不尽然。寻找快乐，是生命的本能，更是生活的技巧，人人有意识，却不见得真正做得到。尤其是对于那些习惯被动生活的人。

可以这样说，大凡上点年纪的人，甭问，年轻时候的生活质量，十有八九不如今天年轻人好。有的因战乱四处奔波，有的因政治精神压抑，有的因家累操劳伤神，总之，很少有更多开心的日子过。即使是生活比较平顺富裕的人，在愉悦自己的快乐方式上，恐怕也没有像现在这样多。所以身体健康的年长人，特别知道珍惜今天的条件，总是想着法子补偿缺失的快乐。跳舞、扭秧歌、打门球、爬山，穿大红大绿的花衣裳、美容美发，吃西餐、品尝各式各样的小吃，手头钱稍微宽余的还要出国旅游，饱览四海风情，观赏五洋景色，只要年轻人享受的美好事物，他们也总是想着亲自去经历。这就是衣食无虑的年长人，在今天的整体生存状态。

本来嘛，年轻时受苦受累受委屈，如今好不容易赶上轻松年月，为什么不快快乐乐地生活呢？为什么不高高兴兴地度日呢？创造是人生的义务，享受是人生的权利。拥有这两者才是完整美好的人生。光知道创造和光知道享受，这样的人生都不算很精彩。当然，我说的这些年长人的快乐，在有权有钱的人或者年轻人看来，也许算不得什么真正的大快乐，充其量只能算是低级的小乐和。可是就是这样的小乐和，对于大多数年长人来说，他们也就很知足、很满意了。

其实，再把话说回来，无论是痛苦还是快乐，都纯粹是个人的体会，完全跟着真实的感觉走。假如把痛苦和快乐比喻为硬币，快乐是正面，痛苦是反面，谁想花这个钱谁就得双面触摸，单摸一面是不大有可能性的。倘若把触摸当做人生的体验，这痛苦和快乐的滋味儿，对任何人又都是一样的，区别只是程度上的不同。就拿快乐来说吧，有钱人一掷千金的游戏，做官人被拥戴的得意，跟卖白薯小贩数钱时的开心，街头下象棋老人的高兴，从本质上说并没有多少差异，如果让他们用笔书写，写出来的“快乐”二字，都是一模一样的形象。因为在造字者的眼中，人的生理机能相同，对事物的感受接近，所以文字不分贵贱高低。只要个人感觉快乐就是快乐。快乐永远是个人的感觉，别人无法代替也无法夺走。

然而，快乐又并非是与生俱来的，更不是永远附着在躯体上，快乐像一切宝贵的东西一样，得由你自己想办法去寻觅。富人花千元打高尔夫球，是去球场找快乐；穷人花10元钱听相声看戏，是去剧场找快乐；读书人终日读书，是在书本里找快乐；无所事事的人闲逛，是在街头找快乐，如此等等。还有的人哪儿也不愿意去，就自己在家里侍花逗鸟，或者找几个人打打麻将玩玩小牌，从中寻得一时半会儿的乐趣。反正不管怎么说，快乐不会从天而降，总得你自己去主动寻找。谁会寻找快乐，谁就生活得愉快；谁不会寻找快乐，谁就生活得郁闷。

可是有的人不懂得这个道理，他们对待快乐的态度，有点儿像每月等候发工资，总是处于被动地位，希冀某个时辰由某个组织，把快乐的活动带到自己身边。这样做倒是满省心的，只是没有了寻找的过程，自然也就少去了许多乐趣。不能说别人给予的快乐不是快乐，只能说这样的快乐不会持久，一旦别人不给了自己就会陷入尴尬。前人积累的人生常识告诉我们，再辉煌的生与再伟大的死，都只是人生的终极两端，而且是刹那间的闪烁与暗淡，永远代替不了对过程的体验。惟有人生过程的快乐才是快乐。因此在人生过程中寻找快乐显得非常重要。人们经常说，某某人活得有滋有味儿，而不是说某某人生或死得有滋有味儿，我想正是这个意思。

说到这里兴许有人会问，那么自己如何寻找快乐呢？对不起，我也说不准。我在前边已经说了，快乐是一种人生体验，自己觉得快乐就是快乐，因此寻找快乐没有统一方法。只要你愿意做某件事情参与某种活动，并且自己从中感觉快乐，那就要坚持去做去参与，这快乐就会无可争辩地属于你。寻找快乐是需要勇气和智慧的，主动地积极地去寻找快乐吧，以便让自己的生活更有声有色。

大海会告诉你什么

我的家乡临河近海，自幼就喜欢亲昵水，长大之后足踏南北，最喜欢的仍是水乡。尤其是那些濒临大海的地方，总是让我去不厌、看不够，它如同一本厚厚的彩色崑书，里边充满浪漫的内容，对于我永远有着迷人的魅力。可惜我跟水的缘分不大，在我有条件与水为伴时，把我发配到远离水的地方。从此，水也就成为我的记忆所在，只是时不时地出现在我的思念中。

那年，我正跟随一支工程队在内蒙古东部草原上劳动，一天黄昏，看见草原在微风轻轻吹抚下，一层一层地翻起柔和的草浪，使我立刻想起了记忆中的大海。说来也真够巧的，那天刚刚下过一场带日雨，雨后的草原，天空是那么澄蓝，草野是那么碧绿，这绿这蓝连接在一起，立刻给我犹如观海的感觉。何况还有在朗朗阳光照耀下，随意翻卷的无边无际的草浪，怎不叫人心旷神怡、遐思驰想呢？那天高兴得我一夜难眠。后来好不容易睡着了，又于迷迷糊糊中说起梦话，据一位同帐篷的师傅讲，我说的竟是什么“蛤蜊”“贝壳”“浪花”什么的，他这西北长大的人，连听都一点儿也听不懂。可见我对于大海是多么一往情深。

然而，若问我大海的什么这样让我痴迷，这样让我眷恋，我又难以说得出来。这就如同对于祖国、家乡、母亲，我们每个人都会深爱不疑，但是又说不出道理一样。倘若非要让我说出点什么来的话，那恐怕就是少年时代的美好印象。其实，我对于大海真正有所认识，而且有了理智的敬仰，还是近些年再次接触以后。这时才算认真拜读了大海这本书。

有年夏天，我在北戴河小住数日，下榻的这家疗养院，其建筑探入海中，躺在床上休憩，即有哗哗涛声洗耳，仿佛人就沉浸在海水里，那种惬意宛如游海。这时你会神不由己地，被这情境带入亦梦亦幻中，飘飘然悠悠然地自由自在。纵然过去有过些许不幸的遭遇，见过甚多的人世间纷争，都会被这带盐含碱的海水洗涮得一干二净。只觉得偏颇狭窄的心胸，在一点点地开阔拓宽，渐渐地跟大海融合。海的神奇，海的力量，海的胸怀，海的魔力，此刻都表现得淋漓尽致，让你没有商量地领略到。这就是我认识的大海。我住的这家疗养院的位置，紧临东山鸽子窝公园，我去的那年公园还没有围墙，出入无需购票且不说，更主要的是视野开阔。那些天只要有时间，我就步行到鸽子窝，坐在鹰角亭上观海。这时的海距我是这么近。

一天黄昏，正在跟大海倾谈时，突然下起了毛毛细雨。这情景立刻让我想起，那年在草原雨后想海的事，只是我个人的情况已大有改变，真的是星移斗转、今非昔比了。这时的海在我眼中是朦胧的，海的远方是蒙蒙的雾气，海的近处是沥沥的微雨，四周宁静得只能听到海涛拍岸声。我看着那海涛，一层一层地前扑后拥，迅速而坚定地攀上岩岸，击撞起朵朵水的星花，壮观极了。这时立刻让我想起，许多关于力量的传说，例如“愚公移山”，例如“津卫填海”，等等，但是那毕竟都是传说，或者说是人们的向往，而这眼前的情景却是真实的，不由你有丝毫怀疑。

次日是个特好的晴天。披着清新绚丽的朝霞，我又来到鸽子窝海边。昨天浩浩荡荡的海潮，已经退落得几百米远，大海显得异常的宁静，似缎如绸的海水，轻轻地漫卷波纹，在早霞中闪闪地发光，鲜亮得很。这时的

海滩是裸露的，如同大海解开了她的衣襟，把藏匿多时的宝物通通地摆放在你的面前，让你任意尽情地挑选。彩石，贝壳，海带，蛤蜊，螃蟹，应有尽有，无遮无拦，足见大海的慷慨与无私。赶海的人们一边拣拾大海的馈赠，一边议论着说："浪涛的劲儿真大，推来这么多宝物，让咱们拾。""那还用说。跟大海比起来，河和江都显得小气。"无意间听了这些对话，我觉得很有意思，我想，这大概正是人们喜欢大海的缘故。

北戴河海滨的几天小住，让我尽揽了一怀清爽，更让我获得了一腔豪迈，从感觉上觉得变了个人，连走路时的步履都轻快了，更不要说头脑的清朗空阔。只是回到这烟尘浊土的城市后，又开始在局促的环境里生活，难免有些短暂的不适应，需要重新慢慢地调整。此时，我对于大海，不仅有着深深的记忆，更有着别无代替的怀念，真希望再一次走近海滨，去读永远读不完的我所钟爱的大海——这本启迪人生的书。

拂去心头寂寞的云

我真的有点儿奇怪，你年纪轻轻的，面对如此纷繁世界，怎么会觉得寂寞呢？在给我信的末尾处，你属名"寂寞的人"，这使我立刻想起古代隐居者，那些诸如"山中道人""孤云野鹤"之类的称谓。你问我在年轻的时候有没有过寂寞的时刻，有的话都是怎么排遣的？如此看来，你又是个不甘寂寞的人。那么好吧。让我们一起探讨这个问题。

实话告诉你，在年轻的时候，我也有过寂寞，只是没有到你这样程度。在终日无所事事的时候，在离群索居的时候，在计较个人得失的时候，在政治上遭遇不幸的时候，一种无名的寂寞感，宛如一层薄薄的云，这时就会悄悄地罩上我的心头。于是，我感到生命的脆弱和生活的渺茫。这大概也就是你信中说的："为什么要活着？怎样活着才算幸福？人这一生到底应该怎样度过？”等等这些朦朦胧胧想法的呈现，尽管在我当时的意念里没有像你这样明确，但是情绪也应该属于这一类，不然我的心胸何以那样局促？现在想来，明确地探讨人生问题，比朦胧的情绪似乎更好，因此我非常赞赏你的勇气，敢于说出自己心中的寂寞，以及对于生活产生的想法。这个问题解决了，就会生活得更愉快，岂不更好。写到这里，我想起一个人，一个跟你我一样的普通人，在我做新闻记者时采访过他。这人是个长途电话线路维修工，他长年生活、工作在荒山野岭间，为保障自己管辖范围内的线路畅通，他每天都在骑车或徒步沿线路巡视，一年365天，无论夏热冬寒从不间断地重复着。白天听鸟鸣，夜晚看星星，连个说话的人都没有，你说他能不寂寞吗？一年到头难得有个人来，哪怕跟他说一会儿话，他就会高兴得哼唱小曲。采访他时我曾问过他：“这样单调重复的生活，你不孤单寂寞吗？”他听后立刻哈哈大笑起来，说：“你们这些读书人哪，别看这里前不着村后不着店，人却一点儿也不觉得孤单寂寞，只要一拿起电话听筒，天南地北的热闹事儿新鲜事儿，仿佛都向我扑过来了。我最大的快乐，就是线路畅通，线路出了毛病，枕头垫得再高我也睡不着觉……”

这位老师傅的朴素话语，不，应该说是他的亲身经历，让我一下子顿悟出这样一个道理：客观环境的冷暖动静，固然可以影响人的情绪，但是只要我们自己心地宽广，不去斤斤计较鸡毛蒜皮琐事，即使置身在荒漠大野之中，同样会有“烟霞似弟兄”的感觉。

我知道，像这位老电信工人这样的人，在我们辽阔的国土上还有许多，比如边防哨兵，比如放羊牧民，比如地质队员，比如灯塔看护员，如此等等，他们也是独自一人面对四野，长年累月地坚守在岗位，谁能说没有寂寞的时候呢？但是我相信他们的想法，准跟这位老电信工人一样，因为职责在身实在无暇它顾，自然也就不会有寂寞的时候，当然更谈不上寂寞的感觉。

我不了解你现在生活的环境，更不知道你怎样度过每一天，但是从你信里说的话猜测，你的日子过得不是太充实，不然就不会有寂寞的感觉，

你说是吧？倘若你能像其他人那样，全身心地投入到喜欢的事情上去，请问你还有工夫寂寞吗？倘若你能像其他人那样，尽量让自己生活得快活些，请问你还会懂得寂寞吗？寂寞是客观的存在，寂寞更是自己的感觉。寂寞的云如果正浮在心头，只有靠你自己的手才能拂去，别人是很难帮助你的。

我非常羡慕今天的年轻人，事业上有选择自由，生活上有多种方式，连读的书、唱的歌都是这样丰富多彩，每个人的个性都能得到充分的张扬，还有什么理由不快乐呢？我们可以毫不夸张地说，只要你有条件，你可以做成任何事，要是你无条件却很难做想做的事，这就是今天的基本生存状态。年轻朋友如果不能趁大好时机去寻觅、去追求自己的理想，终日沉湎于无谓的想象里，或者无所事事地打发日子，你不觉得寂寞无聊才怪呢。振作起精神来，亲身去体验世界，就会得到一份快乐，当然也会让生活变得充实。

拂去罩在你心头寂寞的云。朋友，精彩生活在呼唤着你，新颖知识在等待着你，这个世界越来越绚丽了，还有什么比这更迷人呢？千万不要活在虚无飘渺的寂寞中，那样的时光，会把你生命的灵性蚕食，到头来留下的只会是无休止的叹息。何必呢？

在秋天里怀念春天

现在正是春天。

我的青年时代，如同这季节的春天，也曾有过撩人的景色，只是在不知不觉中消失了。那时，皱纹不曾爬上脸庞，心境未被忧郁骚扰，我似乎并未意识到青春的可爱。在我当时幼稚的意念里，青春就如同这自然季节，今年过去明年还会再来，同样又是花红柳绿的风景。何必为此担忧？

就这样，任凭季节的替换，任凭岁月的流失，转眼之间我已经到了中年，进入生命的秋天时节。这时才蓦然知道，原来生命的季节，并不是自然季节，一旦流失了再无法替换。

自然界的秋天深沉、充实、富有，连一片随风飘零的叶子，都有生机勃勃的过去，不是奉献过颜色，就是捧出过果实，看见它会感到生命的价值。然而我生命的秋天，却是如此浅薄、空泛、嫩弱，那么多时光之树的枝条上，未能挂上饱满的果实，现在想起来总是不免痛惜。生命的春天骤然消失了，转眼到了人生的秋天，这时才知道生命春天的可贵，当然也就格外地怀念它。真的，只有失去了才觉得可贵。

其实，我在年轻的时候跟别人一样，听过许多关于爱惜青春的话，只是听过了也就听过了，并没有真正地往心里去。经过生活的坎坎坷坷之后，懂得了人生的艰难与莫测，更感受到青春的易失与娇嫩，最后终于明白，即使活百岁、千年，青春也很短促。倘若在青年时期不知道珍惜，总是漫不经心地任其闲置，到了中年就会像我似的，回想起来就会感慨万端，怀着惋惜的心情在怀念。

青年人大都比较喜欢春天。因为这个充满诗情画意的季节，与青年人心境、性情、追求有着天然的契合，理所当然地受到年轻人的钟爱。记得我在年轻的时候，每逢春光明媚的季节，总要约上三两知己去郊外，或爬山、或戏水、或踏青、或漫游，尽情享受大自然恩赐的美好境界。痛快地玩耍了一天，黄昏时走在返家路上，疲惫得连话都不想说，可是充盈在心中的喜悦，却如同和煦温柔的春风，吹得人依然如醉如痴。春天真的很好。

然而，春天毕竟是春天，生活毕竟是生活，生活绝不是风和日丽的春天，让你由着自己的性子快乐玩耍。如果用季节来比喻生活，它更像夏日的黄昏，哪怕此刻正是晴天，顷刻间忽然雷雨来临，弄得你无处躲无处藏，这是经常都可能发生的事。例如我自己就不曾想到，正当青春年少、雄心勃勃，很想认真干一番事情时，一场政治运动突然袭来，使我的命运完全彻底改变。刚刚开始的青春岁月，还未来得及仔细谋划，就被这场政治风暴完全毁灭，从此我的生命进入了冰封时节。

好不容易政治生活完全恢复正常，很快又迎来改革开放的日子，对于一个有志向发展的人来说，这是多么好的、千载难逢的机会啊，可惜这时我的生命进入了秋天。按说人到中年各方面都已经成熟，正是干事情的最佳年龄段，只是时间实在太少太少了，有些想法还未容实现就感到力不从心。这时就格外地怀念那逝去的青春岁月，常常地这样跟自己感慨：要是依然青春年少该多好。然而时间总是那么不饶人，不管你怎样感叹和惋惜，它总是无动于衷地泰然处之。

有了这番特殊经历以后，面对青春消失以后的时光，我总是跟我的忘年友人说："趁年轻的时候，好好干点事情，不然到了我这般年纪，你会后悔的。"说这话的时候，我的表情也许是平静的，但是我的内心却很苦涩，而且还隐隐地作痛。这时候的心情和处境，很有点儿像冰雹过后蹲守在被毁弃庄稼前，农民此时的心情一样，没着没落的不知所措。当然，对于客观环境也会有些埋怨，但是，更多的还是对自己的责备。认为哪怕在逆境中稍微努力些，说不定就会生活得主动，起码不会白白浪费掉时间。

那么你们呢？年轻的朋友。此刻自然界正是春天，就跟你们的生命一样。你是不是意识到春天的美好呢？假如已经意识到了，我相信你的心境，肯定也似这春天，同样是充满朝气和美好。如果是这样，那就太好了。当然，我这样说，并不是要否定生活里的烦心事情，社会上的污垢杂尘，只要置身在人群中，就不可能满目皆净。

问题是我们自己要清醒，无论什么时候什么情况，都要为美好而生活而工作，只有这样心境才春光不老。珍重眼前的春光吧。免得像现在的我，到了人生的秋天，因失悔而深深怀念。

第四辑
远景近情

神州处处有美景

说是参加红叶节，终归没有到时令，连一片红叶也未看见。不过，我相信灵川人的诚实，不然，他们何以会说："香山红叶满山沟，灵川红叶望不到头"，倘若没有真实景致在，憨厚本分的灵川人哪敢夸这么大的海口。深秋到香山看红叶久已成了京城"标志"，有胆量怠慢的还真不多。灵川人如此对照，说明他们的红叶确实有其独特之处，更何况举办红叶节，在灵川县已是八届。

灵川县在山西省，藏在太行山中麓。尽管没有看见红叶，2005 年秋天这次去灵川，应该说并未真正虚行，总算饱览了灵川的山水，多少会弥补点遗憾。在未去灵川之前，跟一位朋友通电话，说我要去灵川，他立刻讲："贫山恶水之地，有什么好看的?"我还真相信了他的话。看过千年古栈道的风光，领略过大峡谷的景致，山是那么峻丽，水是那么秀美，这时在我眼中的灵川，仿佛是南、北山川盆景，都浓缩在这片土地上。面对着这美丽的山水，立刻让我想到，它地域性格过于含蓄、内向和谦虚，在当今张扬的世界上，并不见得真的那么合时宜。

就说这灵川的山水吧，倘若是在南方或沿海，怕是早已成了新景点，老百姓靠旅游业发了财。而在这北国的灵川人，却刚刚开始意识到，家乡的锦山绣水，原来可以吸引四方来客。当我把我的这个认识说给一位当地的朋友，他说："你说的太对了，邻省人就比我们聪明，他们早就做起山水旅游，而这山水正是两省相连，应该属于我们灵川的地界，现在正因为这个打官司呢。"难怪灵川人这样着急，请来各地作家、学者、记者，领略这久藏的美丽景色。

其实，美景人未识的地方又岂止是一个灵川。我在北大荒劳动过三年，在内蒙古工作过18年，这两个地方山水同样美丽，而且很有独到特色和品质，假如有精明人规划开发宣传，相信会跟张家界、九寨沟一样，成为新的大众旅游景点。正像一位哲学家说的那样，生活里并非没有美，而是缺乏发现美的眼睛。因此，许多地方的许多美丽风景，就这样长久地被埋没，加之当地人熟睹无识，风景再美丽也只能被冷落。

当然，有的地方风景再美丽，由于考虑到环境保护，暂时或永远不能开发，这种事情也常有，只能继续地“待在闺中”。但是那些可以开发，而未开发的地方，类似山西的灵川，我相信仍然不少。我的一次灵川之行，让我得出这样结论：神州处处有美景，就看你认识不认识，会不会开发规划宣传。会开发会规划会宣传，招来八方游客旅游观光，这山水就会富裕百姓；否则就是守着金山银水，百姓仍然得受苦受穷，靠国家的救济维生。这是个点石成金的时代，这是个创造逞雄的时代。最近贵州遵义传来好消息，大山深处的一个小村庄，村民自己动手修路造房，用老祖宗留下的山水，发展旅游事业发财致富。还把当地人爱吃的空心面，打造成品牌批量制作外销，这个原来偏僻的穷山村，很快就开始富裕起来了。这情况跟我去过的灵川，在许多方面有相似之处。看来“靠山吃山靠水吃水”，这个前人留下的生存古训，在今天依然有着启示作用。

南湖夜泊

湖南岳阳是一座历史悠久的文化名城。这里的岳阳楼、君山和洞庭湖，构成了这座小城的清新美丽。而宋代大词人范仲淹的一首词，更给这座洞庭湖畔的小城，增加了无限情感的色彩，使这里的山山水水都染上了人间的忧乐。

凡是来岳阳的人无不观赏岳阳楼，领略词人笔下的洞庭风光，思索纷繁是非带来的忧乐。然而，我们毕竟是凡夫俗子，比之国家民族的盛衰安危，个人的一己之利又算什么，只是范老夫子的这种情怀让人敬仰，我们才深感自己的一份责任。这也是我观赏过岳阳楼之后，萦绕心中久久不散的情绪。

游君山比之观赏岳阳楼轻松得多，愉悦得多，如同脱下历史的厚衣，走进现代生活的花园，整个身心都浸在诗情画意中。山间小路幽深，山上草木葱茂，楼台掩映其间，湖水环绕四周，当漫步在这湖中小岛上，任湖风徐徐吹来，听鸟儿款款歌唱，真不知人间还有此佳境。这时心中忽生懒意，希望久住这里，岂不是再美不过了吗？

赏过楼，游过山，本来好客的主人安排去三峡，我却临时打了退堂鼓。主人只好另做打算，请我们一起游南湖。这南湖即是洞庭南侧，水清湖静，风光秀丽，确为一处好的浏览地。

吃过晚饭，我们驱车到了湖畔，这时已是华灯初上，湖滨人来车往，湖上舟船游荡，好一派悠闲的夏夜风情。我们一下车就有船老板走来，劝我们上他的船去游湖，他的船在这众多的船中算不得漂亮豪华，但是，这船老板人还和气，我们也就随他而去，依次上了这小小的木舟。如今的游船已不用木桨摇划，大都改用电动机驱动，掌船人倒是省了力气，却没有了早先的情趣。旧诗文中讲的“桨声灯影”，怕只是留下了幽幽灯影，再难以听到那哗哗桨声，想到这里不觉有些扫兴。可是既然来了，就要玩好，就要快活，不负主人一片盛情。

这天恰好是个周末，湖上比平日要热闹，我们几个文人喜欢安静，就让船老板划船去僻静地方，于是小船渐渐向远方走去。登船之前岳阳的朋友买了些小吃食，他们一一地摊在桌子上，我们边饮茶、边吃小食品、边聊天，倒也有一种说不出来的惬意。岳阳的朋友都喜欢玩水，聊天聊得有点儿乏味了，他们就脱下衣服跳入湖中，或仰泳或自由泳地游了起来，让我这不谙水性的人好羡慕。我们只好借着朦胧的月光，眼睁睁地欣赏朋友们在水中游玩，这样总算满足了一点遗憾。其实，我的家乡是个近江河的地方，只是小时候家人不让下水游泳，结果成了个“旱鸭子”，实在有愧

家乡那条美丽的河流。

船在南湖里游荡了一些时候，正好有一弯残月映在中天，我们就请船主把船机停下来，任船在靠近山峦的地方泊下。我们几个人谁也不说话，都在静静地仰首望天，观赏这弯弯的月牙儿，在忽浓忽淡的云中出进。这时，远处有楼宇的灯光明灭，近处有朋友的烟火闪烁，给这静幽的气氛增加了神秘，也使那一弯月牙儿不再孤单。这出奇的静谧反倒让我们感到不安，尽管谁也没有说什么，谁也不想说什么，但我相信，每个人的头脑都不会闲置，一定会从这水天交融的境界里，想到了一些什么，悟到了一些什么，只是谁也不肯轻易道破罢了。

此刻，天是这般高远，水是这般清幽，人是这般宁静，简直达到了天水人合一的地步，世界也就显得格外和谐而融恰。尘世间的那些烦恼、纷争，这会儿全都一股脑儿地消失了，在这里真正感到做人的快乐。其实再仔细地想想，世界原本就如此，只是因为有了拨弄是非的人，才连这天空江河都不得安宁，这又能怪罪谁埋怨谁呢？

这次去岳阳，未能就近去游三峡，当然会有点儿遗憾。不过有了这次的南湖夜泊，在水天相连的夏夜里聆听天籁悄声细语对话，我也就感到非常满足了。只是时光悄悄过去了三个时辰，虽说在船上过夜也是可以，但是终究不能永远地住下去，我们是尘世里的人还得回到尘世中去，再说那岸上的灯火正在招手哪。这时我又下意识地望了望天空，那弯残月还高悬在浓淡不定的云旁，可是比起城市的灯火来，它显得那么泰然、那么纯净，给人一种足可信赖的感觉。

哦，美丽的南湖，宁静的夏夜，能在这里呆上几个时辰，我也就觉得不虚此行了，何况又从这大自然的境界里有所领悟，岂不是意外的收获？

大连印象

褪色的老相册

我曾经两次到过大连，都是在20世纪，一次是在50年代，一次是在80年代。那时候的大连，有三样东西留在我的记忆中：双层拱形火车站，领事馆小白楼，脏乱的海滨浴场。就城市的总体形象来说，大连没有什么鲜明的特色，让我久久地难以忘怀。更不是像有的地方那样，有种无形的魅力感染着你，去过之后还想再去，或者是说起来让你动情。在我的心目中，大连那时绝对没有这种力量，充其量它只是个可去的城市。因此，这次去大连倘若不是开会，即使北京的夏天再热，大连凉爽的气候和潮润的海风，我想也不会把我揽入它的怀抱。

这次到了大连，我才发现自己的固执，还有因无知形成的偏见，留在我记忆中的大连，其实早已经不复存在了。大连同其他城市一样，这几年有了长足的变化，如果说它跟别处有什么不同的话，那就是它变得更快更明显，也更富有了自己的个性。我足出国门的机会不多，没有办法跟其他的城市对比，我只到过维也纳和莫斯科，这两个城市都是世界文化名城，它们的洁净和个性化的建筑，构成了它们的美丽形象。大连在这些方面绝不逊色，它如同一颗东方明珠，串进了世界名城的丝带。

由于开会的时间安排得过紧，没有机会去寻访昔日的景物，我只能向别人探听记忆的情况，回答的人都对这些显得陌生，这说明我收藏多年的相册褪色了。事实也确实如此，今天的大连，街道整洁，建筑别致，绿草如茵，氛围宁静，一踏上这块土地，就让人有种清新的感觉。倘若这种感觉只是在某一处，那也倒罢了，在大连却是无处不在。我曾经留意过城郊和小巷，同样是清洁宁静，一点儿不像有的城市那样，显眼的地方维护得很好，以便供人参观“欣赏”，僻静的地方就不是那么回事了。在这方面，大连人是幸福的，他们得到的好的生存环境，是实实在在可以享受到的，我不尽羡慕起大连人来。

大连人的微笑

不知是哪位高人的发明，把文明程度的高低用微笑衡量，岂不知微笑也有真伪，有时不由衷的微笑，比不笑更让人难以接受。可能是海风的强劲造就了大连人的性格，从他们的表情上很难见到微笑，但是大连人却是真正文明的人。大连人的文明既不是表现在口头上，也不是表现在各式各样的标语牌上，而是体现在他们的行动上。

大连的绿地没有人踩，大连的鸽子没有人捉，这早已经是人人皆知的事实，但是我想这些做起来也还容易。比这更难做到的是公共设施的保护，这方面有时更能体现城市人的文明程度。那年我出访奥地利国，在首都维也纳，在其他各城镇，街道上的电话亭每一个都完好漂亮，连电话本都无破损。当时我就想，这要是在我们国家，它会有怎样的命运呢？没过几年，我们国家的大中城市也开始有了这些公共设施，似乎情况并不美妙，就连北京这样管理条件好的城市许多电话亭都时有破坏，可见人们的文明程度还很低。

可是在大连，还有珠海，这种情况要好的多。这两个城市都濒临大海，经常有旅游的人出出进进，按说也比较难管理，然而它们的电话亭却多数完好，这说明大连人和珠海人文明程度是比较高的。我还注意到大连这个城市的公交车，大都擦洗得很干净，不像有的城市那样脏兮兮的，像一头头灰骆驼穿过城市的大街。如果说大连人也有甜甜的微笑，却不是显露在每个人的脸上，而是表现在城市的整体形象上，因此它更显得真诚，也更迷人。

有机会走进真诚微笑的城市，这对于每位旅游者都是一种享受，难怪大连有那么多来来往往的人。

大连“三宝”

据说，服装、足球、小草——堪称大连的三宝，当然，这就让大连人无比自豪。但是，大连人会自豪到怎样的地步，却没有什么感性认识，直到碰到一些事情感动了我，我才被事实所折服所倾倒。

服装节的盛况，我无缘亲眼目睹，这里不好说长道短。只是在电视里见过，那场面还是颇为动人的，毫不逊色于世界别处的同类活动。倘若我们国家每个城市都能像大连似的办些独特的活动，我想，不仅会给所在城市带来声誉，而且也会给国家带来经济效益。大连市长跟我们一起座谈，会间休息时特意放了个电视片，就是关于大连服装节的录像，可见大连人对此项活动的厚爱。

大连是著名的足球之乡，大连的万达足球队是国内赫赫有名的一流队，这个队的主教练迟尚斌，被众多的球迷疯狂的爱戴着。我们在大连开会休息时，作家们谈论起足球来，无不说万达队，无不说迟尚斌，还有几位女作家球迷，特意访问了迟尚斌。就连大连市长见了迟尚斌，都要抢先走过去跟他握手。市长设宴招待我们的时候，看见迟尚斌走了进来，立刻停止正常发言，先介绍这位英雄般的大教练。市长说到万达队和国安队那场比赛时，言语间流露出的喜悦和骄傲，简直有点儿让在座的北京作家球迷坐不住。

凡是近年去过大连的人都知道，大连街头的绿草地很多，如同一块块绒毯铺在四处，给钢铁建筑的城市增加了流动和色彩，成为大连市一道清新美丽的风景线。大连人都非常爱护他们的这些草地，就连孩子都不忍心随便地踩踏，而且还能自觉地保护这些鲜嫩的小生物。那天我们在广场散步，见到一位可能是外地游客，不慎踩住了草地的一点边儿，一位小朋友悄悄走过去，用小手轻轻地拉了拉那位旅客的裤子。这场景如同一幅小小的风情画，美极了，好极了，在我的心中立刻激起一种莫名的情感，许久许久都挥之不去，推之不走。

这就是大连。这就是大连的“三宝”。这“三宝”宝在哪里呢？大连人最清楚，大连人最有解释权。

金石滩遐思

大连是一座美丽的海滨城市，它的许多地名都与滩字相连，最近开发的一个旅游新区，就被命名为金石滩。为什么叫这个名字，据说还有一番说道，只可惜我没有记住，总之是“点石成金”的意思吧。看过金石滩的怪异石头，我不能不为大自然的造化感叹。

我们国家的地域辽阔，许多地方都很有特色，类似金石滩这样的景物，倘若也能开发整理出来，说不定也会“点石成金”。今年春天，我去过内蒙古的集宁地区，距这个市不远有一汪湖泊，水阔草茂，天鹅栖息，很有一派大自然的纯情野趣。同去的几位年轻的同事，立刻就被这迷人的景色陶醉了，然而他们并不只是自己迷恋，同时也想到了如何开发。当地的人也许是久居这里，再好再美的景物都不为奇，因此身居宝地不识宝，更没有想到“点石成金”。

这次有机会来到金石滩，眼望这万顷碧波，欣赏这多姿礁石，我忽然想起了集宁那一汪湖泊。鲁迅先生曾经说过，世界上本来没有路，走得人多了也就有了路。这话无疑是对的。再好的玉石，没有巧手雕琢，终成不了艺术品。金石滩要是没有人开发，它依然不过是一堆乱石一汪海水，它的价值也就没有这么高。可见人的创造力之伟大。经过多年的思想禁锢，好不容易盼到今天可以干点事，谁不想有所作为呢？但是只是想不行，光是傻干也不行，重要的是创造性。

金石滩呵，沐浴着你凉爽的海风，我带来的一身暑热消退了，这时头脑清醒了许多。我的曾经有过的想望，我的曾经有过的思绪，原以为彻底消失了，谁知此刻又重新活跃起来。那么好吧，让我从这里迈步，重新走自己的路。

北大荒风光和白桦树

说话已经40多年了，不知怎么，对于北大荒的自然景物，我总是无法真正的忘怀，在别处无论什么地方，只要看见一派相似的风光，心海就会涌起遐想的波涛。其实，北大荒，既不是我的家乡，也不是我的出生地，更不是我向往的所在，如果说还算有缘分的话，倒是1957年那场政治灾难，让我和北大荒结下了情缘。时间不过短短3年。

在不正常的情况下，被迫接近的地方，按理讲，不会带给我美好的记忆，何况已经过去这么多年，总该渐渐淡忘乃至消失了。然而，它却常常地出现在我的脑际，而且有些景物异常清晰可见，仿佛我们依然置身在那块土地上。想到这些，连我自己都觉得奇怪。

也许有人会说，你太过于自我多情了吧，在那里受了那么多苦、那么多罪，险些把小命儿搭进去，这样的地方有什么好留恋的。道理是这样。可实际上，绝非如此简单。人为造成的灾难，跟大自然的景物是不同的两回事。我憎恨苦难，却赞美土地。北大荒那片土地实在太美丽了，假如不是在开垦的名义下，对它进行毁灭性的破坏，我相信它跟九寨沟、张家界一样美。这也正是我时不时想起北大荒的缘故。

我们刚到北大荒那会儿，黑油油的蛮荒土地，给人一种厚重沉实的感觉，抓一把泥土闻闻气味儿，就如同跟祖先用心对话，冥冥中的神圣充满心灵。这时不管你有多少烦恼事，也不管你处在怎样的境遇中，就如同孩子依偎在母亲怀里，总会感到从未有过的踏实。我就是从这一时刻起，真诚地爱上了这片土地，并愿意为它献上赤诚。

由于地处高寒地带，北大荒的四季景色，似乎并不那么分明，然而对于热爱它的细心人，总还是可以感觉到的。冬日的积雪在春天融化以后，黑土地到处散发着清香气味，这时彩羽巧嘴的云雀鸟，被这气味醉得不知如何是好，就尽情地在蓝天上低翔歌唱。到了夏天，绿草繁花、开遍四野，欢乐的江河条条碧水长流，给这千古沉寂的土地带来一派勃勃的生机。秋天是个收获的时节，北大荒的田野由绿变黄，就像由金子铺成的宫殿，随便看上一眼都会喜悦盈怀。而到了漫长寒冷的冬日，完全成了白皑皑的世界，这才是北大荒最独特的美丽，就连不善辞令的普通人，这时都会张口，说上一两句诸如“好啊好”之类的话，借以抒发内心的感受和激动。而我更喜欢和更留恋的，则是亭亭玉立的白桦树。它们是我白日朋友梦中情人，即使是在离开多年的现在，只要有人说起北大荒来，首先让我想起的景物，依然是记忆中的白桦树。白桦树实在可爱啊。

那年油画家张钦若先生要送画给我，问我画什么内容的画面，我未加任何思索地说：“画白桦树。”这位我北大荒的难友，立刻懂得了我的心意，不久就送来一幅白桦树的画，而且是水库旁的白桦树——我们亲手修建的水库，我们亲手栽植的白桦树。我高兴地把画悬挂在客厅里，有时间静坐在沙发上观赏，许多北大荒往事都会再现眼前。出于同样的情感和想法，重返北大荒的那年秋天，正赶上白桦树浑身披金的时候，我特意在白桦树下拍照，只可惜未能拍出白桦树的绰绰风姿，不然我一定会放大悬挂在室内。

在北大荒有各种各样的树木，还有不少无名的奇花异草，以及不时出没的飞禽走兽。那么，为什么我只对白桦树情有独钟呢？说出来不怕人笑话。我觉得白桦树很有平民个性，它的体态不像松柏高壮，天生有种权势气质；它的叶冠不像榆槐蓬乱，给人一种不羁印象。白桦树体态单薄却很直挺，而且躯干比任何树木都清爽，尤其是它临秋时的金黄色叶子，在阳光照耀下越发显得落落大方，不萎缩，不矜夸，永远平静安详地自在生长。更可贵的是，它不畏惧严寒，它不羡慕荣华，生活得非常坦荡。

大概正是因为白桦树太过于平和、平常了，因此，它的命运才更多舛。像柞树、水曲柳、椴树、杨树等等在北大荒也很常见，总的数量上绝不算少，而在砍伐时却很慎重，派用场也都是重要地方。对于我喜欢的白桦树，则从来没有那么客气宽容，什么时候想砍就抡起锯斧，没有一点儿商量的余地。用场不是烧炕、垫路，就是盖马棚、猪圈，最好的用场也不过扎篱笆墙。至于人们随意践踏，更是再简单不过了。我喜欢的白桦树，没有抗争，没有哭泣，只是默默地承受。

我的植物知识几乎近于零点，只知道，枫树的叶子经秋由绿变红，白桦树的叶子染霜由绿变黄，别的还有什么树木，经历外界的磨砺后，敢于如此张扬个性，我就再也不知道了。在我不算完全的印象中，大多数花草树木的叶子，都是在临近枯萎时暗淡，根本不会留下最后的光彩。所以对这两种树的品格，我才会有着爱意和赞赏。由于在北大荒那种特殊的境遇里，白桦树跟我相伴于艰难中，又默默地给了我生存启示，当然也就让我格外钟情。哦，美丽的北大荒；哦，寂寞的白桦树。

京包线上

两根冷漠僵直的钢轨，从北京延伸至苍茫的大西北，列车终止在包头的一段，铁路部门称为京包线。总有 10 多年的时间，我每年都要来往在京包线上，享受一年一度仅有十几天的探亲假，跟家人作长期分离后的短暂团聚。什么叫思念，什么叫惦记，什么叫团圆，什么叫离别，比起许多生活平顺的人来，我有着更为切肤铭心的理解。而帮助我深刻理解的，就是这条千里京包线。

这京包线上运行的旅客列车，那时大多是在夜间行驶，陌生的旅客很难分出方位。我毕竟多年在这条线路上来往，即便在黑得不见五指的暗夜，仅从疏密明暗的闪烁灯光里，我也可以毫不费劲地分出哪里是城镇，哪里是农村，哪里是繁华的内地，哪里是萧索的边疆，它们在我心中激起的情绪，自然也就不尽相同，或兴奋，或惆怅，情绪明显有着变化。那时我有着流放人的身份，政治上的重负，命运上的难测，常常地使我陷入苦闷之中，这条京包线上的两根冰冷的钢轨，在我看来无异于两行流不尽的眼泪，凝固在我青春抑郁的脸庞上。青年时代的美好愿望，个人本该享有的家庭幸福，全都被这隆隆的车轮，无情地碾碎在长长的京包线上，没有半点怜悯和恻隐之情。

我一直想忘掉这条京包线，确切地说，是想忘掉那段痛苦的流放岁月。然而却又总是不能完全的忘掉，有些零零散散的记忆，只要被什么事情偶然触动，就如同从门缝里透进来的风，总是让你觉得有点儿身心不适，这时就不能不想起相关的往事。这条京包线是我那段生活的见证。

我头次踏上这京包线，是在 20 世纪 60 年代的初期。结束了北大荒三年的劳役生活，我们几个曾在北京工作的"荒友"，被通知到内蒙古重新分配工作。这几位"荒友"都有家室儿女，好不容易有了久别重聚的机会，谁不想在家中叙叙亲情呢？但是他们又想早日了解工作安排情况，几个人的心情一时都很矛盾，谁也不好启口让别人先走。我当时是个无牵无挂的单身汉，虽说也想跟父母多呆几天，暖暖这颗被放逐多时的冷却的心。可是当他们把祈盼的目光投向我，我还是毫不犹豫地拿起提包，比他们先一步，踏上了当时比较冷清的京包线。

记得是个春节刚过不久的傍晚，背着跟心情一样沉重的行李，我走进西去列车的一节车厢。这节灯光幽暗的车厢里，旅客稀少，氛围压抑，可能是春节刚过的缘故，旅客多有恋家的缱绻之情，不然车上不会这样凄清。出于对眼前这种环境的陌生，再加之思虑未卜的前程，一种影影绰绰的莫名的恐惧感，顿时在我的心中油然而生，这一路上都久久挥之不去。

在我当时的想象中，内蒙古该是个荒僻的地方，西北部边地更是像《走西口》歌中唱的情景，我此去将跟那里的牛羊相伴，说不定要在那里了此一生。想到这里，心绪越发不宁起来。越这样想，越睡不着觉，越睡不着觉，越这样想。听着车轮单调乏味的滚动声，看着窗外夜色笼罩的四野，我的神经绷得紧紧的，情不自禁地流出了滚烫的热泪。这时我最想做的事情，就是扑在母亲的怀中喊声"妈妈"，然后痛痛快快地大哭一场，可是现在我正在京包线上，越来越离父母远了，越来越距内蒙古近了，我已经没有办法改变眼前的事实。我真后悔自己早几天离开家，在这时候能跟父母家人多呆几天，毕竟是人间最大的快乐，何必非要了解什么情况呢？再说自己的命运又何时被自己掌握过。一场突然袭来的政治运动，险些毁掉自己的一生，这会儿还这么想，实在天真，实在无知，我不禁怨恨起自己来。

列车到达呼和浩特正是早晨。我从车站出站口走出来。这个叫做站口的地方，其实只是个木板栅栏。守在栅栏口的人，穿着散发膻气的白茬老皮袄，头戴长毛狗皮帽子遮严脸颊，伸着冻僵的手一张张地收票，让旅客一下车就有种寒冷的感觉。走出车站站口一看，眼前尽是低矮的房屋，灰蒙蒙的、一片一片的，没有一点儿城市的模样。卖吃食的小贩，在寒风凛冽的早晨，扯着嗓子不停地吆喝，却很少有人走近食摊，越发衬出城市的凄清冷落。我找了一辆三轮车，装上行李，坐在上边，悠悠地走在风沙飞旋的街道上。没过多久就到了自治区政府，这里倒是一栋6层楼房，而且很气派。我在这里报完到，就逛大街去了。从此，我就成了内蒙古人，这一呆就是18年，除了“文革”期间动乱的几年，每年都要回家探亲，奔波在这条京包线上。

倘若不是在20世纪80年代初调回北京，谁知这条京包线还要消耗我多少宝贵时光。从那个年代走过来的人都知道，那时的中国，城乡百姓都在忍受着饥饿的折磨，像我这样长年远走外地的人，在吃穿上就格外让父母惦记。只要是有机会回家，总要吃得肚子发胀，走的时候还要大包小包地带上，这样父母才好放心，好像不带上这些吃的就要挨饿，家里人怎么能不惦记呢？所以，那时候一说要回内蒙古，母亲总是抹着眼泪为我准备，买的买，做的做，吃的诸如大米、油盐，用的诸如火柴、肥皂，一样不落地给我一一带上，以供我的单身生活之需。这条迢迢千里京包线，无形中成了我的生命线，拴着我对亲人的无尽思念。

有一年休完探亲假回去，母亲给我装了一提包吃食，我从天津扛到北京火车站，在北京站等待换车的时候，枕着提包在长椅上不知不觉地睡着了。睡着睡着觉得头越来越低，醒来一看，枕在头下的提包被人划了个大口子，从这里掏走了我近一半的吃食。母亲和全家人从嘴里抠出的吃食，本想让我这远方游子饥饿时果腹，却不料被哪位聪明人给“借”走了，让我不禁想哭又笑起来了。我找出随身携带的一根绳子，把提包重新牢牢地捆了捆，抱在怀中上了火车，这一宿连眼都不敢眨，警觉地守护着剩下的吃食。事后同别人说起这件事，有人说，你也该知足了，要是你里边放着酒，小偷是个酒鬼的话，说不定割下你的耳朵佐酒。这件发生在饥饿年代的事情，一直留在我的记忆中，这会儿有时去北京站，我还时不时地想起这件事情来。真想为那个近乎滑稽的年代哭泣。

调回北京以后，这几十年里，我又到内蒙古去过几次，重新领略京包线上的风光，那已经是今非昔比了。尽管客车依然在夜间行驶，但凭灯光已经无法分辨出方位，更难以断然分辨出哪里是城市哪里是乡村，哪里是内地，哪里是边疆，绵延几千里的京包线两旁，楼房多了，灯光多了，自然也就没有了过去的沉寂荒败的情景。我曾经居住过的呼和浩特和集宁，这几年的变化特别大，光靠记忆实在难以寻找往日熟悉的地方。这些年在京包线上来来往往的人，同样也没有了当年的恐惧感，许多人怀着对大草原的深情向往，愉快地到内蒙古去旅游观光。

坐在这京包线飞奔的列车上，我在想，谁能说在这些南来北往的旅客中，没有当年“借”我食品的那位聪明人呢？不知他还记不记得这件事情。不过我想，这些并不重要，重要的是他现在生活得怎样。但愿他这会儿的生活比我好。我也相信他一定比我生活得好。

奔　年

春节在民间俗称年。在所有的节日中，春节最被重视，算是节中大节。有钱的人家不必说，就是生活拮据的人家，平日里省吃俭用，到了春节，想方设法也要过的讲究点儿。一进入阴历腊月，家家户户、老老少少就开始忙过年。置办年货，打扫房舍，裁剪新衣，占去年前不少时间，还觉得忙忙碌碌。那些在他乡谋生的人，临近年跟前的时日，心里就像长了乱草，坐也不是站也不是，盼望早点儿回家过年。在游子习惯的意念里，春节如不跟家人团聚，他乡无论怎样红火热闹，都不能算是真正过年，因此，奔年就成了最大心愿。

我在中青年时期漂泊异地他乡，总有20多年之久。平日里工作开会，日子过得还算安稳，对于家也就很少思念。每逢年节就不同了，独自一人呆坐宿舍，那种没着没落滋味儿，如同鲜活的心被掏走。想起在遥远地方的亲人们，常常情不自禁地落泪，感叹自己命运的多舛，家这时也就成了向往所在。好不容易盼到春节来临，马上就有机会回家探亲了，几乎什么事情都不想干，就连睡觉都不再那么沉实，心思全放在了回家的准备上，俗话说的“归心似箭”，只有在这时才会真正体会。

未结婚时是光棍一人，那时说的奔年回家，其实就是看望父母，有父母就有家，有家就得去过年。在父母家过年倒也简单，从外地买些土特产带上，到了家再给父母留些钱，表示一点儿做儿女的心意，父母也就十分满意知足了。记得20世纪60年代闹饥荒时，有一年跟随一支野外工程队劳动，在东北施完工已经临近春节，工程队就地放假让大家回家，厨房把剩下的猪肉红烧分给工人，我未舍得吃就装在一个玻璃瓶里，休假探亲带到天津父母家，母亲看到这一瓶子肉，两眼立刻潮湿起来。我不清楚母亲此时在想什么，但是我相信她一定懂得，儿子给予她的是一颗心，这一点对于父母和儿女，都永远非常需要和重要。远游他乡的人回家奔年，说白了，就是要在这个传统节日给父母亲人带去点慰藉。

后来结了婚有了儿子，妻子一人在唐山工作，儿子在天津跟祖父母生活，我在内蒙古流放劳动，这春节回家的含意，无形中有了新的内容。比方说，总得帮助妻子安排一下生活吧，总得跟儿子联络联络感情吧，这样一来，每年的春节对于我，就再也不那么单纯省心啦。妻子当时住学校单

身宿舍，冬天最难办的就是取暖，别看唐山号称是个煤城，供市民取暖用的都是煤末，最多里边掺点碎煤渣儿，要想把炉火烧旺就得做煤饼，这件事就成了我奔年时要做的事。儿子年纪那么小就不跟我们在一起，感情上难免会有些隔阂和陌生，每次奔年回到家得有好几天，通过各种方式消除彼此疏离感，方可一起真正享受天伦之乐。等父子之间已经“熟悉”了，融洽了，这时探亲的时间也就到了，我不得不踏上异乡的路程。这每年可怜巴巴的 12 天假期，留下的是亲人相见时的欢乐，带走的是更加撕心裂胆的思念……

说到这奔年，就不能不提赶路。按照国人过春节的习惯，最迟也得在阴历年三十晚上赶到家里吃年夜饭、度除夕，那才叫真正欢欢喜喜过大年，否则没有年味儿就不能算数。这样就有个时间安排问题。那时候买车票可没有现在方便，提前个把月还得托熟人找门路，一趟一趟地跑，一次次地说，都没准儿买不上或者弄张无座票，辛苦和委屈简直没有地方说，只能自己悄悄地暗地唏嘘叹息。有次我跑了多次火车站，求爷爷告奶奶说尽好话，连张无座票都未能弄到手，实在没辙就求一位朋友，他是报社跑铁路新闻的记者，找到铁路局一位副局长，照理不会有什么问题了吧？我拿着这位副局长的批条，兴冲冲地去到售票处购票，人家不说不卖给我车票，只是打开桌子抽屉看看，然后又迅速地关上，装出惊异的样子说：“哎哟，实在不好意思，您迟来了一步，有一张刚买走。”话都说到了这个份儿上，我还能怎么样呢，只好拖着沉重步子怏怏地走开。

回到单位我闷闷地坐在那里发愣，一位细心的同事走过来问我：“怎么了，是不是身体不舒服呵？快回家过年了，可得注意点儿。”我把事情原委如实告诉他，他听了很同情我，就说：“走，我带你去买。”我疑疑惑惑地跟着他，找到的还是那位售票员，她连话都未说一声，竟然乖乖地拿出一张车票——尽管是一张无座位车票。回来的路上我就问这位同事，刚才我拿着局长批条都不行，你怎么到这儿就能买上呢？他说：“你知道她是谁吗？她是我外甥女儿，我这个舅舅买，还能买不上！”就是凭着这张无座位车票，那年春节的年三十傍晚，我匆匆地从内蒙古赶到天津，跟父母家人一起过了个年。虽说节日里的欢乐依旧，父母亲得到的宽慰依旧，但是只要想到路上的辛苦，我就总是觉得有些扫兴。没有座位铺几张报纸席地而坐，还要照看行李架上东西，从厕所回来报纸不见了，只能挤个落脚地儿站立，这一站就是大半宿，几百里。我不住地问自己："辛辛苦苦老远地奔来，这是何苦呢？难道这就是过年吗？"可是到了来年，我啊，还得照样奔。

一年复一年地奔，一奔就是几十年。父亲母亲相继去世，终于不再为年奔了，可是现在人也老了，再没有了过年兴致。这时我才忽然有所醒悟，年轻时那么热衷于过年，从外乡千里迢迢往家奔，其实就是在获取短暂欢乐之后，一年又一年地让自己接近今天。到了没有精力和兴致奔了，这年对于我也就没有了意义，一提过年反而觉得心烦意乱。看来这人生啊，不论有过多少欢乐，曾经怎样志高意满，最后还是得归于平静。平静似乎比年节更长久。

茫茫大野书为伴

20 世纪 60 年代初期，我被下放到内蒙古，在一支工程队里从事野外体力劳动。活儿很苦重，又是在野外，劳动一天下来，人像散了架子，收工后随便洗漱一下，就赶紧睡觉休息，实在没心思干别的事情。就是偶尔有个大休日，有时连脏衣服都不想洗，吃完饭就躺在行军床上。至于别的娱乐，除了打扑克、下象棋，就更没有什么好玩的，无聊之极又有精力，就蹲在蚂蚁窝前，看成群的蚂蚁搬家。许多时间就是这样消磨掉了。

有天一位技术员进城，不知通过什么途径，从书店买来几本新书。这在什么都讲票证的年月，能够买到这样几本书，肯定是相当不容易的。一些识字的工人得知后都抢着借。有位年轻的工人拿到一本厚厚的书，起初

大家并未察觉，后来见他废寝忘食，看得非常地投入，这才引起大家的注意。我知道后就找到他，想了解是本什么书；他打开封面给我看，原来是小说《红岩》。当时我只有20多岁，同样是个小说迷，立刻来了劲儿，就跟他好好商量，什么时候给我看，他听后笑笑说："老兄，我不骗你，你说晚了，有好几个人排上队了，轮到你还早呢。"我一听着了急，就死磨硬泡，希望他照顾。谁知这位工人还挺讲信义，一点儿不松口。我一看实在没辙了，只好耐心地排队等待。

前边的几个人互相催促着，使得正在看书的人分秒必争地阅读，连如厕都要带上。好容易轮到我手里，书都快翻破了不说，还要从限天阅读，改为限小时阅读。我的眼神儿不好，为了不耽误别人，自己又能从容阅读，我就提出夜晚看。在别人沉沉入睡后，我用手电筒照明，悄悄地在被窝里读。花了两个晚上，共计约8个小时，总算按时读完，传给了下一位。这是我识字以来，第一次也是最后一次，有别人催促着读书，而且是读得最快的一次，神经的确有点儿紧张，却也获得不少的快乐。一起抢读《红岩》的工人，同我一样也都很高兴，事后大家议论说，简直像做丢手绢游戏，一个传给一个地读。在催促下传递书籍，在紧张中享受阅读，这在那个物质匮乏的年代，比什么都让人感到惬意。

《红岩》读完以后许多天，我的精神都缓不过劲儿来，不光是因为时间紧迫，更为书中的故事感动。像江姐、许云峰等英雄人物，都深深地让我崇敬，尤其是那个"小萝卜头"，天真的稚气还未消退，就要跟随父母坐牢，让人不尽生出万端感慨，不由你不想的更多更多。那时我的工资并不高，后来弄到一张购书证，我还是挤出钱来买了一本《红岩》，抽时间又读了一遍。

可能是从读《红岩》受到启发，后来，工程队的工地上经常有几本书供大家传看，看后还都情不自禁地议论。既消磨了无聊的工余时光，又丰富了枯燥的野外生活，工人们从读书中获得了欢乐。尤其让我感到奇怪的是，对读书有了一定兴趣以后，有的工人不再懒散地过日子，还有的工人开始学文化，人们的生活方式乃至命运，似乎都有了一些改变。一本启迪人生的好书，会有如此神奇的力量，在这时变得很具体。

遗憾的是好景不长，当“文革”劫难来临，读书成了一种罪过，“读书无用”的论调传到这个工程队里，人们的生活又一如既往，再没有了读书的欢乐。有些胆子大点的人，只能在对书的怀念中重温那往日的快乐。有的老工人无不惋惜地说：“这下可坏了，我的孩子们要跟我一样成了‘睁眼瞎’了。”人们从切身的体会中真正地认识到，读书对于生活、对于命运，有着责无旁贷的金贵。

这件事至今已经过去30多年了。在改革开放这30年里，随着人们收入的增加，购书读书也有了条件，一些渴求知识的人可以从多方面得到满足。有机会到学校读书的不说，就是一般喜欢读书的人，同样可以接触更多的书——有时间你可以走进图书馆，没时间你可以顺脚逛书摊儿，要是你的财力不足，赶上特价书市可以买廉价书，实现你想读书的愿望。至于每日出版的多种报刊，更可以提供大量的信息，开阔你的知识和生活视野。这一切，在过去简直不可想象。有这样好的读书条件，就看我们每个人愿不愿意充分利用啦。而我，自己每每想起在内蒙古草原帐篷里，跟工人师傅们一起抢读《红岩》的情景，就会更加珍惜今天有书可读的日子。

边城来去

并没有完全安顿好，我便抄起电话打给一位朋友，告诉他，我到了集宁。为什么这样心急，连自己也说不清楚，反正我就这样做了。然后又急忙走出门口，站在宾馆的高台阶上，看车流人潮不停地涌动，其实这街景绝美不过北京，我却看得有滋有味儿。这是我到内蒙古集宁市（现为乌兰察布市）的头一天的早晨。这座当时叫集宁的小城，是在长达22年流放生活中，最后接纳我的地方。那时正是中苏关系紧张时期，濒临北部边疆

的集宁，朝朝暮暮都笼罩着备战气氛，居民分批分拨地挖防空洞，好像很快就有战争爆发。这里的地下军事设施，听说相当完备先进，敌人侵犯定会有来无回。我在这里呆了多少年，就在这里挖防空洞多少年，当时却也感到过欣慰，因为毕竟是对祖国的贡献。至于战争会不会来，谁也不曾想过；这些防空洞是不是顶事，更没有谁敢议论过，那时有“深挖洞，广积粮”的最高指示在，人们哪敢不相信呢？何况这最高指示还明确表示“备战，备荒，为人民”，我们就更没有理由跟自己过不去了，只能悄没声地用“觉悟”建设这地下长城。

所以，那时的集宁，钱扔在地下无计其数，地上的建设却了了，几乎是萧条一片。名为一座城市，却没有城市的规模，全市只有两条像样的马路，公共汽车不过数辆，大型的商场仅有一家，别的公共设施就更谈不到。记得我刚到这里时，想了解城市的情况，徒步走了个把小时，就绕完了全城。我住的《乌兰察布日报》社大院，一律是平房的宿舍，冬天用土炉子取暖，吃水从井里一担担挑，跟内地的小乡镇几乎相差无几。住在这里唯一让我感到欣慰的是，没有大城市的喧闹，不论什么时候都可以休息好；没有大城市的污染，不论什么季节都不会呼吸艰难。由于这里比较闭塞，人与人的关系也就简单，连像我这样的带“罪”之人，当时在这里都无另册之感，因此也就留下了还算愉快的回忆。

相隔数年，今天重返这座边地小城，如同见到久违的故乡，一切都是那么熟悉，一切又都是那么陌生。回想在这里经历的艰难岁月，倘若没有朋友们的真诚呵护，很难想象我该怎样过活，积存在我心中多时的情感，这时如同刚刚开启的陈年佳酿，未饮先闻就让我醉得如痴如梦了。从外地来的人说这里的人好，这话一点儿不假，只是他们并没有我体会得深刻，所以我从不把这句话挂在嘴边儿，而是用我的心向朋友们悄悄地倾诉。生活中会有各式各样的友谊，都同样地让人难以忘怀，然而最值得眷恋、最值得珍藏的，当属那些在艰难中结成的情谊。这种无私无欲的情谊，纯洁得就像孩子的心，神圣得就像大地的土，谁也不好随便亵渎糟蹋。这会儿重新处在这些朋友当中，我发现，尽管岁月流逝得这么快，却没有匆匆带走这样的情分，可见它是多么地厚重沉实。

然而，城市的变化又让人感到岁月的刀斧神工这样奇妙，竟然把城市雕塑得这么美。我离开集宁不过短短几年，这座边地小城就完全变了样，初来的人会认准它就是城市，熟悉的人会忘记它的乡镇模样。这会儿的集宁，马路长了宽了，车辆多了快了，楼房高了靓了，商店大了好了，可以毫不夸张地说，它跟内地的小城相比，依然是个别有风采的地方。我在朋友们家中做客时，大多数人家都住上了楼房，工资收入虽说不高，又没有别的进项，日子过得不算富裕，但是倒也还比较安逸，起码没有了不安定感，这一点在朋友们看来，比之金钱似乎更让人高兴。有的朋友心理上也有点儿不平衡，我却不以为然，我对他说，北京有那么多的外地人做工，人家都生活得很好，连孩子都在北京上了学。集宁距北京这么近，我却很少见到集宁人。说完这话我有点儿后悔，怕朋友生我的气；还好，朋友只是笑而不答。我知道，这座小城对于他们，就如同往日的热炕头，想一想都觉得十分惬意。我相信，他们是不会轻易离开的，离开了日子就会过得不踏实，吃饭都觉得不香。至于他们为什么舍不得离开，连他们自己也说不清楚，反正就是舍不得这片土地……

来去匆匆只有几天，总算重游了集宁——这座跟我相依为命过的边地小城。就要离开它的时候，我又站在下榻饭店的台阶上，观赏着这陌生而熟悉的街景，这时不知为什么，有种跟朋友们相类似的感情，隐隐约约地涌上心头。我在为它今天的变化高兴的同时，我也在为我的朋友们祝福，祝他们的生活依然安宁。同时希望他们有机会出来走走，看看外边的世界有怎样的精彩，说不定会给他们的生活和思维带来些许更新的什么东西哪。我这样为我的朋友们想。

家居名街也风光

这是个崇尚名气的时代。无论是人是物，只要有了名气，身价立刻就会飙升。明星做广告有人信，冒充名牌货有人买。就连以名人亲属名义行骗，据媒体上讲都连连得手。这名气在当今社会实在厉害。对于普通平民百姓来说，非名人也非名人亲友，自然尝不到名气的实惠。唯有居住的街道，倘若有点儿名气，说不定还会沾上光。一是陌生人比较好找，一是政府会重点管理，再就是生活设施建全，比之一般街道的居民，生活中会少些烦恼。这大概就是名街的最大优点。

在单位福利分房结束之前，属于个人名下的住房，我一共居住过两处，最早住在团结湖，后来迁居亚运村而且都是第一拨儿居民。这两个地方居民区，都是北京新建筑群。在它们还未暴得大名时，因为生活不方便等原因，有房或者家居市中心的职工，大都不愿意来这“生荒”地，像我这样的无房或愿意住新房的人，就成了新区最早的住户。若干年后这些地方忽然成名，这就成了老居民们的安慰，而且是唯一值得夸耀的资本：“看，我搬对了吧?！别看当初那么荒凉，这会儿多么繁华方便啊。”

事情的确如此。在北京这座古老城市，团结湖和亚运村，这两个新建的居民区，由于它“新”就跟“老”一样，幸逢某种契机就有了名气。有外地朋友来访，几乎不怎么费劲就能找到我的家。渐渐地开始意识到，这街道的有无名气，对于普通居民来说，蛮有一定的影响呢？居住在名街真的会方便许多。难怪有地产商请教香港富豪李嘉诚，做房地产生意什么最重要，李嘉诚连说：第一是位置，第二是位置，第三还是位置。李嘉诚说的这所谓位置，大概就含有名气的意思。北京王府井、纽约曼哈顿的住宅，据说都是天价出售，其原因大概也就在于位置的优越——其中也含有街道名气之大。

当然，我先后居住的这两条街道，没办法跟上述街道比较，但是它们的名气同样骄人。那么，它们究竟是靠什么得名的呢？

先说团结湖吧。改革开放初期的北京，政府兴建的居民区，一个是前三门，一个是团结湖，做为政府业绩得宣传，一来二去就成了名街。可是，老北京居民都知道，团结湖地盘原来是农村，有房的居民不愿意去，就分给无房子的人，恰好这时落实政策，过去政治运动挨整下放的人，从外地回到北京无房住，就安排这些人住在团结湖。而这些过去挨整的人中，有不少在各行各业颇有名气，无形中成了街道的符号。记得那时黄昏散步，随便走走就会看到某某作家、某某演员、某某画家，当然，还有些某某挨过整的高官，只是我不完全认识，仅仅从电视上见过的颜面上判识。这大概是团结湖成名的另一个重要原因。

再说说亚运村。其实准确的地名是安慧里，由于与亚运村毗邻，亚运村又赫赫有名，就干脆沾它的光啦，居民通称这一带为亚运村。这个小区居民来路如何，初来时几乎一无所知。我搬来属单位福利分房，一栋18层大楼住户，属于好几个中央部委机关，依此猜测住户都是职工，即使有部长级干部也不认识（其实哪儿有部长住平民楼的）。过了几年，一天上午出去散步，看到邻楼被警戒线拦住，还有警察在维持秩序，不知发生了什么事情，跟路人打听才知，这栋楼的几套房子，是某位著名女电影演员的，因欠债法院判她拍卖抵还，我才发现小区有此等住户。后来上街或逛超市，稍稍留意身边的人，果然不时会碰到某某电影明星，某某通俗歌手，某某魔术师，这自然给亚运村涂抹了光彩。

不过，李嘉诚再说位置好，街道再有什么名气，终归不如房舍好吸引富人。譬如，某某豪宅群，某某别墅区，甭问，那里住房都是一流，物业服务更是一流，于是，这些有名有钱的人，个个都像机敏的候鸟，陆续飞到水草丰美的地方栖身。曾经被炫耀一时的新区，如今只留下普通的居民，宁静而悠闲地过着日子。新区也就不再新。破破烂烂、脏脏乱乱，像许多普通人居住地一样，传统大杂院少了，新的大杂区多了，新区原有的幽静、清洁，都成了老居民的记忆。如今团结湖和亚运村都已风采不再，留下的只是当年创下的名声以及还算方便的生活设施，让我们这些老住户流连不弃。只是在感觉和感情上有点儿像旧时遗老遗少，会不时怀念起往日的“辉煌”。

正如民间所说，风水轮流转，阴晴来回变。北京申办奥运会成功，亚运村紧挨奥运场馆，得天时地利之气，由新变旧的亚运村，居然再次抖擞起来了。有天从房屋中介处得知，我们的住房房价高了，就像股民们遇到牛市，邻居高兴地互相转告，借此得到些许宽慰吧。

我听后觉得，其原因还是得利于名街，即新建的奥运村附近街道，还有那赫赫有名的“鸟巢”和“水立方”。不然已经陈旧的小区，身价哪能会如此之高？在这一带住的居民，这次沾奥运的光，确是显而易见的，老楼房临街墙壁被粉刷，外露的破铁窗换新塑窗，小区重新绿化，道路拓宽，路灯变美，真有点儿旧貌换新颜的味道。高兴之余不免自问：假如这街道的名气消失了呢？唉，谁知道情况会怎样……我不想，我也不敢想。反正街道跟一切事物一样，有兴盛就有衰败的时候，想到并明白了这个道理，还是让生活顺其自然更好。

“中华荷园”小记

近些年的夏天，总会去北戴河几天，或度假，或避暑，一来二去也就熟了。可是，跟北戴河比邻的南戴河，还有个“中华荷园”，却是在去过之后开始知道并且喜欢上的。它跟碧波浩渺的北戴河比，可以说是另有一番美丽景致。这是个集海、山、树于一身的所在。当然，最令人难忘的莫过于它的荷花，由于园中处处荷塘、步步荷花，在你的眼前不停地摇曳绽放，从南戴河回来许久以后，头脑里想的仍然是那些荷花。

我想起去过或未去过的，那些跟荷花有关系的地方。

北京城最负盛名的荷塘有两处，一处在清华大学清华园，由于朱自清的散文《荷塘月色》得名，他应该属于朱自清先生；另一处在北京西客站莲花池，建议重建的是地理学家侯仁之，他应该属于侯仁之先生。除这两处著名的赏荷处，北京大学朗润园里，也有一池塘荷花，据说是季羡林生前栽植，被人称为“季荷”，毫无疑问它属于季羡林先生。当然，还有北海公园、颐和园等处，这些公园中的荷景也蛮美哩，只是它们应该属于谁，我就完全不知道啦。北京之外的地方赏荷处更多，最有名的应该在西湖，西湖十景之一就有“曲苑风荷”，它应该属于美丽的杭州；洪湖的荷花也不少，一曲优美的《洪湖水浪打浪》，比歌剧《洪湖赤卫队》流传还广，它应该属于赫赫有名的贺龙元帅。还有那处更让我喜欢的白洋淀，茂密青翠的芦苇，舒展恬淡的荷莲，生长在弯弯曲曲的水道间，那年乘小船在白洋淀漂游，见景生情立刻想起作家孙犁，还有他那篇不朽之作《荷花淀》，这白洋淀理所当然应该属于孙犁先生。

那么，这南戴河“中华荷园”它又应该属于谁呢？我不敢说是属于我的，怕有跟上述名人依附之嫌，让朋友和读者耻笑讥讽。其实我内心深处还是想说，这“中华荷园”就是属于我的，因为别的任何的荷花栖身处，都没有冠以“中华”字样，我不就是中华儿女吗，说它属于我总不算勉强；还因为别处荷花再多，都没有这里的品种齐全，每个人都会找到自己所爱，以此为理由口出一次狂言，说这“中华荷园”是属于我的，又如何？那就原谅我的不知深浅，痛痛快快地说一句：“我的中华荷园”吧。这样我会觉得更畅快、更幸福。

我不敢说自己是个懂花的人，尤其是像荷花这样的花，在城市的街头巷尾很难见到，只能到有水的地方去观赏，对于它就更难说读得懂。只能说自己是个喜欢花草的人。荷花，还有兰花、菊花、翠竹、芦苇、蒲柳这类花草，外表看似单纯，内含却极丰富，面对它们会让我联想许多事情。它们很少荣登大雅之堂，它们很少得宠献媚礼仪。更多的时候都是悄悄地，在它们安静的领地寂寞而安详地生活，从来不凑什么热闹。渐渐地也就养成了好静的习性。这正是荷花高贵的另一种表现。

原以为荷花的性情都是一样的，这次在南戴河“中华荷园”，在600亩水域集中观赏那么多荷花，我才真正知道荷花的性情，竟然依品种而性情各有不同。那是到“中华荷园”第一个早晨，我信步走到荷品集中的“千荷湖”，让我大饱了眼福也增长了知识。“千荷湖”位于“中华荷园”腹地，水域占地260亩，湖内有百种荷花，它们像那些无私奉献的人，争着抢着展现自己的神韵，荷园的四季都会香色悠悠。在其他荷花生长的地方，四季香色不绝的，即使有恐怕也很少。因此在我看来，这“中华荷园”的荷，犹如一个大家族，血脉绵绵，生机勃勃，快乐和睦地一起生活着。

就是在这绿盖水面的“千荷湖”，结识了几种习性别样荷花，它们像是天真烂漫的小孩子，一下子就吸引住了我的目光。这几种枝干低矮的荷花，叶子很小而且叶脉也浅，远看好似一个洁净马蹄，沾着鲜灵灵的水珠，在晨曦中闪闪发光，就显得越发活泼可爱。我移步到这些荷跟前，观看关于它们的说明，嘿，没想到这些荷中小家伙，都有着严格作息时间，有的是晨开晚闭，有的是晨开午闭，完全由着性子过活，绝对不迁就讨好谁。荷花本来就出污泥而不染，一直赢得世间人们的尊敬，这类荷花又如此富有个性，这就不能不让人更加另眼相看。

古人写荷莲的诗词很多，我随手拈来李商隐的《赠荷花》：“世间花叶不相伦，花入金盆叶作尘。惟有绿荷红菡萏，卷舒开合任天真。此荷此叶常相映，翠减红衰愁杀人。”尽管全诗有诗人一贯的伤感情调，但是其中的这两句诗：“惟有绿荷红菡萏，卷舒开合任天真。”跟我赏荷时的感受有着特别相同之处。我之所以喜欢那些小荷，正是因为它们的天真，以及卷舒开合的自在。其实无论是动物植物，还是万物之灵的人类，只要有这份随意和可心，我想别的也就无需求了。遗憾的是我们还不如荷花，在这纷繁的世界里总是无法安静，这样，对荷花也就增添了几分羡慕。

秋色正浓茅荆坝

在茅荆坝茂密森林里，树叶是油绿绿的，花朵是娇艳艳的，草尖是亮晶晶的，鸟的叫声是清脆脆的，溪水的流淌是慢悠悠的，这一切仿佛都在说：八月的茅荆坝，秋色正浓。难怪同行的伙伴刚刚走进森林，就放开喉咙喊叫，把积存胸中的浊气，随山野的回声飘荡远去。这对于久居大都市的人是多么美好的享受啊！就是在此刻，茅荆坝，我深深地爱上了你。你让我想起大兴安岭、想起北大荒。当年初到这两个地方，面对美丽的森林田野，我也是这样欣喜地喊叫啊。

八月的大兴安岭，森林也是这样美，八月的北大荒，花草也是这样鲜。只是它们离我太远太远，我再没有福气走近它们。而茅荆坝，距北京车程不过 3 小时，是距我最近的，同时也是最美的森林。今后我将像走亲戚似的，经常去看望你、亲近你。喧闹的市声，空气的污染，心中的烦恼，我将倚仗你得到缓解。

我是在河北东部度过童年的，原以为素称华北平原的故乡只有一马平川的辽阔和坦荡，这次到了茅荆坝才知道，华北平原还有这么美丽的山地和森林。于是怀着孩子般的好奇心，我打探茅荆坝林中的宝物，植物有蒿草、地榆、龙牙草、地杨梅、金莲花、野罂粟、狼毒花等，动物有金雕、狐狸、松鼠、狍子、雀鹰等，鸟类有红脚隼、燕隼、四声杜鹃、戴胜、凤头麦鸡等，构成这百姿千态、风光旖旎的森林世界。同伴随意拍摄下的花草，让我一张张地欣赏，每种都非常招人爱。看来同伴跟我一样爱上了茅荆坝。

陪同我们的当地友人说，今年天气干旱少雨，林中的许多果木树都没有结出果子。不过，我们还是吃到了野桑葚，这种野桑葚红红的鲜鲜的，好似小巧的红玛瑙耳坠，如果有哪位能工巧匠依照这个样子做成饰物，让少女少妇佩戴在身上，相信会增添无限风韵和妩媚。我吃到嘴里细细品咂，这野桑葚比家养桑葚口感还要清爽、还要甜。尽管没有吃上林中别的鲜果，由这些野果制作成的干果品，却也让我们着实大饱了口福，如山杏仁、山里红果宝、山核桃、山梨、山野菜等，无不含着山野的纯净，吃在嘴里非常的清爽，留在齿间余香久久不散。唯一的遗憾是没有吃到，传说中的“乾隆韭菜王爷葱”，不过，野韭菜炒柴鸡蛋也蛮好吃，如果主人谎说这就是“乾隆韭菜”，谁又能分辨出真正滋味呢？说明这里的人还存有山间的纯朴。

有山必有水，山水总相依。茅荆坝林中有清澈溪流，像条条丝带飘绕在树间，把春的信息、秋的喜悦传递给喜欢绿色的游人。茅荆坝的平地有丰盈泉水，像大地母亲敞开的温暖怀抱，用健康的原素和满腔热情把四面八方来的儿女抚慰。我这久居城市的人，今天既然有机会来了，对于茅荆坝的享受欲哪能轻易地随便放过，躺在平坦舒适如毯的草甸上，让友人美美地拍了一张照片，然后透过林间缝隙仰卧着凝望天空，天空只是湛蓝湛蓝的一小片儿，好似大树擎起的一块蓝色手帕，立刻让我想起北大荒的天空，也是这样湛蓝、这样清澈，只是没有高树遮掩比这里辽阔，而且还有低飞鸣唱的美丽云雀。可是茅荆坝林中却有涓涓水流，耳朵贴近地面可听到叮叮咚咚水音，跟云雀鸣唱的声音一样美妙。古人说的“眠云听泉”感受，我想也就不过如此的吧。这时的五脏六腑乃至每根神经，都觉得那么清爽畅快和舒适。所以我跟年轻的同伴说，老了老了还“浪漫”了一回。

当然，要说享受和“浪漫”还是泡温泉。在北京有朋友请我泡过温泉，泡了这里的温泉才知道，北京的大都是地热而已，茅荆坝才是真正的温泉。茅荆坝温泉是天然磁化温泉，日产量 2 万 m^3 以上，水温 50℃—80℃，最高 97℃，泉水中含有偏硅酸、硼、锶等 10 多种微量元素，对于消除人体疲劳和治病，都有一定的积极作用。我们这次泡的是一座旧温泉，据泡过别的温泉的同伴讲，茅荆坝温泉没有硫黄味儿，洗浴后身体有种滑润感。我这是第一次泡真正温泉，大概是觉得新鲜吧，头天晚上跟大家泡过，次日早晨自己又泡一次，一天的长路奔波都未觉疲劳。一座占地 40 多万 m^2 的温泉度假村，正在茅荆坝森林公园里建设着，明年如果有机会再去茅荆坝，我想我们会在更开阔的温泉，洗去闹市的尘埃和烦躁，静静地养养疲惫的身心，那一定会更惬意更快活。

那时的茅荆坝森林公园秋色会更浓，春光会更美，夏景会更绿，就是在白雪皑皑的冬天，相信也会别有一番景致在。茅荆坝呵，我真的喜欢上了你。无论何时我都想亲近你。

第五辑
迟悟人生

人生有悟不白活

军旅作家贺捷生大姐，将一条朋友发给她的短信转发到我的手机上，我一看是首短诗，题目是《铁锅情》。诗中写道：“世人都说是铁锅好/铁锅的老底谁知道/火里托生/心血铸造/天天烟熏火燎/年年蒸煮煎熬/张着闭不拢的口/弯着直不了的腰/盛着天下的苦和乐/装着人间的饥和饱/沉甸甸痴情一片/响当当铁汉一条”。

前不久，贺捷生大姐和作曲家王立平先生、文学评论家陈先义、褚水敖、奚学瑶、祁茗田先生、诗人刘福君先生等，我们一群文友聚首气候宜人的雾灵山，晚上在一起喝着茶谈文论乐，从王立平作曲的《太阳岛上》《少林寺》《大海啊，故乡》《驼铃》《浪花里飞出欢乐的歌》等这些优美歌曲，到他创作的电视剧《红楼梦》牵肠挂肚的音乐，让我们足足过了一次音乐评论瘾。谈兴正浓时贺捷生大姐提起这首《铁锅情》，她觉得这首饱含人生哲理的诗，很可以谱写成一首歌曲。王立平听后笑笑说：“大姐，这首歌词，你知道是谁写的吗？”贺捷生说：“不知道，是一位军科院院士传给我的。”“这是我写的呀，大姐！不知是谁给传到网上去了。”王立平告诉贺大姐。

王立平先生跟贺捷生大姐是多年的好朋友，用王立平自己的话说，他每次请贺捷生吃饭，总是找最便宜的小馆，目的不在吃饭而在随意地聊天儿。他们的友情如此之深，听说此诗是王立平所作，贺捷生大姐自然高兴。于是，王立平乘兴又背诵了多首他写的这类歌词，有的已经由他谱曲，有的他正准备谱曲，在场的文友听了都非常喜欢。在此之前曾经读过他给诗人刘福君诗集《母亲》写的序言，我以为这位著名作曲家只是个诗歌欣赏者，听了他背诵的自己诗句才知道，原来他也是一位多产的诗人，在繁忙的公务和作曲之余，近年一直坚持写作感悟人生的诗词。他的许多歌曲的词也都是自己创作的，当时我们只顾欣赏曲调竟然忘记词作者了。大概正是因为他那些歌曲的歌词由自己创作，每一首曲调才谱写得那么美妙动听。特别是电视剧《红楼梦》的音乐，至今让许多人记忆犹新，那些凄美的旋律依然揪着听者的心。诚如王立平在一篇文章中所说："一朝入梦，终生不醒"。

后来，王立平先生又给我传来他写的《十字路口》歌词："常站在喧闹的十字路口/顾盼着人生的前后左右/有的人以这里做为起点/也有人把这里当成尽头/有的人从这里分道扬镳/也有人到这里重新聚首/啊/十字路口/能容四季风雨/还有那八方来客/啊/十字路口/能走千乘车马/还有那万众人流/东南西北/红灯绿灯/毕竟有先也有后/人各有志/志在四方/总有到达的时候。"同样充满深刻的人生哲理，看来他真的是彻悟了人生。就在我们聊天儿的那个晚上，河南籍评论家陈先义先生说起他家乡的少林寺，原本只是个破旧的小庙，因《少林寺》歌曲而扬名天下，他为此写过一篇文章《文化是一种软实力》，谈文化与地域发展的关系。王立平说他跟河南的关系，岂止一个少林寺，他还跟一所农村小学有着非常亲密的关系。有天王立平接到一封来信，写信人是河南新安县实验学校 2400 名师生，想请王立平为他们谱写一首校歌，王立平见信，当即爽快地答应了。校歌谱好后他亲自送去，夫妻二人驱车 17 小时，从北京赶到那所千里之外的学校，学校和县里早准备好饭菜，本想好好款待这二位贵宾，却被王立平断然谢绝。他说，我们是想给你们点帮助，如果再给你们增加负担，那我们就于心不忍了。这次，他们夫妻二人除了王立平谱写的校歌，还给孩子们带去许多物品和钱。用一个小时的时间，简单地举行了个仪式，立即赶路返回北京。类似这样的事情，王立平夫妇还做了一些，从未在媒体上报道过。倘若不是聊天说到这里，这位著名作曲家的善举，包括他多年好友贺捷生将军，我想也不见得完全知道多少。做善事不大肆宣扬，这才是真正的善心。在场的朋友听后都颇为感动。

听了王立平先生的人生哲理歌词，知道了他默默不言所做的善事，我忽然想到，人这一生几十年，怎么才算未白活呢？照一般人的想法无非是名和利二字。比方说，有的人认为，拥有荣华富贵就算未白活；有的人认为，如果名声盖世就算未白活，如此等等。人各有志嘛！这也算是吧。只是若以此来论成败的话，身为作曲家和社会活动家的王立平，毫无疑问，这些他全都拥有了，可以说是一位当今最成功的人士。可是，想了想我却又不完全这样看。我更欣赏他的人生态度：事业有成而不躁，名声显赫而不傲，身处高位而不自居，自自在在、平平常常地生活，毫无一点儿装腔作势的名人架子。难怪他能写出那么有滋有味的人生哲理诗词。这就如同吃饭，再好的一桌饭菜，吃过不知其味，岂不是白吃。生活亦是如此，活了大半辈子，还不明世理，岂不是白活？所以我说，王立平在做人上更成功。

我把《铁锅情》传给多位我的好友，著名历史学家、作家王春瑜先生读后立刻给我回复说："深刻，隽永"，可见对于人生有所感悟的人是息息相通的。我曾建议王立平先生把这些歌词早日谱曲，只要传播开来，相信会让许多人获益。当今社会出现的许多问题，就是因为有的人没有活明白，在小名小利上毁掉了一生。太可惜了。

终生遗憾未读书

2000 年秋季的一天，跟几位文化界朋友一起走进北京大学校园，祝贺学界泰斗季羡林教授 90 大寿。在勺园宾馆吃过饭，我没有搭伴一起回城，独自在校园里走了走。尽管燕园湖水塔影书声依旧，但是许多地方已经物异人非，我只能凭借几十年前记忆，寻觅那段让我心动的日子。其实，我没有福分成为这里的学子，只是因为在这里旁听过一些课程，这里又有我的一些少年朋友，50 年前才得以有机会出出进进，并且开始作起到北大读书的梦。

这天走在北大校园的路上，本想好好看看这里的景致，心神却一直无法安定，那个无法摆脱的噩梦般的往事，又开始狠狠地搅动着我的心，让我顿时重新陷入痛苦中。

20世纪50年代，我在中央某部当职员，年轻气盛，心存理想，而且喜欢文学写作，并且发表了一些习作。这时，唯一想的事情就是希望到北大读书，圆自己多年祈盼的大学梦。这时候正好国家提出向科学进军，希望有条件的年轻干部以调干的方式报考各类大学，对于这个正中下怀的机会，我当然不会轻易地放过。1955年，经单位领导批准，同意我报考北京大学读书，就离职跟几位同事一起准备。终于拿到梦寐以求的准考证那天，在感觉上好像是走到校门前了，我心里的高兴和欣慰就别提了。岂知就在走进考场的头一天，一场突然袭来的政治灾难，像沙尘暴似的猛扑在我身上，我的大学梦从此被彻底埋藏。

这时正在搞“反胡风”政治运动，只因为我喜欢文学写作，听过一些“胡风集团”作家的课，还有两位跟胡风沾边儿的诗人朋友，这下在整人者的眼中就不得了啦，以为我也是这个集团的分子，便不问青红皂白地把我扣下，让我交待跟“胡风集团”的关系。又是审查又是批判地折腾了好长时间，最后证明我并没有他们想象中的“罪恶”，下了个“资产阶级名利思想严重”的结论，就算是对我饶恕和宽待了。我报考大学却因错过考试时间泡了汤。从此，失去受系统教育的机会，心里越想越不是滋味儿，就越感到这世态的险恶，因无法摆脱心中的郁闷，好不容易痊愈的肺结核病，由这莫须有的事引起复发。医生让边治疗边休息，再次过起病号的生活。

病情稍有好转，应该上班了。如何跟整人者正常相处，又成了我惧怕的事情。正在我为此事伤脑筋和犯愁时，领导决定调我到一家报社工作，这才把我从尴尬的境遇中解脱。

我在这家报社当副刊编辑，干的是自己喜欢的事情，渐渐地就淡忘了运动对我的伤害，一心一意想认真地做好工作。谁知1957年又刮起“反右派”的风，有过一次上当吃亏的教训，这次我本不想再说话，可是轻信的毛病和经不住的劝说，最后还是上了诱骗的钩。在一次大鸣大放的座谈会上，说到“反胡风”时对自己的审查，使我失去到大学读书的机会，只要一想起来就心里不痛快，等等，无非是借机宣泄心中的郁闷，不成想这下更惹下通天大祸，被认为是向党找后账，反对政治运动，结果给戴了顶“右派分子”帽子，把我赶出北京，下放到北大荒劳改。摘掉“右派”帽子又下放内蒙古，在最底层过着无望的贫民生活，整天想的只是如何活的像个人，早年的大学梦也就烟消灰灭。前前后后这一折腾，就是 20 多年，我一生中最好的时光——风华正茂的青年时代，就在厄运中被毁弃了。伤心吗？祈求吗？哀叹吗？诅咒吗？这时通通都没有用。这是个人的不幸，更是时代的悲剧。在社会生活不正常的年月，许多年轻有为的鲜活生命，就是这样无辜地枯萎了，什么理想抱负和天分才干，都被无情的时光一点点蚕食。对于我个人来说，那是一段难挨的日子，白天没有想望，夜晚没有美梦，精神上的压抑，就像一座大山，怎么也无法攀越。读书的生活从此跟我绝缘。

政治身份正常以后，重新回到北京已是人到中年，虽说又重操报刊编辑旧业，总的生活工作情况都很不错，但是一想到失去的读书机会，总觉得是个终生的最大遗憾，这时心就像被挖似的隐隐疼痛。有次跟两位青年时代的朋友、北京联合大学翟胜健教授，中央民族大学吴重阳教授谈起当年未能到大学读书的事情，这两位北大毕业的我考学的见证者，出于对于我的安慰和鼓励，说：“你就是上了大学又如何，最多还不是像我们这样教书？你现在情况不是比我们还好吗？”我知道他们说的我的“好”是什么含义。

诚然，我的“右派”问题解决后，不仅有了高级职称和较高级别，而且出版 20 多本书被称为作家，在同辈人中确实应该知足了。如果人的价值和追求从这些身外之物考虑，岂止是小小的知足啊，而是我连做梦都未曾想到。不过，人活着不能光是只追求结果，而失去对过程的享受和体验，不管结果多么显赫辉煌，依我看总不能算美好人生，人生是否精彩，还是要看过程。愿意追求生命美好的年轻人，在成长过程中，我以为有两点不要轻言放弃：一是接受好的系统教育，一是挑战新的事物，这都是人生难得的机遇，哪怕在追求的过程中失败了，都会是一生最美好最精彩的闪光点。谁在青年时期拥有这两样，谁就会活得快乐、充实，起码不会像年轻时的我，这两样东西均无机会得到，留下遗憾而终生耿耿于怀。

当然，获取知识的途径并非只有到学校，自学成才者大有人在。不过那也得有些起码条件，比如，充裕的时间和稳定的环境，都是认真读书的基本保障。可是在我后来的生活，已经完全没有这个可能。结束了在北大荒3年劳改，再次下放到内蒙古草原，当了正儿八经的长途电信工人，长年累月地野外奔波劳动，一天下来累个半死只想休息，哪还有心思认真地读书？再说在野外住的是帐篷，睡的是行军床一张挨一张，夜晚连点灯照明都不方便，偶尔读点闲书只能在休息日。劳动结束后好不容易生活安定下来，读书成罪的“文革”运动又来了，12亿人只让读一本毛泽东语录的“红宝书”，其余的书再好也通通被查禁，这时唯恐再给自己招致政治麻烦，身边仅存的一些书也被我偷偷销毁，以此显示跟知识彻底地“划清界线”。到了“知识越多越反动”的年月，“读书无用”论在全国风行，我不只是接受这一论调，而且真的任何书都不再读，最多就是看看应时的报纸，目的是为了写检查交待材料时，不至于抄得荒腔走板找倒霉。因为没有了自己的思想，说话做事全国都一个样，就跟单身汉在集体食堂吃饭，做饭的师傅做什么就吃什么，这时，我的头脑和身体反而觉得都很轻松自在了。就这样随大流地过活多年。

生疮长疖子都有化脓时，这政治运动也有出头日。“清理阶级队伍”完成后，确认我是“右派”死老虎，没有现行反革命行为，就跟别的干部一起进入“五七干校”继续劳动。每天干完活儿实在无聊，侃大山怕再祸从口出，就又想到了看书解闷儿，只是这时没有好读的书了，抓到什么、碰到什么就读什么，说白了，无非是数字儿消磨时光而已。不过，对我来说也有个好处，除了缓解心中积存的苦闷，无形之中唤起读书热情，干校劳动结束分配工作，我到《乌兰察布日报》当编辑，这时对读书就又有了兴趣。尽管这时可以读的书并不多，供一般读者选择的书依然可怜，但是对于做文化新闻编辑的我，还是可以买到一些内部书的，只是那个“读书无用”的影子还隐隐约约地存在于我的脑海，我还是不想在读书上下功夫，结果又失去了一次获取知识的机会，给自己留下了另一个遗憾。如果说失去前次到大学读书的机会，那完全是有其客观的历史原因，这次放弃的可以读书的机会，就完全是出于自己的短视了。这又能埋怨谁呢？

现在平心静气地想想，我前半生的两次劫难，固然是个人的大不幸，这实在没有办法抗争。但是在逆境中争取读点书，这还是可以悄悄为之的，有的像我一样遭遇的人，或者比我更倒霉的一些人，他们正是利用这个时机，认真踏实地读书学习的，结果成就了后来的事业。从这个意义上来讲，人生中有的遗憾，还是能够预见到，问题是要敢于挑战。有的人好说生活的强者，那么请问，谁是真正的强者呢？我以为，并不是做了大官成了富人，或者名声显赫的什么人，而是那些沉不躁浮不飘的人，在任何情况下都不言放弃者，踏踏实实地、一步一步地往前走，他们才是真正的生活强者。这样的生命极为顽强和精彩。我不是个生活的强者，更不是个知识拥有者，因此当现在谈论往事，未系统读书固然是个遗憾，年轻时没有赶上好年月更是遗憾，不然也可以像现在年轻人，在生活中好好地闯荡一番，自知这点勇气我还是有的。唯一让我感到庆幸和宽慰的是，我的儿子总算赶上好年月，他不仅系统地受到良好教育，而且在取得硕士学位后，现在又在读博士学位，这大概也算是老天对我的补偿吧！

我非常羡慕今天的年轻人，可以自由自在地在学校读书，可以自由自在地选择职业，拥有如此宽广的生存空间，这是多么宝贵和难得啊？这时想想自己的过去，难免感叹：唉，生不逢时。

秋月春风莫闲度

还未完全从暑热中走出，刹那间，秋天就赶紧贴近人世间，难怪身心一时难以适应。在一年的四个季节里，最容易让人动心动情的，大概莫过

于这秋天了。万物开始萧瑟，凉风日渐劲吹。就连人的情绪，都会像那树叶被轻轻地掀动。想到已经远去的春天，想到就要来临的冬天，哪个能无动于衷呢？所以前人的诗句中，有“秋月春风等闲度”的感叹，有“自古逢秋悲寂寥”的幽忧，借以表达对人生的感悟。

可是，我们毕竟是现代人，生活节奏如此之快，谋生道路多有艰辛，自然无闲暇顾及前路来程，显得比古人好像超脱。其实，藏匿心中的焦虑如同一粒埋在土中的种子，总会有一天生芽破土，到了中、老年静下心来，回首往日那些时光，说不定像前人一样，会有“秋月春风等闲度”的感叹，会有“自古逢秋悲寂寥”的幽忧，这时，所有的一切都已为时晚矣。闲度的时光不会再来，逝去的青春无法再复。如果说人生有什么悔恨，我觉得最大的悔恨就是迟悟人生道理。而这些道理往往都是，无数前人的经验和教训。所以，我把“秋月春风等闲度”这句诗，其中的“等”字改成了“莫”字，于是成了“秋月春风莫闲度”，提醒比我年轻的朋友们珍惜时光，以免将来到了我这样的垂暮之年，少些因荒度时光产生的失落感。

说到时光，无论拥有的是长是短，在利用上对谁都一样，几乎没有贫富贵贱之分，关键看每个人怎样对待。有的人惜时如命，把点点滴滴时间都用在有益之处，充实的生活，成功的事业，都是跟时光讨要而来，他们比时光更悭吝。可是也有这样的人，总觉得自己年轻，未来的日子还长，于是，对于时光毫不珍惜，每一天都是随便打发，还以为是青春潇洒。岂不知比你更潇洒的时光，这时了无痕迹地已经溜走。日复日年复年，时光未老，我们老了，这时回首来路，感觉究竟如何，恐怕只有自知。时光的有情与无情，只能在年长后认知。

在更多的人谈论发财致富的今天，我不知趣地大谈老掉牙的时光，连自己都觉得多少有点儿不合时宜。那么为什么还要谈呢？一是感到自己早年荒废太多，一是越来越感到时光的公正。

我年轻那会儿，主客观的条件可说都不算好。生命中最美好的时光，完全被毫无意义的事情常年累月地纠缠瓜分了，无论心中有多么美好的想法，都只能默默地随饭吃掉。因此，现在一听说或看到，某个年轻人成就大事，总会由衷地为他们高兴，说不定还会自言自语：“赶上好时候啦。”当然，由于实在太羡慕了，那一丝丝的酸味儿，说不定还会在心中，像胃液一样泛起来。这时我就特别相信，世事造英雄的道理。没有好的生存环境，没有对时机的把握，再漫长的好时光，都会像流云轻轻飘走，留下的只能是一声叹息。

可能是性格使然，或者是阅历不足，年轻时的致命弱点，一个是过于轻信，一个是太爱较真，结果让自己吃了苦头。随着时光的流逝，以及观念的转变，轻信过的东西被事实证明是谬误，较过真的道理被社会判断出对错，这时才开始真正领悟，惟有时光最为公正。尽管这样的领悟太迟了，对于我已经毫无用处，但是，从做人的体会考虑，这就如同读一本好小说，合上书本回想一下情节，说不定会有无穷韵味，这也算是“夕阳无限好”吧。常说的经历就是财富，其实更为准确的说法，应该说时光就是财富，因为时光会改变人生。

既然时光如此伟大、神奇和神圣，我想我们没有任何理由怠慢它，充分利用时光给予的智慧和知识，就很有可能改变自己的命运。这不能说是什么真理，起码已经被古今证明，虚度时光是对生命的浪费，所以唐代大诗人白居易在他那首著名长诗《琵琶行》中，写出这样的诗句：“今年欢笑复明年，秋月春风等闲度”。沐浴着秋天温暖的阳光，临窗阅读这样的诗句，思绪好像也有了秋意，不禁想起春天的时光，尽管没有“今年复明年”的“欢笑”，却有着“等闲度”的“秋月春风”，自然便会勾起我的这番感悟。

人生得过坎儿

人的命运好坏，是由属性决定的；人一年年地活着，得过许多坎儿。以前还真没有意识到。告诉我这个道理的，是位普通理发师傅。

那天理发，师傅是位中年人，很爱说话。她见我有把年纪，阅人历事肯定多，拿起推子剪发的同时，问我：“您说，人的属性，什么属性最好？”对于这类事情，我无一点儿知识，听她这么猛一问，就越发感到懵懂。她见我一时语塞，说不定脸面还泛起红云。从眼前的镜子里，大概看出了我的窘相，立刻解围地说：“我说属龙的最好，其次是属猪的，属龙的事事通顺，属猪的不愁吃喝……”接着她就给我细说，谁谁属龙，做事如何有成就，谁谁属猪，生活上如何享清福。她说的大都是她的亲朋好友。

听后，我怕她再问我这类事，让我这老头子露怯，就来个以攻为守，赶紧问她“那你说，什么属性不好呢？”“当然是属鸡属狗的。您想啊，鸡得自个儿找食，狗给人看家护院，您看我，一天不干活儿，一天就没得吃。我就是属鸡的，这辈子肯定得操劳，自己刨食吃。不过总比属羊的好，属羊的只能啃草。”我听后不禁哈哈大笑。没想到她小小年纪，还真相信这一套。属性是不是真这样灵，我没有这方面的知识，自然就不好跟她搭腔，但是又不想破坏她的情致，就对她说：“经你这么一说，这属性，还蛮有意思的。”作为对她的礼貌性回应。

这位小师傅对于人生之事，竟然从属性上解释，新奇之中颇有所悟：难怪临近旧历丁亥年时，在全世界华人区域，有那么多怀孕妇女，想方设法要在这一年生育，目的就是想在这金猪之年，让自己生个金猪宝宝，希冀孩子的未来幸福。唉，真是可怜天下父母心啊。这次理发让我得到了这方面的知识。我想此事说完，见我跟她搭不上腔，她也许不会再讲了。谁知她又说：“人这一辈子啊，无论属性好坏，还得过许多坎儿，这坎儿啊，还得年年过，就像上山进庙拜佛，一个门槛儿，一个门槛儿，您锲得过哪。”不过，说到过坎儿的事，她就再未举例子，说谁谁如何如何。大概是她又在想别的什么事情啦……

在回家的路上，琢磨刚才理发师傅说的话，我就想，她说属性决定人的命运，我倒不是十分赞同，有些倒霉走背运的人，属什么的好像都有，即使如她说的最好属性，属大龙的该倒霉仍倒霉，命运好像并未如何眷顾。她说的过坎儿的话，倒是觉得有些道理，起码从人的成长经历看，每个年龄段都有不同状态。比方古人说的“三十而立，四十不惑，五十知天命，六十耳顺……”这不都是经过某种生存体验以后，人们总结出来的人生道理嘛，说白了，这就是一道道的坎儿。想升官的错过年龄坎儿，再优秀也就没戏了；倒霉的错过年龄坎儿，转运了再做不成事。看来真是：人生如过坎儿，谁也跑不了，好坏不由己，命运似押宝。

由理发师傅的过坎儿论，我联想起现在的一些人，有的就是数年计月地过日子，如同远行赶火车似的，生怕误了某个钟点。比方有些当了官的年轻人，官阶一至处就开始算日子啦，该有几年晋升为局，万一未能按时晋升，这就开始周旋、折腾了，到了局未能提副部，就越发不得消停，找门路、托人情，几乎成了官场时尚。他们毫不避讳，说：“不着急不行啊，过了这个年龄坎儿，就彻底没戏啦。”同样，有些到了60岁的官员，眼看着就要退休了，想捞点钱养老的人，在现实生活中好像不乏其人。就是命运多艰如我者，想来又何尝不如此呢？当年倒霉如果才20来岁，20年后命运正常40几岁，还有20年时间做点事；如果倒霉时已经五六十岁，20年后命运好转也就退休了。真的是岁月不饶人哪。而这岁月就是坎儿。

我历来不主张数着年龄过日子，那样会使人心理产生压力，无论是对于女人还是男人，询问别人年龄是不礼貌的表现。女人不愿意暴露年龄，是情感上眷恋青春；男人不愿意讲述年龄，是怕事业无成受刺激。但是，对于男人女人本人来说，心里一定要做到有数，就是说，我在哪道人生坎

儿上，如何平安而光亮度过，不见得辉煌却也不暗淡，这样就算迈过这道坎儿了。

祝愿我们每个人都过好坎儿，以求一生一世的平安幸福。

“悠”着活

可能是到了这般年纪，苦乐经过，荣辱尝过，方觉得生活的真正滋味儿。回想年轻时的争强好胜，回想中年时的坎坷艰辛，真的感觉人生的不容易。除了那些对国家、对社会有大贡献的人，就一般的普通人来说，人生在世几十年多者不过百年，最终恐怕还是离不开“平静”二字。那些早已经悟出此道理的人，十有八九都生活得非常快乐，地位金钱对于他们只是景致，看一看就会从目光中淡然消失，从来构不成心中的向往。在他们的生活中、事业上，更崇尚一个“悠”字，因此也就活得坦然自在。

在事业上，他们“悠”着干。因为他们知道，人生时限再长也有终点，死拼硬抢，只争朝夕，反不如科学支配、合理安排，把时光用在有益的事情上，这样说不定反而会让生命延长。时光在他们那里，如同一条溪水，静静地流淌着，没有大的波澜，却滋润出一片悦目绿茵。

在生活上，他们“悠”着活。因为他们知道，人世间美好的事物再多，个人只能享用很小一部分，疯狂掠夺，无度占有，反不如只要属于自己的那部分使用起来更会心安理得，这样说不定反而会更长久地留在身边。

物质在他们眼里如同阳光空气，缺少了活不成，多得了会无益，只有适度占有才觉得舒适。至于虚名官位，他们更是“悠”着看，因为他们知道，再多也不是价值的体现，来路不正，名不副实，反不如靠自己的本事吃饭，免得让世人耻笑暗骂，这样无论走那里都是直挺身躯。在他们看来，名位如同唱戏的衣帽，穿戴脱放不由己，那得看剧情需要，还是当个观众永远。仔细想想也是，人可以这样活，也可以那样活，活得明白不容易，活得悠然自得、随意就更难，这是一种更高的人生境界。但是也不是完全达不到，关键是看个人心中想着什么，想当官的必然要钻营，想发财的必然要冒险，想升天的必然要念佛，想贪杯的必然要进酒家，如此等等，这是别人无法阻拦的事情。有了这种种的想法，就必然要为此操劳，或四处奔波，或日夜思虑，劳力劳心消耗生命和时光。倘若能够如愿以偿地得到，那还会有一时的消停，如果是一时半会儿得不到，就会自己跟自己过不去，像个刹不住轮子的车，恐怕得一直地折腾下去。这样的生活会悠闲吗？这样的日子会平静吗？这样的人生会安逸吗？恐怕做不到。做不到的日子会过得怎样，随便地想想便会略知一二了，起码不会有健康快乐的心态。

你看看那些崇尚“悠”字的人，他们的生活方式则是另一种样。日出而起，日落而息，量力而行，量入敷出，越轨事不干，贪婪事不为，不求大福大贵，只想一生平安，生活过得有板有眼有滋有味儿。当然，他们也有自己的追求和向往，只是要看能否在正常情况下达到，倘若达不到从来不会争着抢着去要，最多说句“生不带来死不带走”，然后就又快快乐乐地去干自己的事情。既然是生活在这社会上，总会碰到不愉快的事，总会遇到不正派的人，在他们看来这都属于正常，最多说句“林子大了什么鸟都有”，这就算是最大的愤怒表示，然后就是淡然一笑地了之。别看为人处事这样轻松，做起事情来却相当认真，绝对不会敷衍搪塞了事，理由是“得对的起老百姓给的钱”，说得朴素真诚而又不失堂皇。常听人说谁谁懂生活、会生活，我以为这样“悠”着生活的人，就应该属于懂生活、会生活的一些人。他们的快乐感受比之那些贪官奸商的快乐感受显得更为纯净得多，自然也就有益身心。

“悠”着干不等于不进取，“悠”着活不等于态度消极，恰恰相反，健康的生活方式就应该如此。只有活得悠闲、自在、从容，才会活得健康、充实、多彩。用消耗时间代替智慧创造，把好态度跟低效率等同，那是过去年代的事情，今天再不应该加以提倡。实行每周 5 天工作日，一年有两个长假休息，正是“悠”着干“悠”着活在今天现实生活中的体现。这样的做法，从表面上看，好像是工作时间短了，实际上调解了人的潜能，可以创造性地延长时间，生命的价值更能充分地发挥。

学会“悠”着活“悠”着干，让生命的价值舒畅地发挥，让时光的限度从容地运用，生活和工作的质量就会提高。试试看，如何？

爱美要会美

套用一句老掉牙的话开篇：爱美之心人皆有之。

这话的确是老了点儿，然而却是永恒的真理。别说是有七情六欲的人了，就是花草树木、飞禽走兽，又有哪一样不展示自己的美丽呢？倘若没有这万物的美，世界何以会如此缤纷；倘若没有这营造美的人，人间何以会这般绚丽，所以说，生活的过程，说到底就是不断地寻找美，用智慧和才干创造美——寻找美的景色，寻找美的情趣，创造美的环境，创造美的心灵。我们说这个人会生活，就是说他会享受美；我们说这个人少情趣，就是说他不会创造美。那些热爱生活的人，最直接的表现就是善于在不起眼的地方，淋漓尽致地表现美。

我曾经有过一段非常的人生经历。在青年时期下放到荒凉的北大荒，这对于人的精神无疑是种压抑。生存在这样近乎无望境遇里的人，十有八九都是昏昏沉沉地混日子，很少有心思再让美伴随自己。可是在我们居住的茅草棚里，晨昏时分时不时会发现用玻璃瓶装上清水供养的野花，飘散着悠悠的醉人芳香，好像是在提醒我们这些人，只要活着就要永远寻找美好。后来我还渐渐地发现，有人用桦树皮做成镜框，把自己儿女的照片镶上，摆在炕头自己睡觉的地方，寄托对远方亲人的思念。这些好像都是生活小情趣，并不能表现人的大志向，然而却无声地倾诉着美好情怀。

真正爱美又会美的人，常常就在这不经意之中流露出自己对美的追求。你看花儿开放时喧闹吗？你看鸟儿展翅时歌唱吗？你看云霞行走时炫耀吗？没有，好像都没有，它们只是用各自独特的方式，告诉你这就是真正的美。

由此我想到人。在文章的开头，我就说了，爱美之心人皆有之。下边我想说的是，爱美不见得会美。爱美是人的天性，会美是人的教养。这是两码事。比方说，现在到处都是美发厅、美容院，每天进进出出的人很多，走进去的想法却不尽相同。有的是想涂道眼影染几缕发，以此来点缀自己的青春，这当然也是对美的追求；有的人是想保护皮肤、增加弹性，以此来挽留自己的青春，这当然又是一种对美的追求。只是由于对美的认识不同，人们才有不同的追求方式。

那么，这两种对美的追求，哪一种更可取呢？如果让我来回答的话，不想得罪人，我会说两种都可取；不想说假话，我会说后一种更可取。因为这后一种对美的追求方式，就如同把美融入自己的行为里，它更符合我的审美取向和标准。我当然要由衷地表示赞赏。爱美的青年人随处可见，敢于张扬美的青年人也不少，他们以为这样才痛快、才好玩，其实这是对于美的错位认识。真正懂得美的人，总是在保持爱美天性的同时，寻求一种适合自己的自然的美，让美像微雨润物似的浸透身心。

美在无言中

跟许多同代人一样，我比较喜欢古典油画。有时面对一幅幅油画，或许画的是端庄少妇，或许画的是美丽风景，画面色彩构图形象的和谐，常常让我久久陶醉其中。这些画是静静的美的展示，只要我们用心去欣赏、

去体会，总会发现领悟它的美的内涵。

还有欣赏古典音乐名曲，绝非一般流行音乐所能比。这些乐曲中的许多内容，都包容在美妙的音符里，只要我们静下心来去聆听、去品读，美的旋律就如同一股清溪，从容顺畅地掠过心头。思想上引起的共鸣久久回旋，这时不管有多少烦躁，都会在美的享受中化解。

人对于美的享受和追求，有时不光是一种表现，应该说更是一种需要。有了这种需要，我们生活着才更积极。我非常羡慕今天的年轻人，赶上了可以讲美的时代，有了用美张扬个性的环境。在我年轻那会儿，是不准许讲个性美的，职业女性想穿件花衣服都得用黑蓝布衫罩起来，不然一顶资产阶级生活方式大帽子，准会堂而皇之地戴在你的头上。美容美发、穿时尚衣裳，更是连想都不敢去想，女孩子留两条长辫子，小媳妇擦点蛤蜊油，小伙子留个偏分头，老年人刮脸剃胡须，这就算是对美最大的享受了，别的连想都不敢想。到了蒙昧的“文革”时期，连穿花衣裳都成了罪恶，不分男女都穿黑蓝黄色衣。美丽是什么东西，没有谁说得清楚。那时的生活单调得就像凛冽的寒冬，从来没有花红柳绿的美丽景色，许多美好的事物只能在想象中去领略。

这会儿，讲美爱美的人除了年龄正当时的姑娘小伙儿，这就不必过多地说了，他们的年龄就意味着美。值得一提的是一部分离退休的老年人，他们在年轻时候有爱美之心，却没有属于他们表达美的条件。现在，他们时间宽松、经济富裕，自然就要积极设法去补救，重新寻找那没有享受过的美。我见过许多城市的老人，男的穿花衬衫，女的戴青春帽，潇洒大方地走在大街上。那种悠然自若的神情，有的青年人学都学不来，因为他们对美的追求是完全发自内心深处的。就如同聚积在源头的水，一旦流淌开来就格外清新，而且透着自然的气息。有位大哲学家说过，美就存在于生活之中，就看你有没有发现美的眼睛。这话无疑是真理。可是我要说，爱美的人发现了美的人，并不一定就真正地会享受美。享受美是另一回事情。爱美的人一定要懂得，把爱美的情趣表现得自然健康，这才是最高的品位，最佳的境界。穿着打扮，发式发型，肤色体态，坐样行姿，言谈话语，乃至生活中的情趣爱好，都是无声的美的表达，在人群中一展示就知道你是什么档次。所以我要说，爱美的人们，可以尽情地去爱美，可以坦诚地去张扬个性，只是一定要记住：美在不言中。

夏夜的感叹

夏天的夜晚，在大都市里充斥着燥热——空气是热的，道路是热的，人心是热的，就连花花草草摸一摸都灼手。大都市里的人们挤在自家的房屋里，降温用空调，消暑喝饮料，悦目看电视，愉耳听CD，生活在一统天地里，完全满足于悠闲自得之中。若问生活如何，只要是胃口不大的人，十有八九都会说："还可以，什么都不缺，很知足啦。"是的，经历过艰难的岁月，如今总算得以温饱，哪里还会有更大的奢望。

坦诚地说，我也属于温饱的一族，心态自然也是知足者。可是在这闷热的夏夜里，不知怎么，我忽然地不安起来，烦躁的情绪如同火，在我的胸腔里燃烧。就像圈在笼子里的鸟，我不停地在屋里走动，想借此缓解心头块垒。然而，失败了，这火依然燃烧，而且在不断地扩散，从心头到手脚，从手脚到毛发，都觉得火烧火燎的不自在。在无招可想的情况下，我走到了户外小公园，坐在长椅上仰望天空，在目力所及的地方，细数着那慵懒的星星。这时我的烦躁和不安却在不觉中渐渐消失，头脑仿佛被冰水浸泡过，格外地清醒，格外地振奋。

哦，原来在这大都市里，物质条件再优越，生活环境再自在，终归都是人工所造——人造的风，人造的水，人造的快乐，人造的心态，怎么能够跟天成地就的氛围相比呢？由此我想起了家乡的夏天——夏天的白天和夜晚，夏天的故事和景色，就像一首优美的诗歌，至今还让我激动不已。这大概正是大都市里所缺少的哩。

那时在北方的家乡小镇，大人们白日忙碌了一天，一到夜晚就坐在户外纳凉。轻摇着大蒲扇逐赶蚊虫，慢声细语讲述家长里短，渴了喝碗清茶或酸梅汤，滋润了嗓子也消了暑热，接着再说那些闲言趣话，高兴了还会哼哼两句小曲。不时会有清凉微风徐徐吹来，那晚香玉的花香，那蛐蛐的叫声，这时都会随风送过来，顿时小院里就弥漫着温馨。

孩子们最高兴的事情莫过于听大人讲故事，或倚在墙根，或躺在地上，或偎在祖母怀中，或坐在台阶上，歪着小脖子，圆睁着眼睛，聚精会神地听着。大人们讲的故事，也许是戏曲，也许是评书，反正只要好听就行。最想听又最怕听的，就是关于鬼狐的故事，讲到最吓人的地方，孩子们赶快凑近大人，狠不得钻到地里躲藏。这时的孩子们也最老实。大人怕惊吓着孩子，就停下来不再讲了，孩子们却耐不住寂寞，催着大人们再讲一个，并且要求讲好听的。

我童年的那些夏天夜晚，就是在自家的院子里听故事和戏闹中、在看星星和闻花香中安静而悠闲地度过的。时间过去了几十年，想起来仍很亲切。尽管这会儿居住在大都市，有个生活设施齐全的家，起居出行都比乡间要方便，但是我还是常常怀念故乡，尤其是在心情烦躁的夏夜，真想再重归生身故土，找回那属于大自然赋予的欢乐。人啊，就是这样矛盾，失去的想再得到，得到的又不知道珍惜。

被关爱的小草

2002 年的春四月，我有过一次江南之行，在杭州灵隐寺旁的“创作之家”，享受了 10 日幽静与闲适的生活，多日的疲惫和烦躁得到解脱。临近返回北京的时候，新闻报道里传来个消息，几十年安全航行的国航，发生了有史以来第一次坠毁事故。听了这条不幸的消息，我的情绪立刻陷入茫然，对于国航近乎盲目的信任，从此开始动摇和困惑。我毫不犹豫地决定，取消原来飞返的打算，改乘火车回北京。朋友们问我是不是被这次空难吓住了，出于一个男人必不可少的虚假尊严，我用别的表面理由搪塞缓解了尴尬，然而内心深处的恐惧却显而易见。

人都是珍惜生命的。珍惜却不等于害怕死亡，关键是看以什么方式了结。按照自然规律的归天，遭遇不可抗拒的天灾，突然或长期的疾病袭击，这些死亡都属于正常，一般人还是可以冷静面对的。倘若是由于人类自身的疏忽，让可以避免的灾难竟然发生，造成无辜生命轻率地消失，这样的死亡实在难以接受。

在返回北京的列车上，江南美景不时掠过车窗，我却很少有观赏兴致。关于生存与死亡的问题，就如同一条双头蛇，在我的脑海里不停地蠕动，整个旅途都充斥着焦虑与不安。当想到生命的坚强与脆弱时，我忽然想起对于小草的记忆，心头难免有种苦涩的欣慰。

许多年前的一个夏天，我在北戴河休养，住在一家休养院里。我住的别墅阳台很大，每天晨昏时分，我就坐在这个阳台上听虫鸟的婉转歌唱，赏花草的百态千姿，享受大自然恩赐的天福。身处在这样的环境里，人的神经是最脆弱的，寂寞和孤独罩上心头，有时竟然会想到人生。觉得人活几十年辛苦奔波，最后还是得重返来路，就会产生某种参透世事的惆怅。可是当我看到眼前那蓬勃生长的小草，冥冥之中仿佛受到了生存启示，这时才意识到生命还有顽强的一面。你看那丛丛小草，葱茏茂盛，青翠欲滴，充满着向上的朝气。小草不知忧愁、不计荣辱，活得是那么快乐而自在，这不正是生命应该具备的素质吗。

有天傍晚，天空阴云密布，大地狂风飞刮，紧接着就是一场大雨哗哗地倾泄，不甘示弱的雷也赶过来凑热闹，轰隆隆暴躁地大声怒吼，把个原来宁静异常的疗养区，搅得失去了温馨的常态。后来雨渐渐地小了，却一直没有停息的意思，我就早早地睡下了。在宁静的夜里，听淅淅沥沥的雨声，不知不觉就进入了梦乡。一觉醒来天已经大亮，我照例坐在阳台上赏景听唱。这时我忽然发现，那些多姿的繁花，许多纷纷落地，那些茂密的小草，也萎缩了身躯，就连多嘴的虫鸟都紧闭了歌喉，显然这是被暴风雨摧残的。一群活脱脱的生命就这样轻而易举地变了形。这是天公过于厉害，还是生命过于荏弱，我没有认真地去想，只是觉得有种莫名的怜惜。

很快，又是晴天朗日。傍晚再来看楼前景色，花儿被摧的容貌依旧，却已恢复了清爽的神态，虫鸟重新歌唱，只是声音不再那么动听，而那小草却生机重现，好像不曾被风雨摧残过，越发显示出小草生命的坚强，以及机敏的自我救护能力。看到这情景，我由衷地赞美小草。

可是未过几天，我忽然看到小草又陷入了艰难的处境，有一长缕被人狠狠践踏，绝对不会再有自救的能力。一棵棵可怜兮兮的小草，在苦苦地挣扎着、叹息着，说不定还有些许怨艾，或者是对自己命运的哀叹。我走到近前一看，这些小草正在枯萎，往日的清爽神情消失得了无影踪。多亏一位好心的园林工人把这些小草重新扶起来，并给它们喷洒洁净的水，让它们振作起来生活。这富有灵性的小草还真的不负人望，渐渐地恢复了生机。这小草是多么知趣知足，仅仅给予一点儿小小关爱，就感动得如此不计怨怼，重新无私地献出自己的绿色。可见生命的需求并不都是那么欲壑难填，只要给予一点儿应有的关照和爱护，它就会以百倍的奉献回报人间。只可惜我们常常忽略了生命这点小的需求，有的人为追求一己之利而放弃对他人的珍爱，这是多么地残忍和短视的恶劣行为啊。

联想这小草的兴衰，思索听到的空难消息，我觉得人间的许多惨剧是完全可以不再重演的。这首先就要清除那些错误的观念，比如过去提倡的不怕苦不怕死，就不应该笼统地当做一种英雄行为，不分场合情况地强行误导。如果大敌当前或者追求真理，在无法保存生命的情况下，当然需要义无返顾地献身，因为这样做也还是为了生存。倘若是在正常生活的情况下，人都是向往美好事物的，为何不珍惜这只有一次的生命呢？只有看重生命才会珍贵生命，只有珍贵生命才会保护生命。遗憾的是，现在有的人只看重自己的生命和金钱，却拿别人的生命当儿戏。

就在我回到北京不久，接连听到几起煤矿出事的消息，事故本身本来就够让人揪心了，不曾想还有矿主逃逸、官员隐瞒情况这种更为恶劣卑鄙的事情发生。我真不明白，这些人的五脏六腑难道是石头做的吗？竟然见死不救。一个有法律做基石的文明社会，让这样的人来主宰能够文明吗？我不相信。这时我又想起在北戴河见过的小草，还有那位扶起小草的可敬的园丁。相比之下人有时反倒不如那些小草幸运。可是我们又能够说什么呢，只有轻轻地轻轻地唉叹一声，表示一点儿做为同类的良知。珍惜自己的生命，更要尊重别人的生命，这个社会才会更美好。

朋友就是财富

已故老作家李準先生生前赠送我两张条幅，上书："朋友就是财富"。

说到这两张条幅的来历，就得从17年前说起。1989年意大利作家访问我国，老诗人、翻译家冯至教授以中国作协副主席的身份，接待这拨儿欧洲客人。邓友梅、李準和我等几位作家陪同，地点就在外宾下榻的前门饭店。可是他们来访的时间不巧，正赶上胡耀邦总书记逝世，那天北京有众多学生悼念，整个北京城气氛异常凝重，人们的心中除了悲痛，还有一些别样的情绪。在这种情况下接待外宾，很难有正常时候的礼遇。

外宾下榻的前门饭店，距中国作协所在地沙滩正好是个大对角儿。平时若是不堵车，最多有20分钟就可到，正好赶上这个时候，时间也就很难掌握了。那天我跟老作家邓友梅先生乘坐同一辆作协派的车前往，绕道走了大半个北京城，行驶时间足足一个多小时，最后总算到达前门饭店。住在别处的中国作家，也有人未能按时到达，致使这次两国作家会面推迟。好在外宾能够理解。

由于同样的原因，当时主事的作协主要领导没有一个人出席接待，跟外宾谈起文学交流时，接触具体事宜就不好接应了。记得好像是谈到双方互访的事，如果不立即答应下来的话，对客人多少有点儿失礼，对中国作协声誉也不好，当时分管外事的书记邓友梅兄，征得冯至先生的同意后，让我暂时先应承下再说。我当时主持的中外文化出版公司，在中国作协算是一个独立实体，尽管在诸多方面也有不小的困难，但是跟在坐的诸位作家相比，我总还算能够当家做主，就理所当然地推到我身上。

中外文化出版公司的宗旨，就是向世界译介中国文学。按说，对外交流是分内事，可是当时毕竟资金困难，万一答应下来兑现不了，同样会有个信誉问题。在座的作家们见我流露出为难，就从各方面劝慰我。冯至和邓友梅两位先生最后把话说到这份儿上："你先应承下来，咱们把这台戏唱完，到时有什么情况，再找作协领导解决。"这样我才勉强答应了。

会见结束以后，李準先生对我说："你这个出版社（中外文化出版公司）是专门对外的，应该广泛结交朋友，尤其是外国朋友。我告诉你，有了朋友，什么事都好办。朋友就是财富。"对于这位老作家的话，我完全能够积极理解，而且也会牢牢记住。让我万万没有想到的是，在这次接待外宾后的一天，李準先生给我送来两幅字，都写的是"朋友就是财富"。李準的毛笔字写得好，在这之前早就有耳闻，只是还无缘一饱眼福，这次老先生主动赠我墨宝，我当然感到非常高兴。读着他那苍劲有力的隶书大字，我不禁思索起自己的生活经历，体会这"朋友就是财富"的含义。

的确，这几十年的风风雨雨，生活得非常艰难坎坷，倘若没有众多朋友帮助，恐怕很难度过道道关坎儿。在我陷入人生绝境的时候，只要想想人间还有友谊在，我就会有了生活的勇气。所以我不只一次地说，我们可以没有金钱，但是不能没有朋友，生活中没有朋友的人，日子就一定会孤独寂寞。从这个意义上来讲，朋友不光是财富，朋友也是座山峦，依偎着颇感踏实。我一直怀着感激的心情，铭记着朋友们真诚呵护。

朋友也是一部内容丰厚的书，它可以给你许许多多知识。在那些不正常的漫长岁月里，生活的窘迫，心情的压抑，就像一把巨大的钳子，狠狠地扼住我的咽喉，连喘气都觉得非常困难，更不要说自由自在地讲话，这时经常给我关怀和抚慰的就是朋友。我在逆境时认识的朋友中，有些就是极普通劳动者，大字不识几个，甚至说话带脏字，对于人情事故的道理，他们却非常通透畅达，远比一些读书人更明白。这些朋友给过我不少人生启示。

至于说到“朋友就是财富”，大凡在事业上有所作为的人，都有这样的切身体会，认识一位有智慧的朋友，远比结交一个有金钱的人，有时候更能够获益多多。朋友的一个点子，说不定就能启发你；朋友的一句提醒，很可能让你免于损失，这不正是财富的体现吗。今天重读李準先生的条幅，享受的不仅是书法艺术，还有他多年的人生体验，因此，就更加敬重和怀念这位老作家。

最怕写字

写一笔漂亮的汉字，特别是能写一手好毛笔字，简直让人羡慕死。我自己的字写得不好，可是很喜欢书法，因此，对于字写得好的人，就格外地敬重。有时遇到写好字的人，总要想办法往前凑，希望人家赏脸，高兴了给抡几笔，满足自己的心愿。这会儿收藏的一些墨宝，有的就是看见人家写字，我在旁“罚站”得来的，却丝毫不觉得掉价丢份儿。相反还觉得这更增加了这些墨宝的情趣。

按道理讲，做为中国的汉族读书人，尤其是以笔墨为生的人，写不好方块字，总不能说是什么光彩的事。可是，就是这样也好歹地混迹多年，在格子里填充了不少的字，只是这些字只能说是清楚，却很难给人一点儿美感，至于悬肘挥毫就更不敢想。有时在某一场合，看字写的好的作家，在那里尽兴书写，我总是怀着羡慕的心情想，要是我也能写得这么好，那该多好啊。有了这样的想法，回到家里以后，由着性子练上几笔，这样的事情也是有的。不过这终归属于玩闹性质，不可能练出像样的字，好在压根儿就未想当书法家，即便写得像蜘蛛爬的，总还可以给自己找乐。但是有一点从来不敢怠慢，这就是在往报刊投稿时，尽量把字写工整，绝不给编辑找麻烦。

那么，是不是就未正儿八经地写过字呢，我想还不能完全这么说，起码在上小学时描过红模，读初中时写过大仿，这总还算是比较正规吧。后来在报刊编辑部当编辑，修改稿件大都用毛笔，这就逼着你不得不练字。开始学习写作向外投稿，首先就有个写字的问题，如果字写得不怎么样，或者字迹连得难以认识，文章写得再漂亮，到了编辑手里如猜“天书”，那也难保有被搁置的可能。我在《新观察》杂志工作时，有次接到一位著名作家的来稿，字写得不怎么样且不说，关键是有些字写得不清楚，几位编辑来回辨认反复推敲，结果文章发出来还是有错。作者见刊后不是先说自己的不是，而是写文章责备编辑如何，一位老编辑不无感慨地说：“当年那些老作家可不是这样。”

说起我国老一辈的作家来，如鲁迅、郭沫若、茅盾、叶圣陶等，他们的字都写得很好，既留下了不朽的文章，又留下了精美的书法，这是许多后来者赶不上的。前不久去岳阳参加一个笔会，听当地的朋友讲，郭老为岳阳楼题了名以后，还有些人写岳阳二字，但很少有人超过郭字。所以，至今像火车站等处，依然用郭题岳阳二字。当代作家中有的人的字也写得好，比如我认识的已故的汪曾祺先生，以及唐达成、吴祖光、李準、海笑、张长弓等先生，应该说都写得一笔好字。有时候跟这几位外出开会，遇有需要写字题词之事，也就理所当然地落在了他们身上，我等只能从旁站脚助兴。出于礼貌，有的时候好客的主人请我们这些同行的人也写几个字，我只能再三地求饶，实在躲不过去时也就是签个名。这时候是再尴尬、再狼狈不过了。

生活里的事情常常是这样，你怕什么就偏偏会来什么。不知从何时起，开个像样的会，时兴起了签名，而且往往是笔墨“侍候”，这样一来，如我者怕写字的人就不得不在人前现丑。不过签名毕竟只有两三个字，连大字不识几个的有的歌星，都可以把名字写得像模像样，我们总还不至于写的太刺眼。谁知这几个写熟了的字，有时也会使人产生误会，人们以为你的字一定写得不错，这又会劝你、激你、哄你，为他们留下“墨宝”。

你若不从，就以为你在端架子、“拿糖”，他们的理由就是你的签名不错，别的字也就自然写得好，这时真让你哭笑不得，只好自己暗地里叫苦喊冤，恨不得再脱胎一次来生当书法家。可是来生总是未卜之事，眼前的麻烦却是现实，只好反反复复地左解释右说明，主人才相信你的字的确不怎么样。阿弥陀佛，一场信誉危急总算解决了。

可能是字写得不好的人比较多，不知道是哪位聪明人发明了电脑（说不定此人的字就不怎么样），使像我这样写不好又怕写字的人，总算有了一棵救命的稻草。虽说电脑字不是什么书法艺术，无法在情感上满足人们的享受，但总还不至于太怠慢别人的眼睛。而对于字写得好的人，这电脑就不啻是个怪物，有次我跟几位作家一起参加一个电脑推销会，问老作家汪曾祺对电脑的感想，汪老非常不客气地说：“那还叫玩艺儿？”我知道这位老作家的字写得好，写字对他来说是一种享受，是一种艺术创作，他当然不会放弃自幼习惯了的笔墨，如果我有他那一笔人人夸好的字，我想我也不会用这不叫玩艺儿的鬼电脑。由此可见，怕写字的人，写不好字的人，实在没有出息。

话是这么说，写字比之打电脑总还是要功夫的，心气再高，劲头再足，没有个十年八载，无论如何写不出像样的字。就凭我这份懒样儿，这辈子怕是当不了书法家了，充其量成为半拉子书法爱好者，那就算是前生修来的造化了。我这样说绝不是故意卖弄，真的，谁让我怕写字呢。

生死之间

人生是什么？

这天中午躺在床上，怎么也睡不着觉，忽然想起这个题目。然后又自己回答：是生与死。生是绳子的这头，死是绳子的那头，顺着绳子这头，

捋到绳子那头，这个过程就是人生。可是人们想得更多的往往是生，而不是死，甚至于不愿意说到死。就是真的死了，说“归天”、说“逝世”好像才正经，反正不能说死。让我想起这个题目的诱因，是今天早晨的见闻。

跟往常的早晨一样，我家附近的公园里人们都在晨练——更多的是老年人。忽然有人在远处喊，喊什么，未听清，反正许多人走了过去。我也走了过去，一看，是陵园墓穴的广告。只是不这么叫，广告册页上写为：福地。人们就这样你一言，我一语，指点着“福地”的照片，评说地势如何，议论样式怎样。好像不是为死后选穴，而是在认真地为生觅家，严肃而挑剔。

在回来的路上，我想，晨练是为了生，购墓是为了死。人们想得多么周到啊。死后本来就无知了，随它怎么样，何必非要这么操心呢。连死都想得如此仔细的人，我相信他一定是个爱生的人，不然闭眼撒手人寰了无牵挂，谁还管它尸身会安顿哪里。这就难怪了，不愿意诚实地说死，而说归天、大限、逝世，等等，大概就是寻找生前的安慰。这我就多少明白了。人生是什么？是生与死？生与死是什么？是谎言编织的梦想。

正是温暖似春时

人的生命跟季节一样，也有个自然的四季。少年如春，青年似夏，中年像秋。到了老年，就不必多说了，好一个冰清玉洁的冬天。这就是不以人的意志为转移的生命程序。对你对我，对官对民，对富对贫，对男对女，如此等等，都是一样，在这方面最平等、最公开、最没有争议。当然，更没有办法拒绝。

自然界每个季节都有风景。春天柳绿燕飞充满浪漫，夏天水暖花放洋溢妩媚，秋天结实收谷飘撒喜悦。到了冬天，冰封雪锁看似空灵严峻，其实更有着独特的美丽。只要你怀着平等的心态去领略、去观赏、去发现，就会有别人难以替代的属于自己的感受。这就像一位哲人所说：生活里不是没有美，而是我们缺少发现。

那么，人的四季呢？同样如此。少年的活泼，青年的蓬勃，中年的成熟，都是生命美丽的不同展示。人到了老年好像不再美丽了，其实不对，这正是生命美丽的极致时期，蕴含着多种美丽的潜质，就看你会不会、敢不敢表现了。俗话说："老要张狂"，就是说的表现、释放，淋漓尽致地把生命的绚丽光彩喷射出来。

在多年以前，一位诗人朋友拿一张照片给我看，这是一张深刻皱纹的脸。在一般人的眼里，这张像老树皮似的脸，实在没有什么好看的，然而这位诗人却大加赞赏，说："你看，这张脸多美啊，这简直就是一张岁月的画，只要你仔细地读，你准会读到许多关于生命的启示。"这也许是诗人的浪漫，然而却并非没有道理。现在不管你走到哪里，凡是有老年人出没的地方，都会看到着艳色服饰的银发，都会听到略显苍老的优美歌声。这时，我总会情不自禁地想起这张照片和诗人朋友说的话，进而便会思索起许多事情。

在今天，可以称得上老年人的人50年前都还是个毛头孩子，有过属于自己的青年，有过属于自己的中年，唯独没有属于自己的色彩。唱的歌是一个调，穿的衣是一种样，玩的牌是一副牌，美丽和创造被压抑住了，连说话都总是一本正经的腔，孱弱生命过早地承受重载，现在回想起来，如果总那样生活实在过于劳累。幸运的是在生命的最后几年，赶上了可以张扬个性的环境，让我们有可能"随心所欲"地生活，我们为什么不能火一把呢？找回丢失了的欢乐。谁说生命已冬日，正是温暖似春时。

我们挣的钱也许没有年轻人多，不会去歌厅、去保龄球馆、去健身房，却也不必再像年轻人那么奔波；我们过的日子也许比别人清淡，不会经常吃大餐、饮名酒，却也有别人无法得到的闲适，这正是老天给与我们的补偿。有人说这是"知足"的自我安慰，请问知足又有什么不好呢，它不是跟“常乐”连在一起吗。生活着只要永远快乐就好。在幽静的公园，在喧哗的街头，偶尔碰到一些老年人，他们或唱、或跳、或遛鸟、或下棋，每个人都显得那么安身自乐，我总是打心眼里为他们高兴。这不正是一种同样美好的活法吗。

在自然季节中的冬天，尽管有时起风、有时降雪，比之春夏秋三季显得冷峻，但是依然有着温暖和温馨，给人们带来一种独特的氛围。这是别的季节没有的。我们这些老年人的生命季节，我觉得同样跟这自然界一样，也许有时有风，也许有时有雪，却并不因这些而使生命光彩暗淡。这正是老年人成熟的气质。难道不是更美丽吗。

月圆之处是故乡

吟诵中秋的古诗词，流传下来的相当多，真正被人长久记住的，莫过于杜甫的《月夜忆舍弟》。仅一句“月是故乡明”就成了千古绝唱，诗中那凄惘情绪，在每年中秋节夜晚，对于远离家乡的游子都似勾魂慑魄的精灵。特别是当独自一人，远离故土在异乡，孤苦地仰望月空，那思念无寄的情感，没有经历过的人恐怕很难体会。

我曾经游荡在外多年，而且日子过得很不顺利，到了中秋节这天夜晚，常常的是郁郁寡欢，早早地就熄灯睡觉，想借美梦排遣孤寂。有年中秋也想这样度过，可是怎么也睡不着，在床上辗转反侧多时，忽然一缕明亮月光透过婆娑树影照射进来，恰好铺在我的脸上，温馨而寂寞的情绪顿时从心底浮升出来，再不想这样亏待自己了，就赶紧披衣走到院子里，追望那轮高悬的明月。这时微风轻轻吹过，树木发出沙沙响声，犹如家人柔声呼唤，立刻让我想起小时候在家乡过中秋节的情景。

我的家乡在北方，坦坦荡荡的平原，平平静静的河流，倒是给我的童年留下了安详的记忆，却少去了起伏跌宕的情趣。惟有那冬天的雪、秋天的月，算是两抹美丽浓重的色彩，涂在我幼小心灵的画纸上，回想起来总会少点遗憾。那时候过中秋节，最为惬意的事情并不是吃什么月饼，而是跟家人一起望月，听那些关于月亮的美丽传说。所以，后来流放在外，无论月饼是好是坏，只要夜晚月亮圆润，观望时回想一下过去，孤独心灵得到些许慰藉，对于亲人的殷殷思念暂时就会得到更多缓解。这个中秋节也就算是过好了。

此刻，又是一个风清月朗之夜，宁静深邃的万里晴空上，一轮皎洁的圆圆月亮，正在微笑着俯瞰人间，仿佛在祝福万物吉祥。哦，这晴空，这月亮，这微风，这情境，跟我在家乡中秋时节经历的岂不是一模一样。这时不禁想起诗人曹松那首写《中秋对月》的诗："无云世界秋三五，共看蟾盘上海涯；直到天头无尽处，不曾私照一人家。"这感受跟今人多么相似。"不曾私照一人家"的月亮，亲切地安抚我的时候不也照耀着我的家人吗？跟家人共赏一轮明月，如同在家乡欢度中秋节，"离人无语月无声，明月有光人有情"，哪里还有关山阻隔的烦忧啊。真不知如何感谢这皓月，它是这样善解人意，让远方游子的中秋因共赏明月得到欣慰而有情趣。

自从跟家人团聚以后，每年再过中秋节，那种茫然的情绪自然也就渐次消失了。可是每每在电视中看到奔波在外的人，谈论中秋节感想时映在脸上的无奈表情，我会敏感地捕捉到，而且完全能够理解。是啊，或是为了生计，或是为了求学，或是为了爱情，或是为了职业，远离家乡的人甚至于置身异邦的人，正在越来越多起来，总会思念家乡和亲人。尤其是在中秋佳节，这思念就更加难挨，感情上总会受些折磨。好在电讯科技发达了，打个电话问候一声，还是比较方便快捷的，如若有条件还可以，用网络或可视电话，在异地传递彼此声影，思念和牵挂也就会少点。比之家书难寄对月空叹的过去，这中秋节岂不是多了一份温暖。

不过，我依然想说，远在他乡的人中秋回不了家，在夜晚时分，还是要望一望月亮。月圆之处是故乡。就在你望月的时刻，说不定你的家人正在家乡的楼台或院子，此时也在望着月亮哩。倘若心灵有感应的话，通过明月清风传情，这中秋节过得何等踏实、浪漫。

放飞心灵的风筝

朋友应一家出版社之约，主编一本关于如何减压的书，让我谈谈个人体会。其实，在当今社会生活中，要说压力，恐怕每个人都有，从小学生到退休老人，谁能说完全轻松快活呢？至于事业如日东升的中青年所承受的多种和多方压力，那就更是不言而喻的。只是程度和形式上各有各的不同而已。过去经常有人说，把压力变成动力。我想也就是说说罢了，真正做到的没有几人。这压力就如同水，只能让它流淌，而不能千方百计地堵塞；这压力就如同风，只能让它吹刮，而不能想方设法地阻挡。因此，在议论如何减压话题时，我更倾向于心灵的疏导，使自己的心灵像只风筝似的，在生活的天空里自由飘荡。

从表面看，压力大都来自外界，其实更多时候还是来自内心，一个承受力比较强又会疏导的人，再大的压力在他面前都会缓解。这就如同自然界的气候，冬天寒冷、夏天炎热，春天有雨、秋天有风，不可能让气候适应我们，只能是我们来应对气候变化。所以才有了各种应变的设备和服饰。

以我自己的经历为例，可以说一生都有压力。先是政治上的压力，一压就是22年，而且是一生中最好年华，我自己戏称为“焦熘大虾中段”。够倒霉的吧？后来是妻子“文革”中被迫害，患精神分裂症生活难以完全自理，我一照顾就是30年直至她病故，而且这个时期还要工作和写作。够劳累的吧？可是，这样倒霉的事情，这样劳累的日子，不偏不移让我赶上了，我总不能不活下去吧。倒霉时没有出头的指望，劳累时没有别人来代替。唯一的解救方法，就是自己疼爱自己，自己安慰自己，尽量让自己过得快活些。这时我常常想起乡间马车夫，赶着辆破车雨天走夜路，一边唱着一边吆喝着往前行，反正既不能懊丧又不能停下，再艰难最后总有到达终点的时候。

在这两段倒霉经历中，给我精神压力最大的，就是被下放的那22年。打个不算很恰当的比喻，骡马累了还可以吼叫两声，我们这些不能“乱说乱动”的人，再累、再苦、再无奈也得忍着。强度劳动是硬性的无法摆脱，精神苦闷无时不在蚕食着生命，做为一个正是年轻志旺的人，面对如此巨大的压力怎么是好。我想唯一属于我的和我可以支配的，就是我的头脑和我对于往事的回忆。于是我就用回忆往事为自己减压。我有过欢乐的童年，我有过父母的疼爱，我有过幸福的初恋（尽管结局凄凉），我有过友人相聚的温馨，我有过安静的读书时光……总之，凡是认为可以安慰我的事情，都是我那时常常回忆的内容。有这些美好东西占据整个头脑，外在压力和精神也就放松了，身体劳累也会随之有所缓解。我那时经常这样提醒自己：再苦再累也有喘气的时候，沉溺于痛苦之中心就会更累，而心累却十有八九是自找来的。我绝不能让自己身累心也累。

政治身份恢复正常以后，对于家庭压力的缓解，我主要是找朋友聊天儿。跟朋友一起喝茶聊天儿，就如同泡在温泉里喊叫，身心都会觉得非常舒适，起码可以暂时忘记家累的烦恼，回到家中即使再陷入劳累，那也只是一个新的开始，总比日积月累地干下去，在承受上要少许多的压力。如果一时找不到朋友聊天儿，就独自一人喝着茶听音乐，同样会起到放松心灵的作用。说到独自喝茶，不妨搞点小繁琐，如喝功夫茶，如欣赏画作，来回倒弄茶具，依次掀翻画页，就会转移压力，在把玩之中放松心灵。除此之外我还有个习惯，感到过于劳累和厌烦的时候，就索性去逛大街、遛公园，看到那些快乐游逛玩耍的人，就会想，谁能说他们生活没有压力呢？人家都可以欢欢喜喜，我干吗要愁眉苦脸呢？这么一对比心胸就会豁然开朗。

我们必须明白一个道理，只要生活着就会有压力，小有小的压力，老有老的压力，富有富的压力，穷有穷的压力，官有官的压力，民有民的压

力，谁也摆脱不了甩不掉。学会给自己减压是一生的事情。现在，社会形态宽容了，政治环境稳定了，科学技术发达了，减压的方式方法很多，例如器械健身、游泳、玩各种球类、旅游、参观展览、喝茶聊天儿，等等，都会有很好的减压效果。但是我仍然觉得，最好的方式方法，还是寻求心灵的沉静。在心灵的调试上，自己多下些功夫，比之借助外界帮助更有牢固的抗压力。

放飞心灵的风筝吧，以恬静的蓝天白云为伴，那压力不过是线绳一根，即使不可能彻底剪断，总会在悠悠荡荡中松弛。

第六辑

人间世景

油漆工

家中有几件旧家具，扔了可惜，卖不值钱，于是想起了重新油漆。问一位外地来的油漆工，他说："这几件家具是旧了些，只要重新油饰一下，管保像新的一样。新的质量还不见得比这好。"听他说得有理，就约了时间，请他来家中油这几件旧家具。

我曾经有过在外漂泊的经历，对于这种生活的艰辛，自然比别人要体会得深。这位油漆工来我家做活的时候，我又是给他倒茶又是跟他聊天儿，两个人的关系立马亲近了许多。当他知道我也曾经远走他乡，在外地做过工、种过地，他说话时的神情也就不一样了，跟我再没有了那种买卖的生分。话也是越说越多了起来，而且是想说什么就说什么，完全没有了陌生人的隔膜。

从闲聊中了解到，这位憨厚、壮实的年轻人，家在河南农村，初中毕业后来北京做工。其实他的家境并不怎么困难，只是出于青年人的好奇心，想知道城里人怎么生活的，就跟着几位同乡一起出来闯荡了。这样一闯荡，6 年的时间就过去了，开始的时候吃了不少苦，后来有了比较踏实的饭吃，这会儿基本上站稳了脚跟。

刚来北京那会儿，在中关村一带卖青菜、卖水果，可是怎么也赚不了钱，有时还要赔一点儿。他就想，别人怎么就能赚钱呢，这里边到底有啥"秘绝"，我得弄清楚了。后来渐渐地了解到，原来功夫全在秤上。明白了这个道理，自己就想试试看，头两次还真见效。只在几个买主身上，略微动了动脑子，就赚了几十元钱，这下可把他乐坏了。那天他也跟别的生意人一样，找到一家小饭馆，又是酒又是肉的，美美地撮了一顿。

钱是赚了，饭是吃了，这一夜却未睡好觉。原因不全在兴奋，主要是想："我卖菜给了人家小分量，要是我买别的什么，人家也给我小分量，那我又该怎么办呢?"越想越觉得这黑心钱不能挣。不挣这钱又不好找别的辙生活，最后一咬牙不干了，找了一家油漆工厂当临时工，4 年以后竟然学会了一门油漆手艺。

他告诉我说："这油漆活儿，如同家具美容师，认真做，瞎胡弄，当时的效果都一样。外行的主家看不出来，过几年就露馅了。比如这油灰泥子吧，我和得稀点儿，给您凑合上也行，起码顶个三四年。"他一边和着手中的油灰泥子，一边这样跟我说。接着他又往油灰泥子里加了点什么，端给我看了看说："您看我新和的这些了吧，用上去准能顶十年八年。要是胡弄了您，我心里不踏实，我想还是得重和，不就是费点时间吗?总比事后您骂我好。"他还告诉我说，他的许多活儿，都是干过活的人家给介绍的，由此他得出个结论来：人还是要老实，从长远看，老实人不吃亏。他说："要是活儿干的不地道，谁给你介绍另一家啊?"

这位油漆工在我家干了两天，我的几件旧家具，经过他的精心油饰以后，一件件发出明晃晃的光亮，简直让人无法相信是旧的。我为他能学到这么好的手艺由衷地赞叹。

他做完工要走的时候，我跟他算账，本以为得花些钱的，不曾想跟我想象的很不一样。他只收了我的工钱，油漆等原料钱按商店价，而且还拿出发票来。我一再跟他说，出门在外不容易，无论如何得再加点钱，他却执意不要。他见我也是实实在在的，就说："这样吧，我看您这儿书不少，要是有不看的，您借给我几本，我看完了再还您。"他说他没有别的爱好，干完一天活儿，就想看看书，这会儿书太贵，挣这点钱买不起。

我立刻爽快地答应了他，跟他说："我这儿别的没有，书还有一些，一时也看不过来，你就拿去看吧。"说着就走到书架前，找了几本给他，让他阅后也不必送回来。顺手又给他找了几本杂志。他拿着这些书刊，高高兴兴地就走了，那种满足的神情，我看比挣多少钱似乎更让他喜欢。

他走了以后，站在那几件家具前，我看了又看。那光洁的漆面，如同一面面镜子，闪在我的眼前。我分明看到了一张青春的笑脸，那么可爱可敬，像朵绽开的花儿，在愉快地吐露着芬芳。

穿衣的尴尬

穿衣戴帽这类事情，纯属个人行为，穿什么、戴什么，怎么穿、怎么戴，按理说，别人不该说长道短，说了道了也没用，只要自己觉得自在就行。

然而，事实并不尽然。有时穿戴不当，或者不合时宜，不仅会被人笑话，而且还会招来麻烦。可是过去我很少这么想。真正意识到穿衣的重要，并且自省过去因穿着随便带来的不悦，还是最近的事情，这首先得感谢歌词作家晓光。

我供职的《小说选刊》杂志社，跟中国文联在同一栋楼里办公，中国文联的人有的都跟我比较熟。《在希望的田野上》的歌词作家晓光，是我多年的好朋友，他调来中国文联任职以后，就更是抬头不见低头见了。有次他从楼上走下来，忽然想起来如厕，却未带下外衣来，正是大冷的冬天，他便披起我的棉袄去方便。他从厕所回来跟我说："我穿上你的棉袄，人家说是像收破烂的，你是不是该换换装啦。"我笑了笑，没说什么。

晓光是个著名作家、文联的领导，经常在电视上抛头露面，我曾戏称他是"电视明星"。这次以为他在开我的玩笑，心想，你别糟蹋我了，我再不像你那样讲究穿戴，总还不至于混得这么惨吧。不过他放下我的棉袄走后，我还是下意识地看了看，这一看还真的有点儿不好意思了。黑糊糊的两只袖子，好像是刚刚抱过煤炭；前襟还有饭渍油痕，比掌勺师傅的工作衣还"花"。这时我才不禁责备起自己来：我的邋遢，真的上了档次了，难怪人家……

这时，有两件关于穿衣的往事，我忽然想了起来；这两件往事发生的当时，弄得我心里很不愉快。这两件事或可称之为“穿衣的悲剧”。

这头一出“穿衣的悲剧”，发生在几十年前的北京饭店。当时，我还是个二十几岁的年轻人，在一家报社当编辑，收入不高，穿着随便，跟自己的身份颇不相称。有次去北京饭店开会，散会以后走出大门，一位相熟的干部让我搭他的车走，等他上了车，我正走近车时，竟被警卫给拦住了。后经这位干部说明，警卫才让我上车，我感到从未有过的羞辱。这位干部认为，原因是我穿的不怎么样。这之后我一气之下，用稿费买了一条料子裤子，装扮了自己的下半截，多少改变了点“社会形象”。这第二出“穿衣的悲剧”，发生在几年前的城市饭店。这一年夏天的一天傍晚，我去看望一位香港来客，因这家饭店距我家很近，没有更换整洁点的衣裳，穿着旧布衬衫就去赴约。守门的警卫见我穿着如此寒酸，立刻绷紧了头脑里的那根弦，盯着我上电梯又走过来盘问，弄得我一时非常尴尬。我不得不面带嗔怒地给了他几句，他才不好意思地悄悄走开，不过我的心里却感到很别扭。跟朋友说了这件事，他笑笑说：“你这身打扮是差点劲儿。”从此只要是去这些地方，不管多么匆忙，我都要换件像样的衣服。

可是，这两件因穿衣随便引起不悦的事情，在发生的当时，我却丝毫不觉得自己有任何过错，认为完全是对方有意以衣取人所致。所以在事情过去多日之后，《中华英才》杂志来向我约稿，让我谈谈生活的感悟，我便写了那篇《布衣的遭遇》的散文。在讲述这两件事情的同时，我还谈了自己对穿衣的看法。

说句实在话，以衣以貌取人这类事，在社会的交往中确实存在，造成我不愉快的这两件往事，同样不排除这个原因。但是今天冷静地想一想，从主观上找找原因，又何尝没有自己的不是呢？倘若在衣着上多少讲究点，给人一个良好的“社会形象”，有些“穿衣的悲剧”不一定会发生。

穿衣戴帽这类事情，在更多的平常人当中往往是被忽略的，认为没有必要花这份心思。尤其是像我这样穿着随意的人，更是由着性子来，根本不会考虑什么“社会形象”。其实，穿着绝对不是个无关大局的小事，有时它可以反映人的精神面貌，以及文化教养、审美情趣，若是在社交场合出现，还有个职业形象的问题，就更不应该随随便便了。

我的这两次因穿着遇到的麻烦，今天认真地想想，客观地说，首先是自己不够自重、自爱，其次才是别人的轻视、无礼。

当然，穿着的讲究并不见得披金挂银，真正的讲究应该是庄重、大方、整洁，符合自己的身份。在我比较熟悉的文化界里，有些人的穿着就比较讲究，但是他们的服装并不高档，却得体地表现出一定的修养。这些朋友由于长年如此，从无一天走样，因此在别人的眼里，也就习以为常了。相反，像我这样一向衣着马虎的人，穿着稍有一点儿变化，立马就会引起熟人的注意。这几天天气比较暖和，我脱去晓光称之为“收破烂”的棉袄，换上那年出国做的旧西装上衣，被中国文联的又一位朋友看见了，他非常奇怪地说：“怎么今天西装革履的了？”我依然是以笑作答，因为实在不知道说什么好。

我穿着的邋遢形象，在朋友们的眼里，好像永远无法改变了。其实哪能呢？这“穿衣的悲剧”，在我退休后总算谢幕了。在家人的照料下，现在只要外出，我的衣着还是蛮整洁的，可惜“觉悟”的已经太晚太晚了。

秋夜温馨

北京，几乎没有过度的季节。暑热炎炎的夏天刚过，两场骤然而至的秋雨过后，这京城的天气就变了。似秋，又没有秋的清爽舒畅；像冬，又没有冬的凛冽寒冷。就如同世间的许多事情，应该是这样却又不是这样，让你在疑虑之中奈何不得。这正是“最难将息”的时候。

不过，秋天毕竟是秋天，夜晚毕竟是夜晚。沉寂萧条的秋天夜晚，街头比之夏天更显宁静，走在华灯映照的大街，远比夏天更惬意、更舒适，就也随意地多走了一段路。刚才跟朋友们聚会时的开心，就像大块的晶莹冰糖，依然甜蜜地含在嘴里久久舍不得嚼碎咽下。边移步边回想地往前走，不知走了多少时辰，觉得实在有些力不从心了，就想到赶快乘车回家。偏巧这是个不靠车站的地方，“打的”吧也不在路边儿，就又犹犹豫豫地走了几步。

突然，一辆红色夏利车稳稳当当地停在我的身旁，一张微笑的脸探出车窗：“这位先生，您好。请问您是要打车吧？”我犹豫了一会儿，勉强地嗯了一声。这时，开出租车的师傅主动帮我推开车门，热情而利索，我再不好说什么了。跨进车门刚一坐定，司机师傅打开计时器，喇叭里又传出录制的问候声。这一切都是那么自然自在，几乎没有任何生硬的感觉。

司机是一位中年人。有着一张微笑的脸，更有一张善谈的嘴。我们边走边聊。谈变化的天气，谈夜晚的街灯，谈堵塞的道路，谈偷税的影星，谈黑心的贪官，谈下岗的工人，谈“的哥”们的种种奇遇，总之，凡是他能想到的事情，这一路上都谈到了。他那滔滔不绝的话语，就像他车的四个轮子不停滚动，几乎让我没有机会插话。后来终于我可以问话了，就说：“我刚才是想打车，总有十来辆出租从我的身边很快地开过去了，我想拦都拦不住，就又往前走了走。你叫我的那个地方，紧靠便道了，可是你怎么就知道我想打‘的’呢？”

“您看，这您就不明白了不是吧！其实，是您自己在告诉我的。我见您走一走又回头看一看，那种想走又不想走的犹豫劲儿，说明您是在找车，所以我就主动地开过去问您。您看这不就是咱们的缘分吗？”我听了不禁暗自称赞。的确，我是想打“的”走，可是我的眼神不好，不知道哪辆车是空的，随便招手拦一辆坐，又怕拦一辆“富康”，舍不得多花几元钱，自然就要犹犹豫豫。就这么边走边回头，结果走到了这个地方，又不适合停车，就在这时碰到了这位师傅。

接着他告诉我说，他比别的开出租车的司机每天少说也得多挣两三百元，窍门就是他有眼力见儿。他说：“咱开车不就是为了挣钱吗，想挣钱就得找钱挣，您刚才不是说了吗，从您眼前开过好几辆车，您想拦都拦不住，这不就等于把钱丢了不是吗。我不是这样，只要不是在交通主干线上，尽量开慢点儿观察行人，看有的人想打车又犹豫的，我就上前去问问，就是人家不打，对我也没什么，万一有个正犹豫的，我一问不就走了不是吗，您说是吧？”

“有道理，这也算是顾客心理学吧。刚才你要是不主动来问我，我肯定还要再走几步，起码要找个靠路口的地方等车。”我这样说。他听后笑了笑说：“我总觉得挣钱就要挣个聪明。我们开出租车的，算个体力活儿，可是你要是稍微动动脑筋，就会多挣个百八十块。比方说，有的出租车司机中午不愿意动，认为中午都休息没有活儿，其实这要看你在什么地方，我就经常中午在大机关附近停车，有时活还挺多的呢。女干部没有时间上街购物，有的就利用中午休息时间上商场，来来回回就都坐出租车，这会儿又不塞车跑得又痛快。这样方便的钱干嘛不挣呀。”这同样是对顾客心里的揣摸。

从朋友家到我家，其实不过 20 分钟的路程。由于中途不断地塞车，走走停停大概用了 40 多分钟；路上幸亏有这位善谈的司机聊天，不然谁知会有怎样难挨的寂寞呢？而且他的一席话，就像这秋天的风，让我感到一种快意。更使这个秋夜温馨了许多。

友情的寻呼

有天整理旧电话卡，发现几个寻呼电话号码，不禁让我感慨起来。

大概是 8 年前吧，我供职的出版社被撤销，再次失业在家闲居，生活处境有很大变化，心绪自然也不见佳。尽管这类事在我并非头次，比这更大的生活磨难我都不止一次地经历过，这次就更是人生桌上的小菜一碟。但是每每想起这件事，心里仍然觉得不是滋味儿，感到这人世间的事情太无常，沉沉浮浮让人无法琢磨。

当时我正值盛年。经过长达22年的下放，这几年好容易有了工作，满以为从此可以认真地做事了，不料又遭此不测。人生有多少好时光啊，就这样被莫明其妙地给糟蹋了，放在谁的身上，我想也不会完全无动于衷。好在我过去长期不受人待见，冷落和歧视，寂寞和孤单，在我早已经是家常便饭。何况这会儿的境况比过去好的多，再怎么着也还能够坦然地接受。

但是，有的朋友依然放心不下，出于对我的关怀，时不时地打电话来，或问候、或帮助，或聊天、或解闷，使我感到人间的真情仍在，并没有完全被金钱和权势所吞食。尤其让我感到欣慰和感激的是，我们中国作家协会车队，有几位司机师傅跟我是朋友，他们主动地把自己的寻呼机号告诉我，让我有什么事时呼他们、找他们。这就是这几个寻呼电话号码的来历。它也是我那段生活的最好的纪念。

作家协会这个地方大小名人汇集，司机们更是见多识广，名人要人他们接触得多了，在他们的眼里好像很少有特殊。而对我这样一个“失业”的干部，竟然会如此厚爱、如此关照，实在让我感到有点儿受宠若惊，有很长的时间在思索这件事情。倘若我还在位上，或者我有财势，按世俗的眼光倒也不难理解。问题是这时我已是白丁一个，连过去跟我过从较多的人都觉得我再无使用价值，都不再像从前那样来往。这几位司机朋友却在这时向我伸出友谊之手，而且不带一星半点儿功利，怎能不让我感动呢？在这种时候到来的关心和慰藉，自然也就显得格外的珍贵，将会永远留在我的记忆中，让我懂得什么才是真正的友谊。

经过长达6年的闲居以后，我又重新走上工作岗位，有些老朋友问起我的感觉，我说：“这是一次退休预备期。有失有得，有喜有忧，总的感觉不错。经历了这次的生活变故，重新认识了一些朋友。”我说的重新认识的朋友，当然就有这几位司机，而且在我的心目中，他们的友谊更值得珍惜。要说在这6年闲居中，我在心灵上曾承受过痛苦，这是我生活中的不幸，那么，在变故中重新认识人，这又何尝不是我的收获呢？从这个意义上讲，对于生活中的磨难，一旦无法摆脱时，无奈地接受下来，说不定会成为财富。

人这一辈子活着挺不容易，说不定会碰到什么事情，遇到什么样的人。在平顺的时候，尤其是在得志的时候，往往会失去理智的判断，对于许多事和人，一时也就难以认清，甚至于完全错认，这并没有什么好奇怪。我这个人由于过去顺当的日子不多，自认为尚能理智的生活，即使在比较顺利的环境中，大多时候也不会移位，像有的人那样忘乎所以。这倒不是我比别人高明，而是几经沉浮增长了见识，总不能老是记吃不记打。所以，在我生活不顺利的时候，常常也是我认识人的时候，这时候品出的人，这时候了解的事，要比平顺时似乎更准确，更让你长久地萦回于心。

当然，没有谁愿意无端经受磨难，认识人也不见得非在磨难中，只是由于摊上了又不好摆脱，也就只好心安理得地接受。人的思想在这时候往往比较冷静，品起人来当然要比平顺时真实许多。后来每每想起那 6 年闲居的日子，尽管在情绪上有些压抑，但是我并不十分感到懊悔，因为毕竟让我结识了一些真正的朋友。

谁卡拉谁 OK

有位作家朋友请吃饭，在一家中档饭店，设施饭菜都还可以，唯一不中意的，就是吵闹得很。经过几年的“充电”，人们的肠胃不再干涩，这会儿都有些油水，朋友间的聚会，自然就不在吃上了，主要还是想聊聊天儿。聊天儿就得有个安静环境，像这样吵吵闹闹的地方，显然是不怎么合适的。可是已经进来了，总不好再走出去，只有提高嗓门，用大声喊叫权做交谈。谁知这样忍耐了一会儿，又有人唱起了卡拉 OK，原本就很嘈杂的环境，顿时越发乱哄哄的了。结果天儿未聊成，饭也未吃好，等于花钱找罪受。

听说这卡拉OK，原本是一种自娱自乐的玩艺儿。既然是自娱自乐，就玩者个人来说，找个不妨碍别人的地方，打着滚儿吼撒着泼叫，那都是个人的事，别人不好说什么。再说玩得不投入也不开心，投入了就不见得非要“正经”，走点人样儿也无所谓。有几次看朋友玩卡拉OK，那种投入的样子，跟平时的他相比，简直判若两人，我看了一点儿不觉得好笑，反觉得有点儿返璞归真，戏称朋友是个老顽童。当然，朋友也是在饭店玩，只是没有敢大声的吼叫，像我前边说的那位那样，总还算听得比较入耳。

我认识一位学音乐的人，曾向他问过卡拉OK的来历，据他说是从日本国引进的。我没有去过日本，在卡拉OK的出生地，人们是怎么个玩法，我不知道，无从对人家说长论短。问题是到了我们这里，这卡拉OK就不再“卖单”了，大都被人请进饭店，成了老板们挣钱的手段。喜欢卡拉OK的人，到了饭店耐不住寂寞，总要卡拉一会儿开开心的。由于是在公众场合，玩的人倒是开了心了，着着实实的OK了一番，别的人却跟着遭了殃。倘若唱的人真有一副好嗓子，唱的歌又是比较动听的，那也还算是对别人耳朵的尊重。说句不中听的话，有的人连五音都不全，却要大模大样的“放声”卡拉，真有点儿难为这日籍卡拉侨民了，更难为了耳朵堵不严的众听友。

这会儿人们都讲究生活质量，一些经济条件宽裕的人家除了吃好穿靓还想玩玩，这完全是情理中的事。这种能自娱自乐的卡拉OK机，走进家庭很能满足一些人的欲望。特别是对那些正做着歌星梦的人，无疑可以过把实实在在的歌星瘾，说不定将来真能成为大歌星呢。即使没有这样的想法，借这卡拉OK机解解心头的郁闷，或者抒发一下内心的欢乐，都不失为一种好的娱乐方式。从这个意义上讲，这卡拉OK机，自有它流行的道理。尽管我不善此道，更无勇气一亮“歌相”，但我还是可以容忍。只是希望歌者玩的时候，也考虑一下别人，因为毕竟还有人喜欢安静，在你享受卡拉陶醉OK之中时，也给别人一点儿生活空间。

从广义上讲，卡拉OK是种文明的娱乐，如果歌者的行为不文明，那就多少有点儿讽刺意味了。所以喜欢玩卡拉OK的朋友，一定要自重自爱，把握好玩时的“度”。在公共场合、在有左邻右舍的地方，别光是只管自己卡拉的高兴，忘记还有人听了并不开心，更不会有 OK 可言。

球迷的话

有天跟几位朋友一起聊天儿，从足球聊到战争，从经商聊到当官，总之，全是男子汉热衷的话题。你一言我一语的，无拘无束，有说有笑，大家都非常开心。我虽然也忝列男子汉之列，但对这两个话题并无兴趣，只能出支耳朵听别人侃，自己却很少搭话接茬儿。可能是我的心境过于外露了，被一位朋友看了出来，他便指名道姓地问我：“你知道阿尔巴尼亚在打仗吗？”

这我当然知道，我每天都听收音机，还看电视新闻，跟他们熟悉球赛一样，我了解天下大事。我“嗯”了一声之后，这位朋友又说：“告诉你吧，最近停战啦。你知道是什么原因吗？”停战我当然知道，还知道欧盟在调解，至于这是不是停战的原因，我就不敢妄谈了，就敬候这位朋友的高论。

这位朋友抻了一会儿，卖了个关子，带着得意的神情，说：“告诉你吧，原来世界杯赛打算放在阿国来着。他们的战事一起，国际足联火了，你不是起‘溺’吗，我移赛希腊。阿国的球迷一听着急了，立刻呼吁停战，先看足球，打不打仗完了再说。你说足球这玩艺儿，邪乎不邪乎？”这位朋友的话眼儿原来在这儿，我算真的服他了。如果不是个真正的球迷的话，绝对不会有如此精彩的妙论。

可是我对球迷历来有个成见，十个球迷八个吹，剩下的两个，一个会侃，一个会擂，球迷嘴里永远没真言、没实话。谁轻信球迷，谁就要上当，后悔都找不到地方哭，因为随便走一圈儿，都会碰上俩仨球迷。你想想谁会同情你。

我这样说球迷，不信任球迷，不理解球迷，并非全因为我不是球迷，主要还是球迷们自己有些表现，我这个局外人看得一清二楚。更多的事情，我就不说了，免得球迷们难看，再说得罪了球迷，说不定哪天给我使绊儿，我犯不着给自己找别扭。何况，我认识的人中还有不少的球迷，而且大都是铁杆的，弄不好跟我断交，值得吗。所以我在这里只说两例。

例一：北京国安足球队气势正旺的时候，从北京球迷的嘴里经常可以听到这样的话："胜也爱国安，败也爱国安"，这种切肤的极言，简直是少男少女的海誓山盟，我听了之后颇为感动。我不认识国安足球队的人，不知他们听后怎么想，是不是当时有点儿晕得乎的真信，起码总会感到理解和安慰吧。我甚至于觉得有这样好的球迷，国安队没有理由不踢好球，中国的足球没有理由上不去，不然太对不起球迷父老乡亲了。可是这足球毕竟是圆的，即便是马拉多纳这样的超级球星，圆球在他脚下也不见得完全听其使唤，总难免有不如意的时候。当这失败有一天被国安队摊上了，我忽然听到球迷的话更多了，只是再没有了"爱"字挂在嘴边，代之而来的是一连串中国式的污言垢语，略微好听点的也还是"臭脚"。这时，我对球迷的认识开始打折扣，他们再说出大天来我都不太相信，他们为了满足自己的愿望什么好话都会说，一旦事与愿违他们就会失去起码的风度。这样的球迷，仔细地想想，他们也怪可怜的。

例二：同样还说国安队的球迷，别家的球迷我不熟悉，表现如何他们自己明白。这些球迷在为国安队助威时，声浪声色都是独一无二的，很难分出南腔北调，思想情绪都非常的一致和谐。当时我就想，倘若抗日战争那会儿有这么一拨人拿起枪来，何愁打不败日本小鬼子。因为，再强大的武力只能摧残肉体，绝对征服不了信念垒就的人心，国安球迷个个都似铁杆分子，我相信更不会轻易地被"颠复"。结果我又想错了，事情没那么简单。有次国安队跟一只外地队比赛，有的国安队球迷给外地队喊加油，这下可把我弄糊涂了，我就问："你不是国安的球迷吗，怎么向着对方了？"他笑了笑说："你别忘了，我是那儿的人哪！"噢，原来如此。这件事再次告诉我，球迷的心灵天平，准星永远是不准的，当然也就不会有是非标准。这说明他们的话是受情绪支配的，谁认真地听了，谁就要上当，到时找上门去，他们都会背着牛头不认账。

有了这些认识，对于球迷们的话我就有了警觉。只可惜我不是球队教练，更不是驰骋绿茵的球员，他们的谎言真语，都对我起不了作用。不过从旁观者的角度，我依然想提醒足球界人士，无论有怎样的赫赫战功，首先要提防的还是球迷。球迷嘴里确实没实话。

有钱更要有样儿

只要不心存偏见，我想谁都无法否认，大多数普通中国人现在不再愁吃愁穿，更有一部分人有了富裕钱，开始去到国外旅游了。据北京一家报纸报道，2006 年出境旅游公民大约是 3200 万人次，这就是说，相当于京、津、沪三地居民在去年走出国门。这样美好的情景，这样巨大的数字，这样壮观的景象，在二三十年以前大概连想都不敢想，所以，当时做为远景描述的，无非是“楼上楼下电灯电话”。现实完全超过想象，连小说家编造故事恐怕都没有出现笔下。因此我们有理由说，大多数中国人有钱了。

有钱，当然是好事。过去标榜的“越穷越革命”，只能关起门来说说，只要你走出国门，就会体会到穷光蛋是多么被人瞧不起。1985 年随中国作家代表团出访奥地利，有两件事让我非常受刺激和恼怒。一件事是所有的景点，印发的文字说明书除了英语、德语、法语等，还特意为日本旅客设日语，却根本没有中文的说明。尤其令人难以接受的是，我们常常被误认为日本人，请翻译向导游询问原因，回答非常干脆：“未见过中国旅客，来的都是日本旅游者”。另一件事是在一家餐馆吃饭，等了好久没有人理睬，我们连声唤了多次，那位台湾老板才走过来，弯指敲桌怒气冲冲地斥问："你们大陆客只能吃快餐，这儿的饭你们吃得起吗？"把身份说得好听点，我们还算是作家，竟然被人如此瞧不起，想起来真觉得窝囊。可是为什么会是这样呢？我想原因只有一个字：穷。

因为穷，没有更多中国人出境旅游；因为穷，景点自然就没有中文说明；因为穷，人家才把我们误认日本旅客；因为穷，我们才被台湾老板训斥……总之一句话，因为我们那时穷啊，这个世界才没有我们的地位。虽然古话说"人穷志不短"，我们在气度上、作法上绝对不会给国家丢脸，但是内心深处的滋味却依然是酸酸的、涩涩的，许多天都浑身不是劲儿。完全应了那句话了：无钱寸步难行。即使在标榜人权至上的西方国家，金钱也是绝对的统治者，只有"民富国强"才是根本，否则再说什么都无用。这也正是"发展是硬道理"之所在。

现在不同了，我们经济上开始富了，有一部分先富起来的人渐渐到国外旅游了。这说明什么呢？一是说明这部分人会享受生活了，一是说明这部分人成了国人的"脸面"。正是因为如此，有个非常敏感的问题毫不含糊地、没商量地摆在了这部分人面前：富了，有钱了，可以周游世界了，那么，你的举止表现如何呢？"富而好礼"是中国的传统。有了钱，在各方面都有条件讲究了，就更应该懂得礼貌、礼节、礼仪，就更应该有文化教养和高尚操守，只有这样才算高雅之士、文明之人，走到哪里别人才会由衷地尊敬。

那么，这部分先富裕起来的人有更多机会出国旅游了，礼貌上究竟做得如何呢？相信大多数人是好样的，是响当当的中国旅游者。不过，细说起来也怪不好意思的，各种媒体同样有所报导，有些出国旅游的人，由于大声喧哗、随地吐痰、不守规矩，等等，等等，很让外国人讨厌和看不起，进而在景点用中文挂牌提示。尽管让外国人赚了大钱，却也招致人家的不满，头脚走了后脚就开骂，这不能不说是丢人现眼。这样出去充当国人"脸面"，我看后觉得非常的难过。有钱可以享受荣华富贵的生活，有钱却不见得能买来尊敬热爱，这个道理那些所谓富裕的人应该懂的，否则你只能永远是个被鄙视的"钱奴"，或者叫做金钱的高人精神的矮者。

常言说，人一阔脸就变。其实这倒也没什么，关键是看你如何变？倘若男人变得更为懂礼貌，女人变得更为知优雅，我觉得那就再好不过，说明财富也会教养人，就如同人们经常讲的现在有钱了，开始讲究了。问题是有的人钱倒是有，只是行为上并不讲究。有次去外地参加文学笔会，乘坐一位民营企业家的车，这位老板坐在副驾驶位置上竟然脱去鞋子架起双脚，高放在明晃晃的车窗前，我们坐在后边的客人觉得十分扫兴和杀风景。同样是在这次文学笔会上，有位年轻人身着高档西装，领带不是紧系在挨脖子的衣领，而是像个马铃带似的松晃着，简直是糟蹋了这套洋装，这种不懂规矩的随意着装，若是出国旅游依旧如此，恐怕得让外国人笑掉大牙。至于其他方面，无礼无貌的事也不少。

北京的出租汽车司机有个非常好的行动口号："对内宾我们代表北京，对外宾我们代表中国"，不妨借来赠送给那些不拘小节的旅游者，你们出国旅游哪怕有一点不检点，人家绝对不知道你是张三李四王五，而是统称"中国人"如何如何，这就需要认真地想想看啦，你的仪表，你的举止，你的语言，绝对不光是属于你个人所为，而是统统负载着13亿国人的名声啊。朋友，请给同胞留点情面好吗。

蒙古商人

放好随身携带的行包，我倚在车窗前，看行色匆匆的旅人以及车站闪烁的灯火。

这几年出门大都坐飞机，很少再坐火车远行，像眼前这样的景色已是许久没有感受了。我在远离家乡下放那会儿，一年中不知有多少时间就要在火车上度过，来来往往，奔奔波波，简直就是个生活的过客，心理上没有一点儿安定感。那时的物质又极为匮乏，从内地到边疆总要背些生活日

用品；从边疆到内地总要背些土特产，无形中成了个不赚钱的“倒爷”。那会儿旅客上了车不是先占座位，而是先抢地方放大包大袋，不然这一路上就甭想消停，随时都会有人让你挪地儿。现在的旅客就完全不同了，他们脚步匆匆只是表明心急，每个人手中带的东西却并不多。那种物质异地大搬家的年代只是成了我这辈人的难堪往事，当代人是绝对想象不出来的。

正当我边看边想往事的时候，我乘坐的车厢里走进来三位彪形大汉，拖着一个个纸箱编织袋，很快就把架上椅下占满了，连过道都堆放着纸箱，出出进进极为不便，他们却没有表示出一点儿歉意。有一只箱子实在挡路，我就客气地说：“请挪挪好吗?”他们中的一位较年轻者似听懂又似听不懂地向我张张手臂耸耸肩，冲我笑了笑说了句什么，像是道歉，只是我听不懂他说的话。这列火车是从北京开往内蒙古的，我曾在内蒙古下放18 年，对于蒙语不会说也听不懂，但是从语音上还是能听出来，他们说的话像蒙语又不完全是。于是，我便猜测他们的身份，借以消磨这段时光。从他们的装束上看，好像是草原上的牧民，但从气质上看又不怎么像。那么他们到底是干什么的呢?我就这样胡乱猜想着……

就在这时，他们中的一位搬弄东西不慎划破了手指，鲜血不停地流，想找点什么包扎一下，却又一时找不到，我就示意他们去找列车员。他们只是看着我不说话，这说明他们真的不懂汉话，不然是不会不搭理我的。我见有位列车员站在那里，就喊过来请她帮忙，她很快找来碘酒纱布，耐心地给他包扎好了，然后麻利地走开了。这中间他们也是谁也没有说话。这就更引起了我的好奇心。我快步走出去，询问列车员：“这几个人是不是草原牧民?”列车员说不是，是蒙古来的人，不会说汉话，一下子解开了我的疑惑。我也就再未跟他们说什么，在奔驰的列车上，回忆着过去18年的往事。

没过多长时间，一位眉清目秀的女孩子从我们的车厢走过，被他们叫了进来。我以为是他们认识的中国姑娘，可是她却能同他们流利自如地交谈，这无形中又给我出了一道题。当她操着不很顺畅的语调，用汉语问我去哪里时，我越发有些糊涂了，实在憋不住了，就问她：“你是中国人吧?!”她笑了笑反问我说：“你说呢?”我说：“是。而且是江南一带的，主要是你的长相像江南女孩。可是你的口音，又有点儿不像。”她听了哈哈大笑了起来，那么开心，那么得意，好像占了什么天下的大便宜。然后顽皮地说：“告诉你吧，我是地道的蒙古国人。”啊，难怪她这样得意忘形，原来是这么“中国化”，竟然唬住了我这中国人。

我们之间谈得是这样愉快，她连她的同胞都无意关照了，就又津津有味儿地说了她的经历。她在蒙古国乔巴山大学读书时，就对中国非常感兴趣，毕业以后又到中国来学中文，这会儿在一个外事部门供职。当我问起三位她的同胞时，她告诉我说，那位年轻些的人是公司老板，另外那两位是他公司的雇员，她还说，那位年轻人就是中国说的大款，他会好几国语言，从法国留学归来以后，就在蒙古国经营电脑装配，在他们国家颇有些名气。他这次带着这两位雇员到北京，是来采购建筑材料的，他自己的家正在盖新楼房。

听了这位蒙古国小姐的介绍，打量了一番这位年轻人，我只是“嗯”了一声，别的话就不想说了，也实在说不出来什么。原来这蒙古国的大老板、有钱人，竟是这样的随便平常，这样的肯于劳动，这同我见过的我们的一些暴发款爷，实在太不同了，太不一样了。这天夜里带着这样的印象，在隆隆车声的伴奏下，我进入了沉沉的梦乡……

胡同里的花事

胡同口的鲜花店门面并不怎么大，进去俩仨顾客，就很难有转身的地儿了。可是，就这么家小店，买卖却做得红红火火，小有名气。有的朋友从远方来，怕找不到门，跟他说找这家花店，十有八九不会错。

头次进这家店，是那年的春天。那时刚搬来不久，有朋友见我家阳台大，劝我不妨养点儿花。我想也是，但不知养什么好，我就到这家店里来了。老板是个南方人，个头可不小，说话和气。他热情地向我介绍该养什么花，该怎么养花。老板很实在，让我感动，就跟他聊起养花的事，我们有了共同的话题。

像我这样年纪的人不会养花，老板觉得有点儿不可思议。他问："您是城里人，怎么不会养花呢?"我笑了笑说："其实很好明白。从你长相猜测，你也就是四十几岁。"他说："48 岁，老三届的。"我说："这就对了吧。那你应该是红卫兵。'文革'那会儿，我也才三十几岁，花儿让养吗?不让养啊，养花是要挨斗的，只能种庄稼。"他冲我笑了笑，表情略显沉闷，低声说："您说的是，那时所谓'革命'，现在想起来真愚蠢，真可怕。……跟您讲个关于花的故事吧。"

他说，他家在南方的一个小县城。那里的人都喜欢花草，这个江南小城掩映在花丛中。城中有一户陆姓人家，祖祖辈辈爱花，尤其是这家的大儿子，是个技艺高超的花匠。无论多难侍弄的花，只要他一摆弄，都会欢欢实实地长，开出鲜鲜艳艳的花。十里八乡的养花人，谁遇到养花难题都找他。可就是这么一个本分的花匠，在"文革"中，就因为有这样的手艺而罹难。

事情的起因是，他家的一位远房亲戚，在国民党时期做过小官儿，把他当做特务揪斗。他实在受不了折磨，就胡说八道，在造反派的逼供下，他说自己有本名单，放在陆家的花盆里。造反派的大队人马浩浩荡荡地开到陆家，不问青红皂白，进院就砸花盆。顷刻，几百盆花便散落院里。根本不存在的名单，当然不会找到，于是他们就开始拷问陆家长子。陆家长子本来视花如命，花被糟蹋了不说，又无端被加害，连气带吓大病一场，没多久便离开了人世。他离世前的一刹那，拉着他侄子的手，说的最后一句话是："这样的世道，不会长，将来年月太平，你还是养花儿，没有花儿，那还有什么意思。"说完就闭上了眼睛。

讲完这件事，我看见花店老板的眼睛湿润了，声音也略显哽咽，我也就不便往下问。等了好长时间，他喝了口水，接着说，胡说八道的那个人，得知陆家长子悲愤辞世的消息，受不住家人的责难也自杀而死。那小城，从此养花的人也就少了。直到改革开放以后，人们又开始养花，他家乡的花市才重新兴旺。

“这陆家太可怜了，爱花的人都是善良的，那么好的一家人，我相信不会永远倒霉。”我说。老板沉吟了片刻，好像从悲痛中解脱了出来。低声说：“他们一家人，这会儿生活得很好。几个弟兄办起几个花店，每天把花送给别人，自己也生活在花中。”

“那陆师傅的侄子呢?”我急着问。“他嘛，”老板说，“先是下乡到东北生产建设兵团，种菜园子。后来跟一位北京姑娘结了婚。前些年落实政策，‘老三届’返城，他随这位姑娘一起回到了北京。没合适的工作，就自己开了个花店。”

这事也真凑巧，跟他是同行。待我想问他的花店在哪儿时，只见花店老板快乐的眼神里流露出诡秘的微笑，只是不说话，好像一说话，什么美好的东西就要消失了似的。于是，我跟他一起笑。用笑告诉他，我明白了他的笑。不过，我始终没有他笑得好、笑得甜、笑得开心、笑得略带苦涩……

乞讨的小女孩

自幼形成的怜悯之心，纵然经历太多的生活磨难，今天也未从我的身上泯灭。哪怕是听到一点儿艰难的呼号，我的心灵立刻就会为其战栗。更何况正在拉我衣襟的是个六七岁的小女孩，她乞讨时的稚嫩声音，简直让我受不了。特别是她那纯真、执拗的眼神，好像两把犀利的剑锋，狠狠地指向我的心脏，逼我赶快就范。我也感到实在无躲无藏。

这些年偶尔也会遇到一些乞讨者，大都是壮年汉子或中年妇女，有时实在无法摆脱他们纠缠时，我也会无论钱多少表示点同情，只是伸进衣袋的手不免有些迟疑。听过不少“乞讨富翁”的故事，谁又能说他们不是呢？可是对于眼前这个小女孩，我没有丝毫的防范，甚至于敢说连想都没有这么想过。于是，我迅速地掏出两毛钱递给了她，然后站在无锡火车站电话亭，从容地打我的电话。这并非完全是为了同情她，同时也是为了解脱自己，不然她会误了我的事情。

打完电话回到车站候车室，坐在长椅上，跟同行的几位朋友一起聊天儿，借此消磨掉候车的难耐时光。

我们正聊得起劲时，突然从背后伸过来一只小手，直直地挺着，绝不想缩回，好像是讨要欠她的东西。我扭身定睛一看，啊，还是那个小女孩，依然是纯真、执拗的眼神；我猜想她也已经认出了我，只是没有任何惊愕的表情，坦然得如同一位成熟的老妇人。我说：“不是刚给你吗，怎么又来要？”她好像不想听懂我的话的意思，要不就是不想轻易缩回伸出的手，总之，她一声不吭地站在那里，像一尊无礼貌者的塑像，堵住了我们谈话的思路。我的一位朋友实在于心不忍，给了她两毛钱，她才得意洋洋地走啦。没走多远，那只小手，又伸给了别人。在我们对面的长椅上坐着两位青年人，一男一女，好像情侣，他们看清楚了刚才的一切。那位女青年不无轻蔑地说：“你们这些人哪，这帮要钱的人（请注意，她不是说‘要饭’，而是说‘要钱’）都是你们给惯坏了。你以为他们真的没饭吃哪，吃的比你们还好哩。”这位女青年的话究竟对不对，我不知道，反正听了之后心里不是滋味儿。特别是她说的，让我们“给惯坏了”这句话，有着明显的责怪，我感到很委屈，难道行善也有错吗？我不禁检点起自己的行为。

乘候车的机会，我仔细地看了看那个小女孩，在候车大厅转了一圈儿，那只嫩弱的小手鼓鼓地攥了一把钱。我还清楚地看到，距我们不远的长椅上，坐着4个中年妇女，从她们的穿着打扮上看，好像是候车的旅客，却又没有旅客应该携带的东西，有说有笑地聚在那里。那个要钱的小女孩不一会儿走到这4个女人中间，把手中的钱全部给了她们其中的一人，连话都没有说，然后又转身去别处，依旧伸出她那只小手讨要。

这些事做得是那么从容而平常，谁看了也不会觉得有什么好惊奇；倘若不是听过女青年说的话，我同样也不会关注这类事的。

过了一会儿，想必是饿了，这4个女人吃起东西来，我好奇地凑过去看了看，她们吃的东西有面包，有饼干，有香肠，还有瓶装的饮料，完全一派新潮生活方式。我一看，头立刻大了，耳边顿时又响起女青年的话："（他们）吃的比你们还好哩。"还真的被她言中了。我和我的朋友们刚才在一家小餐馆，也不过每人一碗素面下肚，为此还受了店主的嘲弄。要知道，我们这几个人都是有高级职称的，这在中国的文人中也算不易了，花钱依然得精打细算。然而对于那个小女孩，我们又是这么慷慨大方，虽说两毛钱不算多，但却让我感到沉重。

那个讨钱的小女孩，交了钱却未见她吃东西，她同那4个女人到底是什么关系，我们一直没弄清，也不想再弄清了……

乞丐，使我想起艾青那首写乞丐的诗。可是这会儿的乞丐，还是诗人笔下的样子吗："乞丐用固执的眼/凝视着你/看你在吃任何食物/和你用指甲剔牙齿的样子"。

我看，不是了，完全不是了。在我们今天的生活里，乞丐再不是饥饿者的专用词，它所涵盖的内容远比这多得多。如果这个小女孩和那4个女人真的可以称为乞丐，那我们更多的人，又何尝不是乞丐呢？只是乞讨的东西有所不同罢了。

我想，那个小女孩该乞求人的尊严；那4个妇女该乞求高尚的道德；我们这些"施善"者该乞求真实的自我。别的什么人，如"大款"、"大腕"、大官、大学者……难道就不缺什么了呀？是不是也该乞求啊。真得认真地想一想。

有人敲门

走过胡同的四合院或者攀登楼房的多层梯，看到的更多的人家，如今大都是关门闭户，把自己与外界紧紧隔绝。“夜不闭户路不拾遗”的景象已经成为很遥远的过去，当代人只能从年长者回忆中知道。现在谁家若是有人来访，即使是最亲近的人，如果不是事先通报，你也得咚咚地敲门。闻声问“谁”，思量开门，这已经成为人们的习惯。

可是，请问谁能记得住、说得准，在自己的家中听到过多少次敲门声呢？听到的每次敲门声又是什么感觉呢？我想，记住的人大概不会多。然而，在不同年代的生活里，听过敲门声的感觉，对于有的人来说恐怕又永远不会忘记，就如同那时穿过的衣、吃过的饭，甚至于唱过的歌、看过的电影，只要想起来，总会隐隐约约地唤起某种情绪。反正我自己就是这样。

我至今还记得，在把政治运动当饭吃的年月，只要听到敲门的声音，无论这门声是急、是慢、是大、是小，我的头顿时就会嗡的一下大起来，本来就脆弱的神经也随之绷紧，立刻便会下意识地提醒自己“当心”。当习惯地问一声：“谁？”听到的如果是熟悉的声音，而这声音又能跟某次批斗会联系起来，这时总不免会暗自叫苦：“唉，不知又有什么事找上门来啦。”听到的如果是完全陌生的声音，而这声音也许不会让你产生联想，这时同样要悄悄告诉自己：“祸从口出，见陌生人少说话，免得招惹是非。”假如敲门声不属于上边情况，听到总还可以坦然面对，但是有时也还是不知所措，因为那时很少相互串门儿，偶然有客人来访也不知如何是好。那会儿真的怕有人来敲门哪。

后来过了很长的时间，总算盼来安定的日子，那些当饭吃的政治运动不搞了，应该不再怕有人敲门了吧？不，依然很怕。这时候听到的敲门声犹如吃饭吃出苍蝇，让你觉得恶心得想吐，却又怎么也吐不出来，好情绪完全被破坏了。那么，这时是谁来敲门呢？是另外一些人。比如，劳燕分飞的家人，夜晚时分好不容易聚一起，正在欢快地聊天儿，或者正沉浸在电视剧故事中，忽然有人咚咚地来敲门，走过去习惯性地问声：“谁？”他说：“是我，请您开开门，我有一种新产品，很便宜，请您看看。”你如果开了门，他会纠缠着不放；你如果不开门，他会留下骂语走人。这样的敲门声，也许不会让你恐惧，不过也不会让你好受。这会儿真的怕有人来敲门哪。

时光的流水在生活的河道，又往前流淌了一段时日，政治运动似乎再没有搞，广告纸也大都往门缝里塞，日子相对地开始平静安稳了。那么，这会儿还怕有人敲门吗？应该说，更多的时候不怕了。有的时候也还是怕。因为新闻媒体一再提醒观众，有人以各种名目登门搞欺骗，听到敲门声一定要当心。于是就有了“当心”的警惕，就连亲朋好友来访都得事先用电话打个招呼，不然听到敲门声心头就发紧。只是不再有早年的恐惧以及后来的那些恶心，感觉上完全是另外一种，如同小时候听鬼故事，这个鬼老是在心中盘旋，比前边说的好像更折磨人。谁知道鬼会不会来敲门呢？为怕一时忘记好心人的提醒，就像过去春节贴门神那样，在自家门上贴了张纸条，提醒自己有人敲门要注意。即使知道起不了大作用，起码在感觉上觉得踏实，只是心中多少有点儿酸涩的滋味儿。

房舍建筑安装门窗是为出入方便和视野开阔，连 3 岁孩子也知道。可是在现实中却成了心病，住楼房的人家安防盗门，住低层的人家加防盗窗，门窗原有的正当用途正在淡化，真的是让人觉得哭笑不得。可能是因为有这样的心理存在吧，有时连做梦都是关于门窗的。比如前天的夜里，我就梦见搬进新家，这个家既无窗又无门，连围起来的四壁都没有，屋顶只用几根柱子支撑。我睡在这空荡的屋子里非常安稳，没有门自然也就无人来敲门，心里踏实心情也就好，这一觉足足睡了一个月，一天早晨醒来，满屋都是灿烂的阳光和清新的空气，仿佛生活真的如此美好。其实我

过去很少做梦，属于沾枕头就着的人，这几年不知怎么着，几乎是无梦不成眠，不知是人真的老了，还是现实生活里缺少梦想。

这个梦无疑给我带来了好心情。趁着这尚好的心情，想去户外走走，到了屋门跟前才想起，噢，忘记拿钥匙开铁门了。这铁门可是防盗的呀。这时那个没有门窗的梦，如同冬天早晨的薄雾，很快便从记忆里消失了，让我记住的依然是有过的敲门声，以及那可能随时来还未来的敲门声。唉，什么时候建筑房屋真的没有门呢，要不，即使有门，听到有人敲门不再恐慌呢？我渴望着。

拒绝莫斯科

陪同访问的翻译说，从北京去维也纳没有直达班机，得先乘中国飞机到莫斯科，然后换乘奥地利飞机到维也纳，回来也是如此。我听了以后暗暗地高兴起来。心想，这回可好了，等于多访问一个城市，而且还是心仪已久的莫斯科，算我有福气，头次出国就圆了少年时代的梦。

其实，无论是维也纳，抑或是莫斯科，对于我这个世界史盲来说，都是完全陌生的城市。只是在“一边倒”的年代，人们很少也不敢谈论别的城市，无形中也就心中只有莫斯科了。至于维也纳，仅知道它是音乐之都，别的都是资产阶级的玩艺儿，谁又敢多打听、多了解呢？

就是“红星照耀的莫斯科”，我也是因为听宣传听得多了，才在思想感情上有点儿盲目亲近，真正地对它有兴趣、有认识，是在年岁稍大许多年以后。那时我喜欢上了文艺，开始读苏联作家的作品，经常唱苏联流行的歌曲，渐渐地也就真的有了好感。特别是在读了列夫·托尔斯泰、莱蒙托夫、普希金、高尔基、屠格涅夫的作品之后，对于这些作家作品中反映的生活，以及他们对于那片土地景色的描述，还有在他们作品中散发的说不出的情调，都牢牢地征服了我这颗正在幻想的年少的心。对于普通人来说，尽管那时候走出国门还是一种大胆的奢望，但是由于当时不谙人间烟火，我仍然做着这样美妙的梦，幻想有朝一日去结识俄罗斯，去领略《莫斯科郊外的晚上》的风情，去接近这个有文化的伟大民族。

这次参加作家访问团出访奥地利，能够顺便访问向往的莫斯科，这对于我来说不啻是美梦成真，心中自然有着说不出来的喜悦。恰好同行的老作家康濯先生早在50年代就到过苏联，对于那里的情况有一定的了解，这一路上他也就成了我们的向导。在从北京飞往莫斯科的寂寞旅程中，我们最感兴趣也是谈论最多的话题，除了文学就是俄罗斯和莫斯科了。尽管对于这个国家、这个民族并非真的有多少深刻的了解，但是对于它的感情还是真挚的，这是我们年轻时所受的教育决定了的。这天晚上，我轻哼着俄罗斯歌曲渐渐地进入甜甜的梦乡，许多关于苏联的往事，不时地出现在梦中，仿佛认识这个国家好久了。等我从梦中醒来，飞机正在渐渐下降，我朝机窗外一看，嗬，满地的璀璨灯火，如同闪烁的明珠在我们的眼前熠熠放光——我们向往已久的莫斯科，到了，真的到了。

莫斯科不愧是一个国际大都会，它的机场大楼非常的宽敞豪华，给人一种振奋舒畅的感觉。我们正在依次准备出站时，看见了作协的翻译刘宪平，这位熟悉俄罗斯的年轻人热情地招呼着我们，在他乡遇故知自然高兴。他和另外几个人是来接我们的。本来宪平想在次日陪我们游览，因他要陪一个儿童文学代表团，就临时找来一位留学生做我们的向导，这位留学生小杨今天也来到机场，这样我们就算是认识了，然后大家一起乘车去我驻苏使馆。

中国驻苏联大使馆所在地是一个很不错的地方，我们下榻的使馆招待所，推开它那厚重的双层窗，巍峨的列宁山就屹立在眼前。这个地方尽管从未来过，我却依然感到十分亲切，因为在读过的一些诗文中，有许多为它唱过赞歌。我还知道著名的莫斯科大学，就在我眼前这座列宁山下，于是放下行装就迫不及待地出来，顺着一条浅水河的河边，朝着列宁山的方向走去，没有一会儿就到了。距学校不远的地方，有几棵高大的落叶树在蓝天下傲然挺立着，不时地飘下几片落叶。我坐在附近的一张长椅上，地下全是金黄色的树叶，像一张颜色鲜艳的地毯，在明丽的阳光照耀下，显得异常宁静而温馨，一种难以表述的惬意气氛，深深地撩拨着我的心，情不自禁地哼唱起了《列宁山》……

来到莫斯科是不能不到红场的，到了红场又不能不进克里姆林宫，更何况这是我们多年向往的革命圣地。非常不巧的是，这天红场有群众活动，四周都站满荷枪军警，老远地就喊着不让接近，可是我们又不想放过这次机会，就由留学生小杨用俄语告诉他们，我们只想照个相就走，不然以后再无机会来了。这些苏联大兵还算通情达理，还真的让我们在一个指定地方，从容地照了几张照片，总算未虚此行，只是没有能进克里姆林宫，在我不能不是一个遗憾。于是康濯先生和小杨就安慰我说，没关系的，等从奥地利回来还过莫斯科，那会儿可多住两三天，我们再来，同时也可看看别的地方。就这样怀着深深的惋惜之情，我们离开了红场、离开了莫斯科，希冀着返程路过时再来造访。

从莫斯科机场候机大厅出关，我原以为不会怎么麻烦，不曾想光检查行李就很费时间。幸亏有使馆的人跑前跑后的照应，不然我们得到处乱找乱撞，谁知要浪费多少精力和时间呢。就是这样，也还是由使馆的人出面，把两条丝绸巾送给检查的人，我们才得以被提前放行。使馆的人说："这些人没什么出息，别说是头巾了，有时半瓶酒就能打发了。"尤其让我感到可怕的是莫斯科边防哨兵的眼睛，仿佛对中国人充满着敌意，这同我年轻时听到的那些关于苏联"老大哥"如何友好，完全不一样了。

这就是 1988 年的苏联。我就是带着这样恶劣的印象，从莫斯科登上飞往维也纳的飞机，走向另一个与莫斯科不相同的城市。

维也纳到底是个音乐之都。一踏上这个城市，给人的印象就觉得很宁静、很温馨，机场的检查人员态度也很友好，跟在莫斯科成了鲜明的对照，这时也就必然会产生一些想法。当我们在维也纳住了几天以后，那随处可闻的轻缓音乐、那随处可见的艺术雕塑都使人感到无比的赏心悦目。走在幽静的大街上，时有行人含笑点头，向我们表示问好，越发感到奥地利的亲切。我们在非常愉快的氛围里轻松地走过的几个州府城市，以及附近的乡间小镇，它们都有自己独特的风情，无不给人留下美好的记忆。然而，尽管如此，我依然想着莫斯科，希望在返程时的逗留，但愿他不至于再那样敌视，破坏了我早年的梦般的向往。

谁知，当我走到苏联海关门前，这些年轻的苏联边防大兵，似乎并不懂得我的感情，他们用比上次出关更恶劣的态度，一件件地翻捡着我的衣物，连每件衣袋恨不得都要掏掏。这种近乎野蛮的检查办法，跟在奥地利的文明过关检查形成了非常鲜明的反差。我感到是对我的羞辱，实在无法忍受，就立刻跟康濯先生提出，我们不要在莫斯科停留了，马上换乘中国民航回国，尽管这时已经进入海关。随和的康濯老人见我真的来气了，他就好言相劝："我是无所谓的，反正来过，你这次不停留，以后怕是没机会了。"我在感激康老好意的同时，决心不再改变回国的主意。我们找到中国民航办事处，说明改签的原因，民航的先生小姐们一方面表示理解，一方面劝说我们不要走，我同样表示了感激。最后还是搭上中国民航班机，飞向我阔别半月的北京，觉得比在莫斯科停留，心情上似乎更轻快许多。

坐上我们自己的班机以后，我拿出我的护照，看着苏联驻奥使馆的签证，我不禁感慨起来，伤心起来，也暗自地疑问起来：莫斯科啊，苏联；苏联啊，莫斯科，我从青年时代就向往你，如今我真的走进了你的怀抱，你竟然会这样对待我。你的土地是美丽的，你的文化是独特的，这我都承认，那么，你们对人是怎样的呢？实在不敢恭维。一个国家、一个民族，如果没有对人的尊重，我不相信会有所作为。莫斯科啊，莫斯科，此刻，我只能唱着那首《莫斯科郊外的晚上》跟你说再见了，以便让那早年的印象、早年的情感不至于被这次的遭遇全毁了。

别问我那么多

前不久，遇到这样一件事：在我住地附近的公园，一位老人正在晨练，他身板直挺、步伐稳健，绕着园中弯弯的道路，足足地走了三四圈儿，然后就在空场上伸展腰肢，好像仍然不觉得疲劳。待他坐在长椅上休息时，走过来一位年轻人跟老者搭话：“大爷，您今年高寿啦？”老人听后，迟疑好久才回答，而且显得很不耐烦。年轻人走后，老人跟我说：“这会儿有些年轻人，简直不懂事，见人老是问这问那，不搭理不好，搭理真的不愿意。”按道理讲，这么问问也没啥，再说这个年轻人还蛮有礼貌，老人何必这么不高兴呢？当时我有点儿不解。

事后我又想了想，老人生气也不为怪。在讲究尊重个人隐私的今天，年龄、收入、职业、健康、住址、电话、婚姻等等，这都纯属每个人的秘密，朋友亲属之间有的都不怎么过问，陌生人问这些事情纯粹是多嘴。有的老人当然不高兴。因为老年人中十有八九过去都有过坎坷经历，你不知道哪件事情他不大愿意再提及，或者有什么忌讳，这一问恰好触动他的痛处，他怎么会爽快回答呢？例如，有的老人就怕听样板戏，连聊天儿说到样板戏时，他们都觉得浑身不自在。因为在“文革”运动中，造反派一边听样板戏一边打人，这种记忆实在太刻骨铭心，现在一提自然会触动痛处。

即使生活比较平顺的老人，有的也不愿意别人多嘴多舌。比方说老年人的收入，或因退休时间早，或因单位不景气，有的老年人收入不高，本来他还想不通哪，你这一问更逗他的火儿，当然他就不想跟人说。再比方说老人的年龄，有的尽管生理年龄不小了，但是心态好身体也棒，整天乐呵呵地到处玩儿，早把自己年龄忘到一边儿，这么一问当然会让他扫兴。

至于老年的婚姻情况，同样也是比较犯忌的。因为，有的独身老年人或者正为找老伴跟子女怄气，或者只有个同居女友同样不好跟外人说。总之，现在老年人的生活、观念，都跟过去不大一样，年轻人仍然用过去眼光对待，显然是不大合时宜了。

可是反过来说，在现实社会生活中，或者电视里报刊上，对于年轻人的隐私却保护得、重视得很好。尤其是对年轻女士的隐私，介绍只说生日、星座之类，年龄、婚姻等一概隐去。其实无论年长年幼，凡是健康的人都有个人的隐私。为什么对老年人就如此怠慢呢？究其原因，一是多年形成的看法，认为都活到这个份儿上了，还有什么事不好对人言？二是认为这是关心，随便问一问也没啥，根本没有考虑其他。不管出于怎样的想法，怀有怎样美好的善意，只要老人不接受、不理解，就都是对老人不够尊重。社会毕竟比30年前进步了，把个人隐私写在传单上，把档案的事到处乱说，那是在践踏人格的荒唐年代。社会越进步，个人的私生活就越应该受到尊重，得到保护，这样人们才会活得踏实自在。

说到老年人的隐私，老年人自己也应该尊重，这就是要学会忘记。撇开前边历史环境不说，从个人的养生之道考虑，人活到一定的时间段落，起码要学会淡忘三件事：一是淡忘金钱，二是淡忘年龄，三是淡忘过去。欧美地区有些人七老八十了还满世跑，而且玩得是那么开心，据我的观察和推测，就是不计较这些事情。如果老是想自己辛辛苦苦一辈子，这会儿还没有子女挣得多，或者老是想还得留多少钱养老，这样一来玩什么就都没心劲儿了。同样，如果老是数着年龄过日子，觉得这不如年轻人，那不如年轻人，即便有些身体可以承受的活动，自己也就给自己打了退堂鼓。我国的老年人比欧美的老年人过去的经历肯定要复杂，如果老是想那些伤心事过日子，非把你很快折磨病不可。因此我说，忘记就是尊重自己的隐私。

当然，我这样说，并非是完全不去想这些事，特别是年龄和金钱，对于年长人非常至关重要，可以说是安身立命之本，一点儿也不去想不可能。但是一定要做到适可而止，考虑而不过多思虑，计划而不过多谋划，

这样便会使自己活得轻松愉快。倘若把年龄和金钱当包袱背，把过去的不愉快当枕头睡，就是自己跟自己过不去，说句不客气的话，都到了这个时候了，何必呢?

酒象种种

我不会喝酒，酒给与的生活乐趣，自然就会少去许多。我常常地为此感到遗憾，可是我敢这样说，对于喝酒的状态，我见过的并不少。这跟我多样的经历可能有着一定关系。比方说，正常人的喝酒，许多人都见过，那么，获“罪”人的喝酒，就不见得见过了，我却有过这样的机会。以我多年的观察，喝酒的状态，大概有这样几种。

一是喝喜庆酒。结婚、寿辰、得子、乔迁、开业，遇到这些传统“项目”，摆酒庆贺一番这就不必说了。现在就连分上房子、炒股赢了、评上职称、坏人倒霉都有人要喝顿酒，好好地庆贺庆贺。至于子女考上大学，父母捞个一官半职，全家人高兴至极，都会想到酒。这时的酒，喝得最痛快、最热闹，醉得烂如泥都不觉得醉，还要不住地说“太高兴啦”。

二是喝自在酒。这样的喝酒人，性情不见得孤傲，在喝酒的行为上，却绝对不怎么大方。在他们看来，酒只有独酌独品那才有味道。许多人凑在一起，你劝我推，行令叫阵，那不叫饮酒，那只能算做灌酒，哪有自己喝自在。这样的人饮酒有个明显特点，即佐酒菜不见得讲究，甚至于无菜都成，只是酒一定要好。酒好，才有味儿，有味儿才自在。

三是喝闷酒。喝闷酒的人，一般说来不是很常见。这样的人平日里都不是视酒如命者，只是遇到了愁事烦事，如失恋、离婚、退休、要官未捞上，感情上非常落寂，又不便跟别人讲，心里觉得别扭，这时就想起了酒。喝闷酒的人大都不张扬，找个背静的地方，自己一个人去喝。这种人也有个特点，这就是唉声叹息比喝的酒还要多。

四是喝气酒。生气喝酒的人一看就知道，眼发直，乱蹲杯，没有醉脸就红了。甭问他生气的原因，问也是白问，要么不搭理，要么就是戗你。其实他生气，不是跟老婆吵架，就是跟孩子怄气，要不就是气单位头头太贪，实在没辙，就来上二两消消气。酒喝了，气消了，情绪恢复正常，顿时觉得这年头幸亏还有酒，这要是倒退30年，连酒都买不上，不就是气上加气吗。这么一想，心也就平顺了。

五是喝消闲酒。遇到下雨阴天，或者闲着没事儿，心情又不错，就想起了酒。能有一两位酒友更好，找不到伴儿，自己喝也行，反正就是消闲呗。喝消闲酒的人，总是慢悠悠地边扯闲篇儿边喝，倘若是自己喝，说不定还得哼哼两口小调，要不就是敲敲筷子，谁让有个闲情逸致哩。这种爱喝消闲酒的人，我以为是酒人当中最为得意、最会用酒的人。

六是喝誓言酒。现在喝誓言酒的人好像没有过去多了，主要是现在的人有不少的主儿说话不算话，别说是以酒明誓了，签订的合同公证过，到时说不认就不认哪，喝酒起誓又能怎样。从无数事实中得到了教训，就干脆免来这一套，真的到了不认账的地步，就真的来动真格的，该怎么着就怎么着，倒不至于把酒糟蹋了。

以上我只说了六种酒象。诚然，喝酒的景象绝不止这些，这不过是我见过的罢了。别的还有什么，那就得由酒中豪杰们补充了，因为我毕竟跟酒不沾边。不过，就是这简单的几种，从中也可以看出来酒之所以受欢迎，大概正是因为它会来事，见啥人哄啥人，谁也不想得罪，所以在人世间颇有人缘。做为酒，有这种品质，满好。做为人，若是这样，恐怕就不足取了。

城市的情绪

这会儿的城市生活实在过于浮躁，无论走到哪里，都很难摆脱喧闹无常的市声，光怪陆离的霓虹灯，蠕动如蚁的车辆，勾肩搭背的青年男女，穿着五颜六色服装的旅行者，以及无所不在的流行歌曲……组成一个不停变换的彩色球灯，在城市的天穹下急速旋转，弄得你眼花瞭乱、目不暇接。喜欢宁静安详生活的人，如今只能在记忆中寻觅，或者在同代人谈天时重温。

可能是受了这浮躁气氛的感染，就连过去性格比较内向的人，现在都不想呆在家中了。他们早晨在公园里蹦蹦跳跳，白天去证券交易所炒股，即使在晚上看电视，都要看那些带刺激性的节目。那些曲调舒缓动听的音乐、那些情感清纯的油画，似乎成了许多怀旧人的专利品，现代派的人根本不屑一顾。急性子的年轻人，别说是走路快了、说话快了，连恋爱都想吃“无花果”。有一次跟一位小伙子聊天儿，说起我们那会儿谈恋爱的事，他不禁笑了起来，他说：“那还叫谈恋爱，简直是外交谈判。你看我们现在，直来直去，利利索索，没几天就进入‘情况’。”我听后同样感到有些不解，甚至于觉得是不是有点儿草率，后来再一想，这大概就是现代人的生活吧，我也就没有再跟他说什么。

这样急急促促的生活，这种粗粗拉拉的情感，就真的是现代生活吗？我没有把握完全弄懂。直到有一天跟几位年轻人喝茶，我们安安静静地坐在一起，谈天说地，侃球聊人，我才真实地感悟到并非全是这样，原来他们同样渴望平常而自在的日子。有位年轻的朋友说，风风火火地快活了几年，弄得人像机器似的，实在没什么意思，人还是要活得有点儿情趣有点儿味道，这样才会有深沉的思想，不然岂不是成了无情无义的人。噢，原来如此。我非常高兴这位朋友的情绪回归。

当然，我们不能强求人们情绪完全一样，就是同一个人由于生活环境的变化，还有可能有不同的情绪哪，何必非要人人都在一个模子里呢？但是，只有更多时候使自己的情绪保持平静，不让过多的物欲诱惑，我们才有可能生活得自在。过去了的事情不见得就是过时的，如同流行的不见得就是现代的，所以我依然觉得品味生活，对于我们每个人来说都是一种享受，匆匆忙忙，浮浮躁躁，也许会得到些丰厚的物质回报，但是在精神上却失去了难得的拥有，这对人生也是一种错过的遗憾。值得欣慰的是，这会儿有的人开始意识到这点，这总是好事。

有时去书店里逛，看见有的年轻人安静地端着书，或坐或站地在阅读，我就会想到我们那会儿，同样是这样在书店里，一点一滴地吸取知识。在这样的环境里泡久了，自然也就陶冶了性情，这时你就会觉得，人的情绪不总是风风火火，有时更需要自在和安静。近来听不少的朋友说，有人到郊外去寻找安静，这说明对城市浮躁的厌烦。可是光躲避总不是个事，城市的宁静要靠大家维护，有了这样的环境，人人都生活得好。

证券所里的眼睛

总有许多天了，一早一晚散步时经过一栋 2 层楼。门口有穿蓝色警服的人站岗，跟一般银行营业所的门卫一样，只是这里不像银行那样，不断有人出出进进，从招牌上看，是一家证券机构的办事处。这样的门脸，这样的警卫，这样的冷清，我自然不敢贸然闯进。

又是一个早晨，我散步走到这里恰好是 8 点半钟。这栋楼的铁网大门徐徐启开，几十位男女老幼鱼贯而入，却不见警卫有任何阻拦，更不需要任何证件。完全出于好奇，我尾随这些人之后，跟着跨入门槛，又跟着走

上2楼。这时我才发现，这是家证券交易所，难怪吸引这么多人。其实，我从未到过这些地方，这次误入能马上认出，主要是凭借看过的电影电视。许多反映经济生活的影视作品都有眼前这样的场景。

这家证券交易所的地方并不很大，狭长的大厅不过百米，几块方形的褐色屏幕挂在墙上，上边依次标示着各家证券的名称，不时地闪进闪出，如同一块块神秘莫测的魔板。屏幕前摆放的上百张小凳子，很快便被来人占满，后来的人只能心甘情愿的旁立。这些人目不转睛地盯视着屏幕，像是观赏一部迷人的电视片，却又远比观看电视更为投入。尽管那屏幕上只是些单调的数字，既无美丽的画面，又无生动的情节，但是仍然如同一块块强力磁铁，紧紧地吸引着一双双不肯移动的眼睛。

我曾经观察过不同场合的眼睛，譬如足球场上球迷们的眼睛，是那么激动不安，眼睛几乎跟着足球一起滚动腾飞；譬如剧场里戏迷们的眼睛，是那般变幻莫测，眼睛几乎是跟随剧情一起变换悲欢，这些眼睛都能很快袒露出心灵的声音。唯独这证券所里的眼睛，每双都是那么沉稳，单调，仿佛是那屏幕上哪个证券的翻板，再大的屏幕、再多的证券，每双眼睛也只能盯着其中的一个或两个，而都是无声无息的静观着，如同等候一个庄严神圣时刻的到来。从这些眼睛里，几乎窥视不出这些股民内心世界的变幻。

然而，对于屏幕上的数字变动，这些眼睛却显得异常敏感，倘若你偶然碰上一双正在变化的眼睛，说不定会看出刹那间的贪婪或懊丧的心绪，毫不掩饰地从眼睛里流露出来。

别看这证券所里的眼睛是这般沉稳，从中难以觉察出内心的秘密，但是我相信，这里的每双眼睛都牵动着紧张的神经。假如不是怕扰乱那双双藏匿着祈盼的眼睛，我真想随便找一位股民谈谈，问问他们此时到底在想些什么事情。是对金钱的渴望，抑或是时光的消磨？我想无论如何不会仅仅是为了观赏那屏幕上数字的变化。

最终，还是忍住了性子没有发问，我便快步走出了证券所。

在回家的路上我边走边想，刚才见过的那些，留给我最深的印象究竟是些什么呢？我想还是那一双双的眼睛——充满着祈盼和嗟悔的交易所里的眼睛。什么叫欲望，什么叫贪婪，什么叫惊恐，什么叫高兴，这证券所里的眼睛，给你说得明明白白、清清楚楚，没有一星半点的模糊，含混。

寻找那种感觉

在十八九岁时戴上近视眼镜，这之后30多年里，再没有摘下来。那时配眼镜，最好的眼镜店就是大明和精益。我的眼镜，除有一次急着要用，经《新观察》一位同事介绍，由他的一位学生帮忙，在西单精益眼镜店配过一副，其余的好几副眼镜都是在大明眼镜店配。

我被划“右”以后，考虑到在北大荒劳改，怕配眼镜没有好商店，临走时特意多配的几副，仍然是在大明眼镜店。后来从北大荒回来，又到内蒙古，每次需要配眼镜，还是乘来北京时找大明。可见我对这家老店的信任。

精益和大明都是老字号，那么为什么，对大明眼镜店我更是情有独钟呢？除了大明在王府井，配镜取镜都比较方便，再有就是镜子质量好外，就是大明的服务态度实在让我满意、让我感动。有次从内蒙古回家探亲路过北京时，又走进大明眼镜店，一位中年师傅听说我一下配两副相同的眼镜，可能猜出我正身处艰境，他就主动地说：“要是您不介意，我猜您正在农村劳动，手头恐怕也不会富裕。您要是信任我的话，我给您安排。咱们找价钱贱的，结实的，您看咋样？”听了他这一席话，我感动得差点儿流出眼泪，心里不住地念叨：“真是一位好人。”从此，对于大明眼镜店，对于大明的师傅我就更增加了几分敬意。只要有朋友想配眼镜，我就介绍他们去大明。

大概是前3年吧，我又要配眼镜，一下又是配两副，一副看书用，一副走路用，自然而然地到了大明。一见店堂里的店员都是年轻后生，男的很帅，女的很靓，倒是很让人目爽。可是我毕竟不是选美啊，对于他们的技术、态度，说实在的，总有点儿心里打鼓儿。我就向一位年轻人打听："原来那些老师傅哪？"年轻人回答说："您说的这些人，都是什么时候的啦。这会儿啊，有的当了领导，有的早退休啦。"我一听，就再未说配眼镜的事。

从大明装修豪华的店堂里走出我就考虑，现在眼镜店这么多，老一茬儿的师傅都不在了，设备都差不多，这眼镜到底要去哪家配呢？

事有凑巧。有天读《光明日报》看见一篇小文章，说大明退休的老职工在鼓楼旁开了家分店，生意做的很红火。我读后二话未说赶紧去找。先是找到一家店堂大的眼镜店，名字好像也叫什么明的，我进去一看，觉得有点儿不对劲儿，出来以后又继续找，最后在紧挨鼓楼的地方，总算找到了，店堂不怎么大，却有着记忆中大明的氛围。接待我的两位师傅都是花白头发，口未开先脸堆笑，说："您配镜子啊，先不忙着验光，您先看看镜架儿，我们给您验光时，您也就想的差不多了，验完光咱们再商量，看要哪一种镜架好。"心想，没错，就凭这几句话，就是大明，就是大明的老师傅。

在正式挑选镜架时，我挑选了两种，指着其中的一种说："这种跟我那副旧镜架其实也差不多，那副并没戴几天。"这位师傅听过后，就对我说："这副镜子，您不就是写字用吗，要我说，您就不买这新架也行，拿来换副镜片儿。省钱，照样用。"我自然听了这位师傅的话。心想，真是会做生意，从眼前来说，我不买新镜架，可能让商店少挣了钱；从长远来说，把顾客的心留住了，市场再怎么竞争，还不是找大明?！临走有两位师傅留下了姓名，那种亲切劲儿如同老朋友。他们周到的服务态度，既代表着他们自身的修养，更体现着大明多年的店风。

配了这两副镜子，终日戴的只是走路那副，看书的那副几乎未用，就放置在一旁了。因为无须戴这副镜子，只把走路戴的镜子摘下，就可以清楚地看书。

自从用电脑敲字以后，渐渐觉得右眼有些疼痛，找了些眼药水滴治，总还是不怎么见好，就到协和医院看眼科。大夫用仪器检查过，非常肯定地说："眼底没有问题，主要是镜子度数浅了，重新配副眼镜吧。"我见大夫也是戴眼镜的，就顺便问了一句大夫："您说，这会儿到哪家配镜子好？"大夫说："这就看你自己啦，我觉得大明和雪亮两家都不错。"这时，我又想起了那两位师傅，当天就跑到大明的鼓楼分店。两三年没来，地方迁移了。找到新址一看，店堂宽敞了，品种也多了，店员也以女士居多，我一打听那两位师傅，已经不在岗位上了。本想转身走开，一位女店员的一声招呼，我又留了下来。

验光师是一位中年女士，倒是很耐心仔细，还给我出了些主意，很有点儿老师傅们的遗风。待我选购镜架镜片时，一位年轻的女店员不能说不热情主动，譬如她一再给我介绍树脂镜片如何轻便，再加层膜如何透亮，等等。我也就完全按照她说的意思办了。这两副镜子算下来，一共是1100多元钱。大明眼镜店搞了个会员制，在那里累计消费500元，就可以成为他们的会员，再来消费就可享受9折的优惠，我这两副镜子已经超过此钱数，理所当然地成了大明眼镜店的会员。至于何时享受这优惠，那就难说了，因为眼镜毕竟不是蔬菜，谁也不会天天买。

回到家里，照例翻看新收到的报刊，打开《北京观察》试刊第二期，有作家母国政先生的文章《敢于拒绝》。文章是说他如何拒绝售货员的劝销，坚持按自己的意志配眼镜，而免去了一次挨宰的可能。我一边读着一边笑，联想起自己配眼镜的情况，虽说大明眼镜店不会宰我，但是却因为我拘于情面，没有像母国政先生那样多几次地挑选问价，结果可以省的钱多花了，这自然首先要怪自己。我甚至于想到那天在北京大学给季羡林先生贺寿时，恰好遇到了母国政先生，倘若跟他聊起配眼镜，他能说说他的"拒绝论"，我岂不是会很受启发？

不过，我还是得感谢母国政先生，在他的拒绝勇气的感染下，我忽然愚门大开，想起了两处可以省钱的办法：一是把用作打电脑戴的镜子，欲购置的新镜架儿，换成闲置不用的旧镜架；二是先购一副眼镜得个优惠卡，然后再配第二副镜子，岂不是又会少花些钱。次日一大早，我就跑到大明眼镜店，说明了我的情况，以及我要省钱的这两个要求，为了事情解决得顺利点儿，我打出了老顾客的这块牌子。起初并没有得到热情回应，我便自发感慨地说些诸如要是那些老师傅在，要是商店不完全认钱，这类怀念故人往事的话，一位刘师傅，一位张师傅，显然是受到了些触动，这才打电话请示店长，比较圆满地给换了镜架儿，我一下就省了 50 多元钱。至于按会员优惠的事，就再未能如愿以偿。

这时我又想起了那些老师傅。要是他们没有退休，我相信他们一定会提醒我，怎么做才会省钱的。还有，原来我在大明配镜子，记得还要量瞳距、调试镜架，现在这些都免了，倒是比过去省事了，只是不知是设备先进了，还是我的观念未变，反正觉得有点儿不得劲儿。想到这里就不客气地又唠叨了几句。听了我的唠叨话，一位师傅说："这会儿都是纯做生意，那种事不会再有了。"听后我"啊"了一声，就再未说什么，也确实不知道怎么说。这时连母国政先生感染我的那点儿勇气，我也再不好意思用了，谁让这会儿是"纯做生意"呢？至于使用优惠卡的事，只要我的眼镜不坏，就得等到猴年马月再说了。不过总的说来还算好，临走时刘师傅给我留下了名字、电话，并且一再让我有事找她们。还说，尽管老师傅们不在了，他们照样会服务好，这让我多少找到了一点儿大明眼镜店早年的那种店风。

但是，从我记忆的感觉上还是觉得不够到位，大概是老师傅们走得匆忙，把我难以言传的那种感受，没有完全留下就退休了。这对于商店也许没什么，甚至于在生意场上毫无用处，然而对于像我这样的老顾客，还真有点儿怀念哪。它不正是老字号的宝贵之处吗。

凡人智者陈木匠

实在有点儿大不恭敬，木匠陈师傅的大名我一时竟然想不起来啦。这倒不完全因为年代久远，回忆40多年前的事，在我多少有些勉为其难。更主要的恐怕还是40年前在一起时，我压根儿就不曾呼过他的名字。读者不妨想想看吗，我那时头顶“右派”荆冠，大凡算得上革命者的人，都天生长我两三辈儿，何况工人阶级一分子，就更是我的“天王老子”，我哪敢直呼领导阶级大名呢。所以一直呼他陈师傅，以至于陈师傅的名字，在当时也是偶尔才想起。这会儿相距已是40多年，更没有办法忆起他的名字，就仍然呼他陈师傅吧。

认识木匠陈师傅，是在20世纪60年代初期。我们这些北京的“右派”在北大荒农场劳改近3年，突然遇到中苏两党交恶，大后方变成了“反修”前哨。把这么多阶级敌人放在这里，据说有关方面不大放心，就决定把我们疏散到全国各地。我就又被下放到内蒙古。原以为“右派”帽子摘了，集中劳改总算结束了，到了内蒙古会安排机关工作，所以抱有一线再生希望。到了那里一报到才知道，仍然继续得干体力劳动，而且是在野外卖苦力。开始是扛电线杆子，后来就给木工打下手，这样就认识了陈师傅。

我当时不过20岁出头，算“右派”中的小字辈，又没有娶妻成家，并且经过北大荒的劳改，就一门心思地干活儿。可能是经过几天观察，陈师傅觉得我还老实，既没有乱说乱动，又没有藏奸耍猾，在只有我们两个人时他悄悄地跟我说：“看你脸面白白净净的，干活还行，以后就学点手艺吧，起码今后不愁有口饭吃。”对于他的关照，我自然很感动，“嗯”地答应了一句，就说：“谢谢您，以后请您多帮助我。”这是干了十来天活儿以后，陈师傅跟我说的头句正经话，也是我从北大荒来到内蒙古，身处人生地不熟的环境里听到的第一句让我心热的话。如果把时间再向前推算的话，可以说是自从我被划“右”以后，这是革命者说给我的第一句温暖话，在这之前听得最多的话就是，诸如“不许乱说乱动”“只有脱胎换骨的改造才有出路”“老实点”等等，最好听的也不过是“好好改造，重新做人”。所以陈师傅的一席话，就像一股暖流淌过心间，让我开始觉得生活还有希望。又经过一段时间以后，还是我们俩在一起时，陈师傅告诉我说，他的老家原来在山西，有一年家乡闹灾荒，连树皮都被剥光吃了，实在混不下去了，父亲一咬牙，拉扯着一家大小六口，走西口来到了绥远（今呼和浩特）。父亲是个木匠，手艺不错，靠给人家做箱柜，总算活了过来。所以从那时起，他就有个想法：“家有万贯不如一技在身”。他说：“我让你学手艺，就是这么想的。听说像你们这种人，比判有期徒刑还长呢，你年纪轻轻的总得成个家吧，有手艺就能养家糊口。”就是在这次谈话之后，我知道他30几岁，比我也大不了多少。然而，他丰富的人生阅历，他宝贵的社会见识远比书本上的道理更能启发我，帮助我。所以我也更敬佩他。

人们常好说某某人聪明。那么什么叫聪明人呢？在我看来，这位陈师傅就是个聪明人。他对生活的看法，不像读书人那么空泛，而是实实在在地过日子。因此许多事理看得更透更准。渐渐地熟悉以后，他常跟我说：“这人哪，活着就跟做木工活一样，拿起一根木材，就得想想怎么用？大了浪费，小了不够，总得掂量好了再动家伙。像你们这些人吃亏，就吃在没有思量好就说话、就做事，结果倒霉了吧。这怎么行呢？”

后来经过多时观察，我发现这位陈师傅无论做什么事情，就跟他说的那样，确实都思量好了再做，一做起来就八九不离十。有次我们在外地施工，工间歇息的时候，见他拿枝铅笔在一块木板上画，一会儿圆一会儿方，谁也猜不出他画啥。过几天他忽然找到我，拿着一个信封让我写住址，我很奇怪地想，这人是怎么了，既然让我写信封，说明他没有文化，那为什么不让我写信呢？我就试探着问：“陈师傅，那写不写信呢？”他有些不好意思地说："信，我自己写了，反正也没有几个字，就是找家要点东西。你给我看看也行。"我接过来一看，不禁惊叹起来，与其说这是信件，反不如说是绘画，似乎更为准确。因为在一些字里行间，画着不少物品模样，代替他不会写的难字，读起来还蛮有意思。我说要不我再为你写写。他执意不肯，说："老求人怪麻烦的，我老板（老婆）看得懂。"这时我才意识到，他在木板上画的，正是他画在信里的，是想先练习一下。你看这人多么精细聪明。

信发出以后告诉我，他没有上过一天学，参加过几天扫盲班，学点字不用也忘了，想记点什么怕忘的事情，他就用画的办法。天长日久地画下来，他老婆看得懂，就明白是啥意思了。这种记事情的画本，他说家里有好几本，有时在家没事翻翻，还觉得很有趣的。这使我对他更增加了几分敬重。我们的所谓文化，是跟前人学习的字，陈师傅所谓没文化，却是自己在创造字，如果他是字的首创者，我们今天学习的文化，岂不正是跟他学吗。这到底是谁更富有创造性、更有文化呢？

陈师傅心眼儿很好，非常朴实善良，用当时的标准看，他就是政治觉悟不高。有次我生病发高烧，他到宿舍来看我，特意带给我两个馒头，说："一个后生家，说几句错话，就让人家离开家，生病都没人管。本来就怪可怜的，还让我监督你哪。我不懂这个派那个派的，我就看你这后生人不错。我监督个'毬'。"我立刻制止陈师傅，千万可别这样说。他说："我都不怕你怕个甚？你们这些人哪，倒霉就倒霉在嘴上，吃亏也吃亏在嘴上，官打没嘴的老理儿，连小孩都懂的，难道你们读书人不明白!？再大的事情，自己不是那么想的，就得用嘴说，争个理儿出来。不能人家说你是甚，你就自己承认是甚，那还不是闷葫芦——甘让人抖啊。小鸡挨刀还得哼两声哪。"

陈师傅走后我想，他说的完全正确，我们这些所谓的"右派"，还不都是一打就招的主儿，连一句分辩的话都不敢说，其实有几个是存心要反共产党啊。所以在后来许多年、许多事情上，特别是在万恶的"文革"当中，只要不是我真实的想法，再怎么着也死不认账，反而活得更快活更

踏实。

给陈师傅当小工打下手，无非是干些零星木工活儿，如拉拉锯、抻抻线什么的，一般的技术活他从不让我动，估计是怕我给弄坏了。后来见我还真的愿意学木工，他就教我锯板开槽什么的，慢慢我还真的做了几件小东西，像我家里现在还用的马扎儿、脸盆架，就是那时我跟陈师傅学习做的，所以这会儿每每看见这些东西，就会自然而然地想起这位陈师傅。我想，像他这么聪明的手艺人，如今赶上改革开放好时光，说不定自己办了工厂，早成了不大不小的老板了。

病中吟

一颗小小的脂肪瘤长在了神经细密的头部，实在不怎么好办。医生建议做手术，不然，碰破了一感染，说不定会出什么乱子。我是病人，没有主意，完全听医生的，就住进了北京协和医院。这是我有生以来第二次住医院。

北京协和医院始建于1906年。这座历经岁月沧桑的医院，设备是一流的，医术是一流的，在这里住院的患者首先在精神上很少负担。可能正是因为这座医院年纪太大了，它的新住院楼未盖成之前，普通病房大都是长条形的，像一列火车车厢似的，一张张病床排列在两旁，每一间里不少于20张床位。这种病房自有它的好处，空气流通，视线无拦，病人丝毫感觉不到情绪压抑。只是由于病人过于多，又有些陪床的人，病床之间总少不了干扰。倘若是在白天，还算可以凑合，大家有说有笑的，一时忘记了生病。到了夜深人静的时候，这病房里就热闹了，有的病人难忍病痛，哼哼呀呀如丝如缕，弄得你很难安稳睡眠；还有的病人在说梦话，或哭或笑，或唱或喊，上演一出自娱自乐的节目。至于如厕者的走动，护士小姐打针换药，那就更是正常的行为了，再有影响也不便说什么。再说，倘若不是住医院，谁又愿意这样干扰别人，或者这样被别人干扰呢？这么多人在一起生病，无论出现怎样的情况，都应该属于正常的事情，没有什么值得大惊小怪的。就是因为这样想，我才强忍住性子度过了两个不眠之夜。

开始习惯了这样的环境不久，我的邻床来了一位新病人，他刚刚做过开颅手术，仍然处在昏迷状态中，由他的女儿陪床关照。在他术后昏迷时，他是安安静静的，没有半点响动，我也能够休息得好。谁知等他从昏迷中醒来，他的吵闹和喊叫超过了所有呻吟的病人。首当其冲的受害者当然是我，因为我和他只有一板之隔。开颅医病是个大的手术，痛苦是可想而知的，我们只要设身处地想想，病人的任何失态都不会过多地计较。比方我的这位病友，他在疼得难以忍受时用异乎寻常的声调哼哼，我一点儿也不反感，甚至还有些同情，我相信他自己决不想这样。可是他后来的一些举动却让我改变了看法，不，更确切地说是让我反感。在他的病情大有好转以后，他跟他的小女儿在说在笑，非常的开心，非常的得意，放肆得如在家中，我们并没有谁说什么。谁知待他病情渐渐好转以后，他竟然愉快地在隔板上敲打着玩，弄得我们所有的人都不安生，这时，我们不得不说话了，他这才稍微有所注意。这时，我就静静地听他和他女儿聊天儿。

有次正是他情绪好的时候，他的女儿问他："爸，你知道不，你这次得脑出血是什么原因吗？"这位老爸想了想说："那还有啥原因，人吃五谷杂粮，该得啥病就得啥病呗。"他姑娘听了笑着说："看你说的，哪有那么简单，大夫说了，主要是你的酒喝多了。以后少喝点吧。""那哪儿成啊，宁可得病也不能少喝酒。"这位老爸非常坚决地这样说。这以后就是这爷俩逗逗闹闹的，还真有意思，我真羡慕这一老一小融洽的关系。

这样安安静静地休息没有多长时间，有天夜晚，这位病友又疼痛起来，一边不停地叫唤，一边用双手捶床，弄得满病房的人不得安宁。他的女儿就劝他不要影响别人休息，他却一点儿也听不进去。只听他女儿说："爸，咱们家你最爱谁呀？"这位老爸几乎未加思索地说："那还用问，当然是爱你了。""那好，今儿个你就听我一句话，出院以后，再不要喝酒了，好吗？"女儿这样说。这位病友可能是实在疼得难受，只听他一边哼

哼一边有气无力地说："那当然，我都疼得快死了，还不听医生的话，你不说，我也得听。"这时我就想，倘若不是生了病，我相信他是不会这么想的。人的许多不良习惯，不到非不得已一般很难改掉。

这位病友的病情稍好以后，从闲聊中我了解到他早先是赶马车拉货的，生活很不规律，中途有时饿了就以酒充饥，久而久之，养成了饮酒的习惯，从此再没有办法戒掉。他这次得病就跟饮酒有直接的关系。有几次医生查房，都劝他不要多喝酒，他总是不轻易地答应，内心里却不见得真听。

过了一些时候他的病快要好了，医生已经通知出院，他高高兴兴地跟女儿聊天，女儿又提起饮酒的事，再次劝他不饮或少饮。他听后不高兴地说："你和大夫一样，是不是想害死我，我喝了一辈子酒了，不喝怎么行啊。"这真是一个好了伤疤忘了疼的主儿。想起他疼痛难忍时的样子，想起他跟女儿允诺的言语，我不禁悄悄地笑了起来。

听了他们父女俩的对话以后，躺在床上我静静的休息，忽然想起了"文革"中的一件事。那会儿我被关在"牛棚"里，同棚的"牛"兄"牛"弟大都是过去走红的人物，像我这样的明码"右派"几乎没有，因此，他们的思想负担也就格外重，有几个人终日要死要活的，好像从此再没有了生还的可能。其中的一位说："我这一辈子，最冤枉的是到北京去过几次，还没有吃过烤鸭。这次的灾难要是能过去，出去的头件事就是去北京吃烤鸭。"很有点儿惜命怜生的味道。后来他走出了"牛棚"，并没有真的去吃烤鸭，只是在花钱上比过去大方了些，有时，大伙儿跟他开心说起他在"牛棚"的这件事，他就笑笑说："那会儿真的是这么想，出来以后，觉得还是不应该乱花钱，就又舍不得了。"

这两件事情发生在不同年代，有着不同的情况，当我把他们联系起来，情不自禁地发出感叹：人啊，人，真有你的，你的言语，你的思想，原来是这样变幻无常。这时我仿佛一下子理解了，那病中的呻吟，那逆境中的思想，有时也不见得是真实的。这就是人。